KB146191

소리 숲

소리 숲

초판 1쇄 인쇄 · 2022년 5월 25일
초판 1쇄 발행 · 2022년 5월 31일

지은이 · 우한용
펴낸이 · 한봉숙
펴낸곳 · 푸른사상사

주간 · 맹문재 | 편집 · 지순이 | 교정 · 김수란, 노현정
등록 · 1999년 7월 8일 제2-2876호
주소 · 경기도 파주시 회동길 337-16 푸른사상사
대표전화 · 031) 955-9111(2) | 팩시밀리 · 031) 955-9114
이메일 · prun21c@hanmail.net
홈페이지 · http://www.prun21c.com

ISBN 979-11-308-1923-5 03810
값 18,000원

34

푸른사상 소설선

소리 숲

우한용 장편소설

푸른사상
PRUNSASANG

느낌과 이야기

나에게 숲은 유토피아의 표상이다.

나는 평생 숲에서 살고 싶었다. 숲은 지극히 풍성한 생명의 공간이기 때문이다. 풍성하다는 것은 모자람이 없다는 뜻이다. 물질 측면에서는 물론 정신 차원에서도 숲은 충만한 공간이다. 숲은 너그럽다. 숲은 정신을 높은 차원으로 이끌어 올린다. 숲에서 인간은 성장한다.

세속의 삶이 끝나면 나는 숲으로 돌아가고 싶다. 세속에서 지은 죄를 사죄하는 과정이 될 터이다. 그것은 이승의 때가 묻은 육신을 숲에 들여보내 정화하는 과정이 될 것이다. 내 육신을 자연으로 돌려보내고 싶은 심정은 순박하다. 그러나 유토피아 표상을 직설적으로 그리기는 쉽지 않다. 그래서 느낌을 먼저 시 형식으로 제시하고자 했다.

대개는 그렇다. 느낌이 먼저 오고 이야기는 뒤에 따라온다. 소설이 힘든 이유는 느낌을 이야기로 입증해야 하기 때문이다. 그래야 그럴듯한 작품이 된다. 그럴듯하다는 건 사리가 맞는다는 뜻이다. 소설가는 느낌과 사리 사이를 오가면서 작업을 한다. 사실 따지고 보면 우리가 산다는 게 이야기 속에 느낌을 버무려놓는 일이 아니겠나 싶다.

어떤 개인에게 40년 넘게 오가며 익혀온 고장은 고향이나 마찬가지이다. 고창이 내게 그러한 고장이 되었다. 고창 이야기를 소설로 쓰고 싶었다. 그런데 고창은 이야기가 추스르기 어려울 정도로 풍성해서 소설의 틀에 맞추어 얽어내기가 쉽지 않았다. 좋다, 고창에서 받은 느낌을 먼저 시 형식으로 읊어보기로 했다. 고창을 소재로 50여 편이 넘는 시를 썼다. 시집 한 권이 거의 되어갈 무렵, 마음이 뒤숭숭했다. 명색이 소설가인데 고창 체험을 시로 끝장내자는 것은 염치없는 일이었다. 해서 시를 앞에 얹어두고 그 시와 연관된 이야기를 풀어나가는 방식으로 소설을 엮기로 마음을 고쳐먹었다. 물론 시를 직설적으로 풀어내는 작업은 피하기로 했다.

시는 이따금 현실에서 눈을 돌리게 하기도 한다. 전체를 통찰하는 종합의 의지를 차단하기 때문이다. 시는 어떤 대상에 몰입하고 집중하게 한다. 들판에 서 있는 한 그루 독립수는 자기 모양은 뚜렷하다. 그 위로 햇살이라도 내리비치면 경이로운 기운이 감돈다. 시가 되기 적절한 경탄의 대상이 된다. 그 나무에 몰두해서 바라보면 주위 풍경은 사라지고 나무만 빛을 뿌리며 다가온다. 그 아래 부르튼 발을 쉬는 방랑객은 보이지 않는다. 그래서 경이감과 그 경이감의 내력을 함께 이야기하는 작법이 이야기 숲인 고장을 다루는 데 좋은 방법이란 생각을 하게 되었다.

내가 평생의 과업으로 삼은 소설적 과제는 이런 것들이었다. 환경, 폭력, 식민지와 노예제도, 인간의 성장과 자아 형성 등. 이런 과제는 우리가 인간적 위의(威儀)를 지키면서 지상에 오래 살아가야 한다는 일종의 윤리 감각을 바탕으로 한다. 인류 전체의 절체절명의 과제로 등장한 환경 문제는 『생명의 노래』(1, 2)에 집중적으로 그렸다. 폭력의 형성 과정을 역사적 맥락 속에서 그린 작품이 『악어』라는 장편소설이다. 식민지와 노예제도 문제는 『수상한 나무』라는 소설집으로 작업이 이루어졌다. 인간의 성장과 자아 형성 문제는 맥락과 따로 떼어 독립적으로 쓰기가 쉽지 않다. 인간의 성장은 넓은 의미에서 환경과 주체의 상호작용 과정에서 이루어진다. 『소리 숲』은 숲 이야기이면서 인간 성장과 깨달음의 기록이기도 하다.

이 소설을 쓰는 동안 많은 분들의 도움을 입었다. 고창을 아끼고 사랑하며 산에 나무를 심어 숲을 가꾸는 진동규 시인, 현장 답사를 도와주고 자료를 제공해준 백원철 교수, 나와 고창에 동행해준 김영붕 박사, 고창의 풍정을 이야기해주고 음식과 술을 대접해준 소설가 오강석, 시인 박종은, 시인 조상호, 고창의 풍수를 설명해주고 고창의 설화를 일러준 김상휘 박사, 재래식 염전의 소금 생산 방식을 설명해준 김일기 교수께 고맙다는 말씀을 전한다. 오강석 작가가 찍어준 사진은 뒤에 이용하기로 했다.

판소리와 창극을 이해하는 데 필요한 자료를 제공해주고, 동리 신재효의 가사를 읽게 해주었고 불어판 창극 대본을 전해준 정병헌 교수께 고맙다는 말씀을 적어두어야 하겠다. 씻김굿에 대해 자세한 설명을 해준 명창 채수정 교수에게는 다음 글을 쓸 때 더 진지한 질문을 해야 하겠다. 서울대학교에 근무하는 유준희 교수께서는 한국 종의 맥놀이와 음향학적 특성을 자세히 설명해주었다. 서울대학교 이홍식 명예교수의 소개로 국가무형문화재 제42호 악기장 보유자 이정기 선생을 찾아갔을 때, 북과 그 소리에 대해 자세한 설명을 해주었다. 한국 종의 맥놀이가 궁금해서 진천 성종사를 찾아갔을 때, 주철장 원광식 선생께서는 쇳물을 붓는 현장을 보여주었고, 친절한 설명을 해주었다.

염치없이 초고를 읽어달라고 했을 때 넉넉하게 수용해준 소설가 홍성암 교수께도 감사의 인사를 전한다. 연구년을 맞아 제주에 가서 내공을 쌓고 있는 윤대석 교수에게 평설을 부탁했다. 연구에 바쁠 터인데 글을 흔쾌히 수락해주었다. 인물 설정의 문제점을 정확히 지적해주어 손질했다. 두루 고맙게 생각한다. 이 소설을 쓰는 중에 제법 많은 책을 읽었다. 그 대강의 목록을 작품 뒤에 달아두기로 한다.

전에 어느 자리에서 이야기한 적이 있다. '소설은 문턱의 문학이다.' 지금 단계에서 다음 단계로 넘어가는 그 전이 지점에 소설이 있다는 생각 때문에 나의 소설은 늘상 흔들리고 휘청거린다. 소설에 대한 완벽한 관념을 가진 독자에게는 내 소설이 좀 불안할지 모른다. 그러나 안심하시길 바란다. 앞으로 나오는 나의 소설은 더욱 세차게 흔들리면서 길을 갈 것이기 때문이다. 그러니 미리 불안한 흔들림에 익숙해지는 것 또한 어떻겠나 싶다.

공교롭게 오늘이 2021년 12월 31일이다. 나는 소설 하나 안고 새해로 넘어가는 문턱에 위태위태한 희망으로 서 있다.

앙성 상림원은 날이 차고, 하늘의 별은 싸늘하게 얼어서 반짝인다.

우공 우한용(禹漢鎔)

차례

1

서장 : 출발

'소리 숲'을 위한 서시

숲은 햇살과 바람 품어 안고
실뿌리로 물을 길어올려 울창해진다.

울창한 숲,
어루면서 칼바람 지나면
숲은 자지러지다가
숨을 고르는 짬
어느 사이 별이 내린다.

울렁이는 숲이라도
인간이 깃들어야

소리 아는 장인이 발을 들여야
숲은 비로소 깊은 울음 울기 시작한다.

숲이 이야기꾼을 만나
이야기 솔솔 불어넣으면
숲은, 아 깊은 숲은
소스라치다가 깨었다, 깨었다 자지러지다
이어지는 맥놀이에
스스로 불달아 하늘 가득 불꽃으로 타오른다.

숲은 인간의 이야기 깃들어
해원하는 소릴 듣고서야
울렁이는 맥놀이 이끌고
농울져 흘러가는 역사가 된다.

환송연은 정감과 우정이 넘쳐났다. 윤종성이 휴학을 한다니까 한 해 대학 생활을 같이한 친구들이 모였다. 대학에서 함께 지낸 한 해가 그렇게 찐득한 인간애를 엮어줄 줄은 예상하지 못했다. 인간과 종교와 예술 · 언어 · 문화 등에 대한 선뜩한 깨달음은 스스로 생각해도 경이로웠다. 상상도 못 한 일이었다. 대학에서 보낸 한 해는 윤종성에게 실로 감사와 경이가 가득한 시간이었다.

그러나 문제가 없는 것도 아니었다. 서울에서 스스로 생활을 해결하기가 그야말로 지옥훈련 못지않았다. 고시원 쪽방에서 친구와 지내기도 하고, 라면 몇 봉지로 사흘을 견디기도 했다. 갈아입을 옷이 없어, 세탁방에서 자동세탁기 돌아가는 소음 가운데, 내복 바람으로 쭈그리고 앉아 시간을 죽였다. 헌옷 모아 버리는 플라스틱 통을 뒤져 헌옷가지를 찾아 빨아 입은 적도 있었다. 그러나 건강을 타고난 몸은 어엿하게 버텨주었다. 지속적으로 운동을 한 덕이었다.

살의 충동과 살생의 과오를 회개하느라고 범종의 당목(撞木)에 맞아 잘려 나간 손가락들은 아픔이 새록새록 살아나는 생채기였다. 통증은 차라리 견딜 만했다. 그러나 남들이 던지는 눈길은 칼로 가슴을 저미는 아픔으로 다가왔다. 죄책감이 끊임없이 의식을 찔러왔다. 너는 용서받을 수 없는 죄인이야, 하는 눈길은 안에서 칼끝이 되어 몸을 저며댔다.

학비는 현실적 질곡이었다. 생활이 해결의 기미가 안 보이는 상태에서 한 학기 5백만 원 학비를 벌어야 하는 건 윤종성을 절망의 구렁텅이로 몰아넣었다. 국민교육의 모든 과정을 국가에서 담당해야 한다고 주장하던 교육학 전공 교수의 이야기가 가끔 떠올랐다. 그러나 그것은 고단한 잠 속에 나타났다 사라지는 꿈일 뿐이었다.

노량진 학원가에서 빌붙어 버티고 살던 시절에 비하면, 대학 생활은 자유롭기는 했다. 그러나 그 자유를 위해 희생해야 하는 다른 자유가 윤종성이 찌부러들 만큼 억눌렀다. 윤종성은 휴학을 하기로 마음먹었다.

친구들은 윤종성에게 휴학하고 뭐 하겠는가 묻지 않았다. 남의 일 관심 없다는 위악적 세련미가 속에서 뭔가 울컥 올라오게 하기도 했다. 휴학은 꿈이 탈색되어, 메마른 자갈밭이 되어 다가왔다. 윤종성이 카페 밖에 나가 담배를 피우고 들어왔을 때였다.

"장덕수 교수 웃기는 아저씨 아냐?" 옆에 앉은 친구가 맞아! 맞장구를 쳤다.

"그것도 갑질이야. 시련이 인간을 강하게 만든다는 거잖아. 수강생 없어 폐강되고 밥그릇 달아나는 꼴을 봐야 해."

'공연과 연출'이라는 과목을 두고 이야기들이 많았다. 담당교수 장덕수는 '예술실학'이란 주장을 내세우면서, 자기 강의를 듣고자 하는 학생들은 그룹을 만들어서 한 학기 전부터 준비를 하라고 조교를 통해 알렸다. 그게 전통처럼 되어 있었다. 교육과정에 명시된 사항은 아니었다. 2학년 2학기 강의였지만 2학년 학기 초부터 준비하지 않으면 어떤 팀에도 끼어들 수 없었다. 이야기가 산발적으로 어수선하게 흘러나왔다.

"우리 대장이 휴학하면 누가 대장 하지?" 윤종성은 동학들 사이에서 대장으로 불렸다.

"한 번 대장은 영원한 대장이야, 빅브라더처럼 모시면 되지 않을까?"

"폭군은 간신이 기르고 독재자는 무지한 국민이 키운댄다."

"성원지 형은 휴학 안 할 거잖아?" 성원지를 바라보는 정꽃소리의 얼굴이 곱게 달아올랐다.

"갈 사람은 가고 남을 사람은 남는 거야."

"아무래도 우리가 고창에 가서 헤매고 다녀야 하지 않을까. 고창은 누가 뭐래도 윤종성 형의 나와바리 아냐?"

"짱 신경질, 나와바리가 뭐니, 너 쪽바리야 조폭이야?" '나와바리(なわ-ばり)'는 윤종성이 공사장에서 질통을 지고 비계 계단을 오르내리면서 숱하게 듣던 말이었다.

"정꽃소리 담배 친구 없어져서 어떻게 한대?"

"한 곡 불러!" 정꽃소리는 성원지에게 흘금 눈길을 주었다. 냉큼 노래하겠다고 나설 생각은 없어 보였다. 윤종성이 나섰다.

"관산대학교에서 공부한 한 해, 두 학기 동안 여러분들 만나 즐겁고 행복했습니다. 날 오래 기억해주었으면 좋겠습니다."

"무슈 윤, 질문 있어요, 기억해주었으면 좋겠습니다, 그 말, 그거 시제가 뭐예요?" 프랑스에서 온 라포레가 물었다.

"질문했으면 대답은 의무지, 한국어 시제는 참 오묘해서 설명이 잘 안 되는 점이 있어요." 윤종성이 '었' '겠'의 쓰임에 대해 설명했으나 라포레는 실감이 적다는 듯 건성으로 고개를 끄덕거렸다.

"뭐어야, 지금이 문법 시간도 아닌데. 윤종성 형 휴학한다는데 정꽃소리가 노래 하나 해." 정꽃소리가 '논 티 스코다르 디 메', 나를 잊지 말아요, 하는 노래를 불렀다.

"웃긴다, 라 비타 미아 레가타테, 내 목숨이 너한테 매여 있다는 거잖아. 아니 벌써 그렇게 깊어졌어?" 성원지가 탁자를 손바닥으로 탁 쳤다. 선곡이 잘못되었다면서 자기가 다른 걸로 하나 하겠다고 나섰다. 아니이 아니 노지는 못하리라, 그렇게 시작된 소리가 윤종성을 환송하는 송별가가 되었다.

"아 비앙또, 곧 또 봐요." 라포레가 정꽃소리를 쳐다보다가 윤종성에게 다가가 비주 인사를 했다.

윤종성은 고시원 쪽방으로 들어가기가 싫었다. 관운산 연주봉 위에 달이 훤하게 떠서 싸늘한 빛을 산골짜기로 흘려내렸다. 맹상수 얼굴이 떠올랐다. 맹상수는 노량진 학원가에서 공무원 고시 공부를 했고, 윤종성은 그가 공부하는 학원에서 급사로 일했다. 맹상수는 공무원이 되어 자기 고향 고창으로 내려갔다.

귀향은 희망보다는 비애의 여로가 되기 십상이다. 어느 시인의 말대로 '고향에 돌아와도 그리던 고향이 아닌' 경우가 대부분이다. 더구나 고향에서 자리 낮은 직장 생활을 시작하는 것은 자칫 열패감에 휩싸이기 쉬웠다. 그러나 자랑거리 많은 고향은, 떠나서도 돌아와서도 그리움과 희망 가득한 마음의 정원이었다.

아무튼 고향은 애틋한 추억을 지닌 비애의 성사(城舍)가 되어 아스라이 다가온다. 맹상수의 경우, 고향은 여지없이 그런 양가감정에 휩싸이게 했다.

고창 군청에 발령을 받은 맹상수는 다른 동료들보다 한 시간 일찍 출근해서 배정받은 책상에 앉았다. 두 팔을 들어 올려 기지개를 켰다. 등골로 짜르르 생기가 흘러내리는 느낌이었다. 기왕 잡은 기회 한 점

후회 없이 생활하자, 맹상수는 그렇게 스스로 마음을 다졌다.

하급 공무원으로 생애를 시작하는 초입에 들어선 심정은 착잡했다. 작은 출발 큰 성취를 이야기하던 아버지 얼굴이 떠올랐다. 아버지는 어디서 들은 것인지, 네 시작은 미약하였으나 결과는 창대하리라 하는 성서 구절을 읊어대곤 했다.

맹상수의 아버지 맹성재(孟星宰)는 고창(高敞) 토박이로 그릇 굽는 점꾼이었다. 근대적 제도의 교육을 받지는 못하였지만, 일찍이 기독교에 입문하여 기독교 교양을 착실하게 갖추었다. 시내에서 서당을 운영하는 허건보(許乾普)라는 한학자와 교분을 가지고 지내는 중에 동양 고전을 공부해서 식견이 남달랐다.

옹기장(甕器匠)으로 일하면서 익힌 결과, 예술적 감각도 제법 세련되어 있었다. 옹기 배에다 난을 치던 솜씨는 도자기를 만드는 과정에서 능숙한 묵란 솜씨로 발전했다. 자연 지역 문화인들과 소통이 잦았다. 더구나 옹기장에 이름을 올리면서 몸값 깎는 일은 하지 않았다. 맹상수는 부친 앞에서는 고양이 앞의 쥐처럼 납작 엎드리곤 했다. 맹상수가 공무원이 된 데는 부친의 권유가 크게 작용했다. '쪼깨 먹고 진똥 싸라.' 부친은 길이가 긴 똥자루를 '진똥'이라 했다.

서울에서 만났던 윤종성 얼굴이 떠올랐다. 윤종성은 한마디로 속 깊고 괴로움 많은 친구였다. 맹상수의 말동무가 되는 것은 물론, 맹상수의 이야기를 들으면서는 늘 고개를 주억거려 공감을 표시해주었다. 윤종성은 맹상수 자신의 무미건조한 삶에 비하면, 호기심이 안에서 들끓었다. 자질구레한 일들에 호기심을 발동하다가 그게 사회적 관심으로 나아가기도 하고, 철학적 의문으로 바뀌곤 했다. 최소한 인생에서 진지한 질문으로 삼아야 할 일들을 제쳐두지 않았다.

맹상수가 윤종성을 처음 만났을 때였다. 윤종성은 맹상수의 고향을 물었다. 고향이 고창이라고 무연히 대답했다.

"어, 거기 모양성 있지? 그런데 모양성이 무슨 뜻이야?" 진지하게 묻고 나왔다. 사실 맹상수는 모양성(牟陽城)을 범연하게 알고 지냈다. 기회가 되면 자료를 찾아보고 이야기해주겠다고 넘어갔다. 그런 인연과는 아무 연이 닿지 않지만, '군지'라든지 고창의 역사, 문화 등과 연관된 자료를 다루면서 일하게 된 것은 참으로 기연(奇緣)이었다. 말을 해놓은 것이 씨가 되는 모양이었다. 윤종성과 이야기 나눌 기회가 자주 생길 것 같았다.

발령 초기 맹상수는 수장고에 보관된 낡은 책들을 뒤지면서 지냈다. 군지를 더듬어보는 중에 간단한 한 줄이 눈에 들어왔다. 상하면 송림산에 척서암(滌恕菴)이라는 암자, 전에 듣지 못한 이름이 기록되어 있었다. 암자라는 말만 보면 어느 사찰에 귀속되는 기도처 같기도 했다. 그러나 척서(滌恕)라는 말이 영 낯설었다. 용서를 씻어낸다는 뜻은 아닐 터이고, 씻어서 용서한다는 뜻으로 읽혔다. 용서받을 일이 무엇일까 호기심이 일었다. 공자가 최고의 덕목으로 들추었던 '용서'에다가 '암' 자를 붙였다면, 유교와 불교가 습합된 어떤 은신처 아닌가 싶기도 했다. 설립자가 김대성(金大聲)으로 적혀 있었다. 그리고는 아무런 내용이 없었다. 고개가 갸웃해졌다.

대학 선배 한 사람이 상하면 송림리 '쑥내마을'에 살고 있었다. 맹상수의 선배일 뿐만 아니라 중학교 때 은사이기도 했다. 그는 시인이면서 화가였다.

선대에서 물려받은 산에다가 나무 심어 자라는 거 보는 재미로 산다고 했다. 아예 자기 이름을 '나무꾼'으로 불렀다. 어쩌다가 싸리꽃이라도 피면 그걸 그림으로 그리고, 참나무 사이 날아드는 풍뎅이한테 우주의 운행을 감지할 정도로 사물을 바라보는 감각도 뛰어났다. 감태나무 이파리가 서걱거리는 가을에는 산자락을 넘나들며 자연을 노래하는 시인이었다. 얼마 전에 자기 이름을 딴 『진정언 시집(陳正言詩集)』을 냈는데, 그걸 어떤 드라마에서 띄워주는 바람에, 아내 몰래 술 받아먹을 용돈 생겼다고 좋아했다. 맹상수는 진정언 시인에게 전화를 넣었다.

"선생님, 저 맹상수인데요, 혹시 척서암이라고 아세요?"

"알지라, 헌디 그건 왜서 그러능가?"

군지에 떨렁 이름만 기록이 있어서, 이게 뭔가 싶어 여쭤보려고 그런다는 이야기를 했다. 이제까지 모르고 지내던 사실이 확인되었다. 보통 김 처사라 하는 김대성이라는 별난 사람이 있느니……, 그렇게 시작된 이야기는 제법 길어졌다.

김대성의 부친은 심원반도에 염전을 개발하여 소금을 생산해서 수만금 돈을 모았고, 그 돈으로 송림산에 터를 장만해서 '척서암'이라는 암자를 세웠다고 했다. 그 토지를 물려받은 김대성은 바깥출입을 않고 나무 기르는 데 재미 붙여 산다는 것이었다. 나무를 좋아해서 수열(樹悅)이라는 호를 지어 쓰기도 하고, 자기 집 척서암에 들어가는 길에

다가 '수열로(樹悅路)'라고 푯말을 해 세우기도 했다는 것이었다. 시인 진정언과는 나무 친구로 지내는 사이라고 했다. 나무를 심고 기르는 일로 관심이 같아 이따금 만나고, 탁주일배 하면서 나무 이야기를 나누는 사이라 했다. 그런 이야기 끝에, 요새는 건강이 안 따라주어 올내년 한다며, 인간 생애 허잘것없다고 한숨을 쉬었다. 인생사 구김살 없이 살기 쉽지 않다만 말년 운이라도 좋아야는데, 하며 혀를 찼다.

"그런데 그이가 사람을 구하는 모양이더라고." 사람 구한다는 이야기를 이미 진정언 시인에게 해둔 모양이었다. 사람을 구한다는 데에 호기심이 일었다.

"어떤 사람을 구한답디여?"

"한 일 년 한하고, 자기와 함께 살아줄 사람 구한다던데, 요새 그런 사람 어디 있을랑가, 원……."

자기와 함께 살아줄 사람이라…… 떠오르는 얼굴이 있었다. 노량진 학원가에서 만난 윤종성이었다. 맹상수가 공무원 시험 준비를 하는 동안, 윤종성은 관산대학교에 입학했다. 한 해 공부하고, 학비와 생활비 때문에 더는 버티지 못하고 고시원 쪽방에 주저앉아 있다는 게 근간의 소식이었다. 맹상수는 학원 수강생이었고, 윤종성은 학원 '기도(木戶)'로 일하면서 학원에서 숙식을 해결했다.

이따금 소주를 같이 마실 기회가 있었다. 술자리에 앉으면 윤종성은 왼쪽 손을 탁자 아래로 내리고 좀 삐딱하게 앉아 있곤 했다. 그러나 말은 유려하고 이치가 딱딱 맞아 들어갔다. 아는 걸로만 하면 윤종성을 형이라 부르고 싶을 정도였다.

윤종성은 관산대학교 자유창조학부에 다니면서, 맹상수와 이따금 연락을 하고 지냈다. 둘이 만나면 윤종성이 묻고 맹상수가 대답하는 식으로 이야기가 이어졌다. 그 과정에서 윤종성이 호기심으로 가득한 인물이라는 걸 확인했다. 자신의 문제는 입 밖에 내려 하지 않았다. 자유창조학부 선택하기 잘했다는 이야기는 가끔 했다. 자기 말로는 대학에 다닌 한 해 동안, 한 십 년은 산 폭이라면서, 대학이 사람 만든다고 추켜올렸다. 어느 날이던가, 판소리 공부하는 친구가 궁금해하는 문제라면서, 혹시 아는가 물었다.

"고창이, 물산이 풍성해서 살기 좋은 고장이라던데 어염시초 그게 무슨 뜻이지?" 윤종성은 꽤 진지한 표정이었다.

맹상수는 메모지에다가 어염시초(魚鹽柴草) 네 글자를 써서 윤종성 앞에 내밀었다. 바다를 끼고 있어 해산물과 소금이 풍성하고, 산에 나무가 울창해서 땔감 걱정 않고, 곡식이 잘 자라 먹을 게 풍성하다는 뜻이라고 설명해주었다. 전통사회에서는 그런 삶의 조건이 구비된 곳이면, 가멸은 삶을 이어갈 수 있는 고장이 틀림없었다.

한번은 소주를 마시면서 엉뚱한 이야기를 했다. 은행이라도 털어야 할 모양이라는 것이었다. 알바 해가지고는 돈이 쥐어지질 않는다면서 불평을 늘어놓았다. 돈이 어디에 그렇게 필요한가, 맹상수가 물었다. 윤종성은 대답 대신 왼손의 장갑을 벗어 보였다. 왼손 엄지 이하 손가락이 모두 잘려 나가, 손가락 네 개가 길이를 맞춘 것처럼 쪼르라니 밋밋하게 드러나 보였다. 손을 가리고 지내는 이유를 비로소 알았다.

"전부터 궁금했는데, 손가락을 어쩌다가 그랬으까?"

“죗값이야.” 말은 간단했다. 그러나 그 내면은 바닥을 알 수 없는 수렁 같았다. 표정이 침통했다.

“이거 수술해서 이어줘야 사람 구실 하겠어.” 몽땅한 손가락을 거머쥐고는 얼굴이 벌개져 탁자를 탕탕 쳤다. 손가락 때문에 사랑도, 친구도, 공부도 무엇 하나 되는 게 없다는 것이었다. 잘려 나간 손가락 모양이 혐오감을 자아낸다는 것이었다. 그 때문에 알바도 잘렸다면서, 한참 시벌대면서 소주잔을 거푸 비웠다.

맹상수의 손끝으로 찌릿한 통증이 지나갔다. 통증이 전염되는 것일까. 무슨 죄 때문에 손가락이 잘려 나갔을까, 감이 잡히는 구석이 없었다. 잘라진 손가락을 잇기 위해 돈이 필요할 터였다. 맹상수는 적절한 기회에 일자리를 알아보겠노라 하고는, 고향 고창으로 발령을 받아 내려왔다. 소식이 궁금하기도 하고, 보고 싶기도 했다. 척서암 주인 김대성이 사람을 구한다는 진정언 시인의 이야기는 구미가 확 당기게 했다. 물론 윤종성을 먼저 생각한 끝이었다.

윤종성에게 금방 전화를 할 것처럼 조바심이었는데, 이참저참으로 금방 연락을 하게 되질 않았다. 어정어정 시간이 한참 흘렀다. 새로 시작한 고인돌 유적 정비 일 때문에 골몰하고 있을 무렵, 척서암에서 전화가 걸려왔다.

“쩌어그, 나 알랑가 모르겠소만, 김대성이요.”

맹상수는 전화기를 들고 바로 일어섰다. 거수경례를 할 자세로 전화를 받았다. 목소리가 걸걸하고 약간은 수리성이 끼어 있었다.

“진정언 시인을 통해서루 맹 선생 거그를 소개받았소.”

"아, 그렇습디요. 존함은 일찍 들어서 알고 있었습니다요."

"내가 그동안 세상과는 문 닫아매고 살았다오. 그런데 생각히본 게 내가 앞으루다가 살 날이 얼매 남지 않은 듯히서……." 김대성 편에서 말을 멈칫거리고 있었다.

"어르신, 편하게 말씀하시지요."

"저어그 거 뭐시라냐, 자서전이라냐 전기라냐, 그런 거 써줄 사람 하나 구해주소."

"자서전이라면……."

"몰라서 묻는 건 아닐 테고, 내가 이승에서 맺은 건 내가 살아 있는 동안 풀고, 저승엘 가도 가야 하지 않겄어라. 죄가 무거워서 저승에도 못 가고, 구천을 떠돌 생각을 하면 도통 잠이 안 온다 말이시." 그 무거운 죄라는 게 무언지, 목소리가 찐득찐득 가라앉아 있었다. 맹상수가 대답을 않고 멈칫거리는 사이, 저쪽에서 이야기를 이어나갔다.

"이야기라는 게, 특히 죄지은 야그는 살아서 풀어놓아야 하오. 원한 맺힌 이야기를 가슴에 묻은 채 죽으면, 무덤에 잔디도 안 자란다 하오. 아직 정신 말똥말똥할 때, 기도할 힘이 있을 때, 내 살아온 야그를 히서 그걸 바로잡아야 쓰지 않겄소. 내가 지은 죄를 이야기로 맨들려는 게요. 그런 일 감당할 만한 사람 있을랑가?"

맹상수는 김대성이라는 사람이 무슨 죄를 지었고, 그걸 이야기로 만들어서 속죄하겠다는 뜻이 금방 이해가 되질 않았다. 그러나 무슨 이야기를 하는 건가 물어볼 염이 나지는 않았다.

잘 알겠다 하고는 다시 말이 끊겼다. 시간 말미를 주십사 한 다음,

맹상수 자기 편에서 연락을 하겠다고, 전화기를 접었다. 윤종성을 만나야 하겠다는 생각을 하면서였다.

산은 바람에 일렁였다. 멀리 방장산 능선을 타고, 바람이 숲을 어루면서 지나갔다. 숲 위로 흘러가는 바람은 웅웅 웅웅 신음 소리를 냈다. 겨울을 넘기느라고 안에 깊이 든 병을 토해내는 신음 소리처럼만 들리는 바람소리였다. 바람소리는 그 자체로 숲이었고, 숲은 바람을 따라 울어댔다. 봄은 그렇게 깊은 아픔을 지닌 바람을 타고 오는 것이었다.

전화를 끝낸 맹상수는 두 팔을 들어 기지개를 켜면서 하품을 내뱉었다.

2

이력서

한 줄로 요약되는 인생이
어디를 간들 흔키는 하겠는가.

불두던에 치모 솔솔 솟아나
문득 놀라 벽을 돌아보던 어느 새벽

화덕에서 구워낸 몸이라서
불에 들어야 잊히는 욕망의 덩어리

존재의 근원으로 자꾸 되돌아가는
몸뚱이 걷어들고
자갈길 걷다가, 비지땀 흘리기도 하고

내 혀 빼물고 울음 토해도
울음은 언제라도 꽃빛이라
길게 길게 말없이 흘러가는 황토빛 북덩물……

2월 들어 볕이 한결 부드러워졌다. 남쪽에서는 동백꽃이 피었다는 꽃소식이 전해졌다. 소나무를 심어 조성한 고창군 가로수도, 솔잎이 제법 윤기를 돋우기 시작했다. 누가 가로수로 소나무를 심을 작정을 했는지 모르지만, 다른 고장에서 볼 수 없는 특이한 풍경을 연출했다. 겨울에 얼었던 몰골을 벗어나면 윤기 자르르한 푸른빛이 떠오르기 시작할 판이었다.

그러나 대나무는 겨울 추위에 잎이 노랗게 말랐다. 사람들은 송죽(松竹) 같은 절개를 이야기하면서, 솔이나 대나 추위에도 푸른색을 매운 절개인 양 지닌다고 칭송하곤 했다. 그런데 그것은 어느 남쪽 나라의 이야기인 게 틀림없었다. 고창만 해도 한반도 남부에 기울어진 지역이라 솔과 함께 대가 청청하니 푸르게 겨울을 나기는 했다. 허나 늘 그렇게 대가 푸르름을 유지하는 것은 아니었다. 혹한을 겪고 나면 대밭마다 잎이 노랗게 시들었다. 관념 속의 나무와 현실의 나무는 빛깔이 달랐다.

푸르기로는 오히려 동백이 제격이었다. 선운사 대웅전 뒤 산비탈을 누비고 있는 동백 숲은 계절을 가리지 않고 햇살을 반사해서 윤기가 쨍쨍 소리를 내며 흩어졌다. 정다운 햇살을 받아 사철 지내기 때문에 동백꽃은 사랑에 멍이 든 가슴처럼 붉은지도 모를 일이었다. 엘레지의 여왕 이미자의 〈동백 아가씨〉에서, '꽃잎은 빨갛게 멍이 들었소' 하는 구절을 뺄 수 없는 동백의 빛깔이다. 사랑은 상처와 더불어 익어가는 정신의 기억 같은 것이었다.

척서암에서 다시 연락이 왔다. 적당한 사람 안 나타났는가 다그치는 투였다. 사람을 소개하자면, 자기소개서라든지 그런 문건이 있어야 하느냐고 물었다.

"의당 이력서 한 장은 있어야 하지 않겠소?"

"공개경쟁으로 모집하는 거라면 몰라도, 말하자면 대필자 구하는데…… 이력서까지 요구하는 건…… 거시기한……." 맹상수는 슬그머니 질러보았다.

"자서전이면 자서전이지 대필이고 친필이고 따질 일이 어디 있다는 게요. 그기 어떤 인간인가, 어떤 인간이 어떤 야그를 하는가, 그게 중요허지 누가 썼는가 하는 게야 부차적이지 않겠는가 그 말이지라." 대답해보라는 식으로 당찬 음성이었다. 맹상수는 고개를 갸웃했다. 너무 당당하고 자기주장이 확실한 말이었다.

자서전 대필? 그래도 등단 시인인데, 윤종성의 심기를 건드려 의절하는 건 아닌가, 그런 걱정도 들었다. 그러나 찬밥 더운밥 따질 계제가 아닌 듯했다. 윤종성에게 권유하기로 하고, 아니 넌지시 떠보자는 작정으로 연락하기로 했다. 자서전 집필 일의 양이며, 대필 보수, 일하는 방식, 기한 등을 대강 들었다. 한 해를 일해서 책이 나오도록 하고, 고창에 내려와 함께 기거하면서 일하도록 하면, 수당은 원하는 만큼 지불한다고 했다.

"수당 액수는 정해주어야 하지 않을랍뎌?"

"어허, 맹꽁이 같은 소리 집어치우시오. 맹 선생은 내 인생이 돈으로 친다면 몇 푼이나 된다고 생각할랑가?"

맹상수는 찔끔해서 뒤로 물러섰다. 한 인간의 생애를 돈으로 계산하지 말라는 그 앞에서 할 말이 막혔다. 그게 자서전으로 기술되는 인생이건, 남이 쓴 전기든 무슨 상관이란 말인가 하던 얘기가 떠올랐다. 인생을 돈으로 값을 쳐서 매긴다는 건 사실 가소로운 일이 틀림없었다. 맹상수는 우선 연락을 해보겠다고 약속했다. 약속이기 때문에 싫어도 지켜야 하는 언약이었다. 한편으로는 윤종성이 어떻게 나올지가 궁금하기도 했다. 그도 자기 나름의 오기와 고집이 있는 친구였다. 시인은 오기부터 배우는 거냐며 웃은 적이 있었다.

윤종성에게 전화해서 김대성의 뜻을 알리고 의견을 들어보기로 했다. 고창 송림산에 조그만 암자 하나 차지하고 지내는 김대성이란 인물의 자서전을 대필해주는 일이라고, 일의 개황을 이야기했다.

"자서전을 대필해준다? 말이 자서전인데 그런 건 자기가 써야지……."

"자서전을 꼭 자기 손으로 써야 한다는 건, 그건 오해 아닌가?" 내가 이러이러하게 살았노라 진술하고, 그걸 다른 사람이 받아써서 글로 만든다면, 그걸 자서전 아니라고 할 근거가 없는 거 아닌가. 누구 이야긴가가 중요하지, 그걸 누가 썼는가 따지는 일은 일단 접어두라 했다. 윤종성, 너 사는 게 당장 급하다고 했으니, 한번 진중하게 생각해보라고 권고했다.

"생각해보기는 하겠는데, 뭘 준비해야 하는 거야?"

"다른 건 몰라두, 이력서는 하나 써 오라는 거야, 좀 자세하게 말이지." 서로 믿어야 자서전 대필을 할 수 있다면, 나무랄 데 없는 요구라 생각되었다. 자세하게 쓰라는 것은 자기가 설명을 덧붙이지 않기 위해 맹상수 편에서 보탠 말이었다.

다시 생각해보니 격에서 벗어나는 요구 같았다. 달리 생각해보았다. 사람을 알아보는 데는 스스로 작성한 이력서만큼 확실한 게 어디 있겠나 싶었다. 사람을 깊이 이해하고 싶은 거겠거니 하는 생각이 들었다. 그러나 아쉬운 편에서 뭘 재보고 달아보고 할 여지가 없었다. 쌀밥 보리밥 가릴 처지가 아니지 않은가.

윤종성은 이력서를 써서 김대성에게 보내기로 마음을 다졌다. 어차피 자신을 터놓지 않고는 일을 맡겨주지 않을 것 같은 느낌도 들었다. 대필이든 자필이든 자서전을 부탁하면, 부탁하는 편의 생애 모든 면면을 고백하듯이 터놓아야 할 터였다. 그렇다면 그 일을 해주는 사람에게, 당신은 어떻게 살았는가 묻는 것은 당연지사일지도 몰랐다. 윤종성은 연대기 식으로 초안을 만들고 필요하면 살을 붙이기로 했다. 오랜만에 자신의 생애를 정리해볼 기회였다.

1998년 강원도 원주 부론 출생. 그렇게 쓰고 나니 아버지 생각이 떠올랐다. 목재상을 하던 부친 윤건행(尹健行)과 양조장집 딸인 모친 심연지(沈蓮持) 사이에 외아들로 태어났다.

부론초등학교를 졸업했다. 부론은 행정적으로 원주에 속하지만 강원, 경기, 충청의 접경 지역이다. 인근에 '흥원창지'가 있어 조선시대 조세 물품이 모이고 흩어지던 중부지방의 조운 중심지였다.

원주 치악산 아래 치악중학교를 졸업했다. 향원(香遠)이란 호를 쓰는 국어교사 원익청(元益淸) 선생에게 감발되어 문학에 관심을 가지기 시작했다. 국어교사는 인간은 궁극적으로 윤리적 존재라는 점을 강조했다. 그것이 인간 자부심의 근원이라고 이야기하기도 했다.

서울 삼각지에 있는 삼각고등학교에 진학하여, 한복만(韓服晩) 선생이 지도하는 문예반에서 활동하면서 시와 소설 습작을 했다. 한복만 교사는, 문학은 사람을 살리기도 하고 죽이기도 하는 무서운 것이라고 했다. 문학은 자신을 성찰하면서 부조리를 고발하고 불의를 징치하는 문화장치라고 강조했다.

고등학교 때 외삼촌 집에 주인을 부쳐 지내는 중에, 외삼촌이 입양한 소말리아 소녀 브이완 플로라를 욕보이는 장면을 목격하고 외삼촌을 살해하기로 벼르다가 실행에 옮겼다. 살인자가 되어 도피 생활로 들어갔다. 윤종성은 거기까지 쓰고, 이하는 쓰고 싶지 않았다. 그것은 누구에게 터놓고 싶지 않은 오랜 도피 행각이었기 때문이었다.

이후 도피자가 되어 숨어 살다가, 김제 금산사에서 범종을 타종하는 당좌에 손을 밀어 넣어 왼손 손가락 네 개가 모두 잘렸다. 의사 출신 월지(月指)스님의 치료를 받아 의수를 달고 생활했다.

소말리아 소녀가 궁금해서 서울에 갔다가, 외삼촌이 살아 있다는 것을 알게 되었다. 그것은 우연한 기회였다. 미수이기는 하지만 살의 충동을 제어하지 못한 죄책감으로 시달리면서 스스로 살인자라고 자책하며 지내기가 다섯 해였다.

아버지가 치악산 황장목(黃腸木) 벌목 사건에 연루되어, 3년 실형을 살고 외국으로 이주했다. 그 이야기는 넘어가는 게 좋지 싶었다. 내세울 일이 아니었다.

고등학교 때부터 시 습작을 했으며, 대학 들어간 해에 시인으로 등단했다. 대학 다니는 한 해 동안 고창에 드나들며 고창 소재로 시를 썼다. 시집 한 권 분량의 작품이 쌓였다.

속죄하면서 사람들 속에 묻혀 들어가 남들처럼 살기로 작정하고 대입 검정고시를 보아 합격, 대학 입학 자격을 얻었다. 그동안 노량진 고시학원 근처를 배회하면서 시를 쓰고, 목숨을 이어갔다.

관산대학교 자유창조학부에서 한 해 공부하는 중에 고창에 자주 드나들면서 고창의 풍정과 문화를 익혔다. 그리고 고창과 연관된 시를 지속적으로 썼다. 고창을 너무 내세우는 게 아닌가 눈치가 보이기도 했다.

2월 현재 관산대학교 휴학 중.

이력서를 적어나가던 윤종성은 잠시 손을 멈추고 생각했다. 대학에서 공부한 한 해는, 동안거와 하안거를 한꺼번에 수행한 만큼이나 몸을 지치게 했다. 일자리가 마땅치 않아 아르바이트로 연명을 해야 했다. 매번 손가락 잘린 손이 말썽을 일으켰다. 내둥 친절하던 사람들이 손가락 잘려 나간 몽당손을 보고 나서는 고개를 돌렸다. 손이 일자리를 잘라먹기도 했다. 며칠 일하다가 그만두기를 수없이 했다. 잘려 나간 손가락 잇는 일이 최우선 과제였다. 그건 목돈이 들어가는 일이었다.

한 해 동안 수많은 사람들을 만났다. 클래스 B의 지도교수 오인준(吳印準)은 포스트휴먼 시대를 맞은 우리 문화의 지도를 새로 그려야 한다면서, 문화 관련 인사들과 일을 도모할 때마다 윤종성을 대동하고 다녔다. 윤종성의 능력과 관심, 그리고 탐구력이 공부하는 영역에서 탁월한 결과를 가져올 것이라고 생각하는 편이었다. 윤종성을 아끼는 지도교수의 제자 사랑은 오히려 윤종성을 탈진하게 만들었다. 잠시도 할 일 알아서 하라고 놓아두는 적이 없었다. 지도교수가 관여하는 학회 일을 도우라는 것은 물론, 사람 만나서 면담하고 자료 얻어 오라는 일이 많기도 했다. 지도교수의 넘치는 의욕은 윤종성의 건강을 위협할 지경이었다. 한 해 동안 고창을 오르내린 횟수만 해도 이삼십 차례는 되었다. 부지런한 지도교수 만나면 고생이 막심하다는 이야기는 농담이 아니었다. 그러나 득이 없는 무료 봉사는 아니었다. 수많은 사람을 만났다. 세상 살아가는 데 인간관계만큼 큰 힘이 없었다. 한 해 동안 윤종성이 만난 사람들의 주소가 핸드폰에 그득했다. 지도교수를 도와 일하는 동안 강의실에서 듣기 어려운 현실적 지혜를 얻었다.

그러나 살아가는 일이 튼튼한 인간관계 하나로 해결되는 것은 아니었다. 먹고 자는 일이 무엇보다 우선이었다. 고시원 쪽방을 얻어 들어가기 위해 휴일 없이 건축공사장에서 아르바이트를 해서 돈을 모았다. 몸이 견디기 힘들었다.

우선 무너져내리는 몸을 건사해야 했다. 그러기 위해서는 누군가에게 몸을 의탁하고 먹을 거 걱정을 놓고 지낼 수 있다면 좋겠다는 생각이 간절했다. 대학에서 한 해 공부하다가 중도에 작파한 젊은이를 받아줄 만한 사회 여건이 아니었다. 몸을 회복하는 일이라면 거친 일 고운 일 가릴 여유가 없었다. 윤종성의 주저앉는 몸은 맹상수의 천거를 거절하지 못하는 이유가 되기도 했다. 잘려 나간 왼손 손가락이 저리고 아파왔다.

손가락에 통증이 오면 멀리서 범종이 울려오고, 귀에서는 등뼈를 흔들어대는 맥놀이가 계속되었다. 귀에서 웅웅대는 맥놀이는 죄에 대한 자각증을 불러왔다. 손가락을 잇는 일이 윤종성이 해결해야 할 가장 시급한 과제였다. 손가락을 의지(義指)로라도 만들어 이어주지 않으면 어디 가서 손 내밀 일이 어마뜩하기만 했다. 손가락 잘려 나간 손을 치료해준 월지스님은 말하곤 했다. 진정한 회개는 손가락 몇 개 잘라버리는 걸로는 형편없이 모자라는 몸짓이다. 온몸을 던져야 진정한 회개가 되고, 그래야 비로소 속죄가 따른다. 온몸 던진다는 게 어떤 경지인지는 짐작하기 어려웠다. 죄의 피가 묻어 있는 손가락을 잘라버리는 게 윤종성이 생각하는 참회 방법의 최상이었다. 그러나 현실은 윤종성의 의지와는 아무 상관 없이 굴러갔다. 문제는 돈이었다.

어쩌다가 영어를 가르쳐달라는 아르바이트 자리가 생겼다. 맹상수가 소개한 자리였다. 아이가 흰 장갑을 낀 왼손에 관심을 보이기 시작했다. 혹시 뭐가 묻은 손인가 물었다. 이력을 차곡차곡 캐묻기 시작했다. 출신 지역이 어딘가, 부친은 무얼 하는 사람인가. 아이의 어머니가 학력은 물론 중고등학교에서 공부한 내력까지 시시콜콜 캐고 들었다. 정직이 최선의 정책이라 믿고, 있는 대로 털어놓았다. 사실을 털어놓자 학부모는 다른 말 않고, 잘 알았다, 우리 집에 드나들 생각은 그만 접어라, 윤종성이 돌아서는 등 뒤에다 주인 여자가 소금을 뿌렸다.

맹상수가 전화를 해왔다. 이력서 간편 양식에다가 대충 적어 보내라는 것이었다. 문방구에 들러 이력서 양식을 구했다. 그런데 그 '양식'이라는 게 불편하기 짝이 없었다. 남들은 다 그렇게 사는데, 자신만 유별나게 남들 다 하는 것을 따르지 못했다. 병이었다. 윤종성은 이력서 양식을 다시 훑어봤다.

간편한 것은 디테일을 요구하지 않았다. 윤종성의 생애는 요약할 게 없었다. 성명, 생년월일이야 분명히 기억하고 있는 사항이었다. 연락처 가운데 핸드폰 번호라든지 이메일 주소 같은 것은 지금 쓰고 있으니 문제가 없었다. 그런데 현주소부터는 눈앞을 가로막았다. '고시원 쪽방'을 현주소라 하는 것은 차라리 떠돌이나 홈리스라고 써 넣는 것만 못할 수도 있었다. 학력사항이나 경력사항도 내놓을 만한 게 없었다. 관산대학교에서 한 해 공부한 걸로는 학력이라 내세울 게 아니었다. 차라리 간략하게 적어놓은 것을 다소 세밀하게 적어 보내려고 할 때, 맹상수가 전화를 해왔다.

이력서는 다 된 걸로 하고, 미리 볼 필요 없으니 면접에 가지고 오라고 맹상수는 전화에 대고 이야기했다. 면접? 숨이 커억 막혔다.

"얼마나 대단한 인간인데, 사람을 골탕먹이기로 작정했나……. 나 거기 갈 생각 별로 없네."

"그러지 말고 2월 15일 열두 시까지 오라니, 그리 알고 내려오면 쓰겠고마."

"이력서는 그렇다고 해도, 내가 겨우 풋내기 시인인데 자서전이나 전기를 어떻게 쓰나……."

"그라믄 시를 써보더라고, 작년 고창 다니면서 시 써놓은 거 있지 않을까. 그 시를 생애 단락에 적절히 잘라 넣고, 디테일은 뒤에 달아 나가란 말이지."

"시와 전기가 뒤섞이면, 서정과 서사가 뒤죽박죽이 되지 않을라나?"

"거시기 시란 게 분위기잖여. 시로 먼저 분위기를 띄우란 말이제. 산문은 논리라니까 그 논리를 뒤에 세부항목으로 서술해. 나도 그쯤은 알제. 아니면 시를 단락 뒤에 넣어 인상을 쫘악 강화하든지. 개똥밭에 굴러도 이승이 낫다지만, 그것도 결심과 실천이 앞서야 하느니." 윤종성은 마음이 터억 가라앉았다. 시만으로는 안 되는 일을 맹상수는 돌려 생각할 줄을 알았다. 윤종성 자기보다 한 길 앞이었다. 윤종성은 맹상수의 제안을 따라, 생애 단위를 서술한 뒤에 끝에다가 시를 달아 전체를 '갈무리'하면 좋겠다 싶었다. 아니면 단락 앞에 시를 넣고, 거기 서사를 전개하는 것도 좋겠다는 생각이 들었다.

"이력서는 형식 구애받지 말고 맘대로, 대충 써가지고 오소. 말로 설명하셔. 말만큼 힘있는 인간 행동이 없지 않은가. 시간 지켜서 오소. 그 양반 시간 어기는 놈은 인간으로도 안 봐."

알았다 하고 창밖을 내다봤다. 도로가 차들로 꽉 막혀 있었다. 막힌 차들을 뚫고 앰뷸런스 한 대가 경적을 울리면서 지나갔다. 어떤 인간 하나가 이승을 떠나 저승으로 가는 모양이었다.

아직 잎이 트지 않은 가로수에 까마귀가 매달려 까악까악 울어댔다. 좋은 소식이 온다는 것인지 저주인지 알 수 없는, 기분 나쁜 울음이었다. 숲에서는 까마귀가 울지 않는 것 같았다. 인가에 내려와 인간을 휘잡아 울어대는 까마귀는, 고구려 시대의 삼족오(三足烏)는 아니었다.

아버지는 왜 치악산 황장목에 손을 댔다가 생애를 망친 것인가. 아마 가족의 호구지책(糊口之策)에 옭혀 그런 일을 했을 듯했다. 궁금증은 졸음 속에서 안개처럼 흩어졌다.

3

면접

숲에도 인연이 있어서……
인연이 있어야 숲도 내 품에 드느니

내 그대 만나 어우러져
한평생 소원하던 일들 이루면

고래등 닮은 기와집 한 채 덩그러니 짓고
단을 무어 돌탑도 세워서 치성할라치면

잘려 나간 손가락도 다시 새살 돋고
막혔던 목청 또한 훤히 트여갖고는

죄를 씻어내는 새벽마다

종이 울어, 우렁차게 울어

맥놀이 길게 끌고 숲으로 달아나
숲은 온통 춤으로 어우러진 소리 숲이 되려니.

그날이 2월 15일, 수요일이었다. 윤종성은 이력사항을 적은 종이를 접어서 백팩에 넣었다. 강남 터미널에서 여덟 시 고창행 버스를 탔다. 열두 시에 대자면 그 시간쯤은 버스를 타야 했다.

차를 가지고 터미널로 나와 기다리겠다던 맹상수가 전화를 해 왔다. 출장이 잡혀 못 나간다는 것이었다. 척서암으로 연락을 해둘 것이니 찾아가서 '김대성이란 분'을 직접 만나라는 것이었다. 일이 꼬인다 싶었다. 지도에서 확인한 걸로는, 고창 터미널에서 송림산 척서암까지 차로 삼십 분이 걸리는 거리였다. 난감했다. 뭐어 어떻게 되겠지 하면서 택시를 잡았다.

"여기부터는 비포장이라 더 못 갑니다." 택시 기사는 차를 세우고, 요금을 재촉하는 표정으로 그렇게 말했다. 비포장이라 못 가는 게 아니라, 차량 진입을 금지하고 있는 게 틀림없었다. 김대성이란 인물이 예삿사람은 아닐 것 같은 느낌이 들었다. 윤종성은 택시가 돌아간 뒤, 눈 앞에 펼쳐지는 숲을 바라보았다.

숲에 이르자 바람이 불기 시작했다.

서해 바다에서 일어나는 바람은 물기와 소금기를 함께 버무려가면서 내륙으로 치달았다. 바람이 송림산 산자락을 밀어 올라갔다. 바람은 바다와 숲을 웅숭깊은 기운으로 이어주었다. 바다에서 스멀스멀 일어나는 생기를 숲에 불어넣어, 겨울 지내느라고 메마른 나무들이 물기 머금고 살아나게 했다.

해안에서 숲으로 난 길을 따라가는 오르막길을 올라가는 중이었다. 숲 위로 불어가는 바람이 산자락에 알싸한 향기 풍기는 소나무 물결을 일렁이게 했다. 솔향기는 로즈메리 향기와 닮아 쌀랑하고 향긋하게 코끝을 어루만졌다. 아직 잎이 나지 않은 참나무 가지들을 뒤흔들어대며 산자락을 누비는 바람은 솔숲에 이르러 거대한 파도를 일으켰다. 파도는 속으로 으르렁거렸다. 그것은 환청이었다. 맥놀이의 환청이었다. 지난해 여름 선운사에서 들은 새벽 범종 소리에 이어지는 맥놀이. 우웅 우우우웅 우웅 우우우웅 그렇게 끊일 듯 낮아졌다가 다시 높아지는 맥놀이는 이승을 떠나는 혼백이 울부짖는 소리를 닮은 듯했다.

송림산 어구에서 척서암까지는 삼십 분이 착실히 걸렸다. 길의 폭이라든지 길바닥의 상태로 보아서는 웬만하면 차가 드나들 수 있었다. 초입에다가 짐짝 풀듯 내려놓고 달아난 택시 운전사가 야속했다.

윤종성은 아니지, 아니지 하면서 숲을 쳐다봤다. 굴참나무, 갈참나무, 단풍나무, 산벚나무 그런 잡목 사이에 솔들이 듬성듬성 박혀 있었다. 산자락을 타고 올라가면서 솔이 주종을 이루어 산등성이까지 빽빽한 솔숲이 형성되어 울창했다. 이 산을 송림산이라 하는 까닭을 알

듯했다. 서울서 고창까지 내려오는 동안 내내 긴장했던 것과는 달리, 숲으로 들어서자 마음이 차악 가라앉았다. 그것은 숲이 주는 안식과 휴식의 기운이었다.

저만큼 숲속에 집 한 채가 기왓골을 드러내기 시작했다. 윤종성은 오던 길을 돌아보았다. 멀리 서해 바다가 대낮의 햇살을 반사하면서 물비늘을 뒤집고 있었다. 그 앞으로 나지막한 집들이 지붕을 이어대고 옹기종기 자리 잡은 마을 풍경이 펼쳐졌다. 그 옆으로는 염전으로 짐작되는 개활지가 광활하게 펼쳐져 보였다. 바라보이는 풍경은 나무랄 데 없이 탁 트이고 쾌적했다. 찬바람이 시원하게 얼굴을 스치고 지났다. 숲이 우는 소리가 쉬이이, 쉬이이 귓가를 스쳤다. 윤종성은 잠시 자기가 왜 여길 왔는지 잊고 서서 바다 쪽을 바라보았다. 오래된 고찰에 와 있는 듯, 마음이 가라앉고, 한편 속으로 이런 환경에서라면, 다른 거 잊고 한 해 정도 살아도 좋겠다는 한가한 생각도 들었다.

"뉘를 찾으시는 갑소만?"

어느 사이, 윤종성 옆에 몸피가 두둑하고 농익은 중년 여인이 서 있었다. 중년 정도로 짐작이 갈 뿐 나이를 꿰어보기는 어려운 얼굴이었다. 가무잡잡한 얼굴에 눈이 꼬부장하니 윤종성을 위아래로 훑고 있었다. 무녀가 신내림을 재촉하는 것 모양으로 간절한 소망이 눈에 일렁이는 듯했다. 윤종성은 여인 앞에서 몸이 굳어 붙은 듯 아무 말도 못 하고 서 있었다.

"워어매 이히히, 좋구마!"

윤종성은 국사봉 아지매가 여기 웬일인가 자기 눈을 의심했다. 국사봉 건축공사장 함바집 아지매는, 한코 줄래? 엄청 맛나겠다, 윤종성의 귀에다 대고 느끼하게 뱉어냈다. 그녀의 눈에는 늘 불기가 잡혀 있었다.

"아, 예, 여기가 김대성 선생 거처 맞습니까?"

여인은 잠시 멈칫하면서 윤종성에게 한 발 앞으로 다가섰다. 싸늘하게 내려앉은 비린내가 훅 풍겨왔다. 발정기 동물들의 암내를 닮은 그런 냄새였다. 어머니도 아버지와 정이 좋아 한밤 지낸 다음에는 그런 냄새를 풍겼다.

"집에 손님이 오기도 하고, 뭔가 좋은 일이 생길란갑다."

찾아오는 손님 아무도 없이 지내는 모양이었다. 말하자면 산속인데, 산속에 김대성이란 사람과 이런 여성이 함께 지내는 게 일반적인 인간관계가 아니라고 짐작되었다. 김대성이란 사람이 나름 고단한 생애를 살았을지도 모를 일이었다.

집터가 안온해 보였다. 뒤쪽으로 산자락이 둘러치고 있어 바람을 막아주고 앞은 탁 트인 이른바 안산(案山) 자락에 자리 잡은 '명당'을 연상하게 했다. 저 아래로 내려다보이던 포구 한 자락을 산속에 옮겨놓은 것처럼 아늑하고 포근한 느낌을 자아냈다.

그런데 분지 가운데 기와집을 중심으로 주변에 나무 사이를 골라 방사형으로 나무 기둥들이 을씨년스럽게 서 있었다. 진행하던 공사를 겨울 한 철 중단한 모양이었다. 어떤 건물은 지붕에 짙은 군청색 천막이 가리고 있었다. 이 층으로 짓다가 중단한 건물도 보였다. 그것은 강당으로 쓸 건물인 듯했다. 전체적으로 대여섯 채는 되었다. 대규모 건축공사인데 개활지를 만들지 않고 건물과 건물 사이에 숲이 끼어든 배치였다. 숲이 조금 더 자라나면 건물들은 숲에 묻혀 기왓골이 숲과 연결되어 이질감이 사라지고 척억 어울릴 것 같았다. 차도 못 들어오게 하는 산속에 이런 시설을 하자면 상당한 인력이 필요하지 싶었다. 그것은 마치 고인돌을 조성하는 공사나 마찬가지로 인력을 대규모로 동원해야 할 듯했다.

윤종성은 여인의 안내를 받아 안으로 들어갔다. 집이 제법 규모가 있었다. 단층 고패집에다가 대청마루를 널찍하게 들이고, 안방과 웃방, 대청을 건너 건넌방 둘이 연이어 배치되어 있었다. 대청 벽 쪽으로 병풍을 둘러 북쪽에서 불어 들어오는 바람을 막도록 배려한 것도 살림 규모를 알게 했다. 대청에서 내다보면 멀리 서해 바다가 물바닥을 뒤집으며 반짝였다. 소나무 숲에 이어 참나무 숲이 펼쳐지고 그 위로 햇살이 일렁이며 바람은 산 쪽으로 몰려들었다. 숲속에 안겨 조용히 숨쉬는 듯한 기와집 한 채, 그것이 척서암 본채였다. 공사를 하다가 멈춘 건물들 말고는 다른 부속건물은 없었다.

"열두 시에 온다는 사람이, 쯧쯧, 한 시가 넘었구라."

주방 문기둥에 기대서서 이쪽을 바라보던 여인이 눈을 찡긋했다. 손으로는 주인의 뒤에다가 손가락질을 했다.

그럴 수도 있는 게 아닌가 하려다가, 윤종성은 입을 다물었다. 늦은 것은 사실이고, 어떤 이유를 대도 약속이라는 측면에서 보면 핑계에 불과했다. 이런 경우는 입을 다무는 게 상책이었다. 그러나 입 다물고 구겨져 있을 수만은 없었다. 살아 있다는 걸 증명해야 하는 '면접' 자리였다.

"송구스럽습니다. 차편이 어긋나는 바람에."

"아무튼, 늦은 건 늦은 게야. 그리 않소?"

"죄송합니다." 윤종성은 마지못해 고개를 조아렸다.

"좌우간, 점심이나 먹고 얘기하더라고."

시간 늦은 데 대한 책망이 앞서는 판이었다. 첫 만남인데 기선을 잡자는 계산일 수는 있지만 사람 대하는 태도가 너무 고압적이었다. 저런 사람과 일을 해보라 했던 맹상수의 속을 헤아리기 어려웠다. 그리고 맹상수가 약속을 어긴 것도 미리 계획한 일은 아닌가 의문이 들었다. 윤종성은 김대성의 속내를 읽고 있었다.

"식탁으로 다가앉으시게."

반찬이 정갈하게 차려져 있었다. 무를 썰어 넣은 새뱅이국 그릇에서는 김이 모락모락 올랐다. 고추장에 마늘을 다져 넣어 만든 양념을 발라 구운 장어구이, 푹 익은 배추김치와 매생이국이 먹음직했다. 홍어무침도 올라와 있었다. 점심상으로는 풍성하고 맛깔스러워 보였다. 전에 영광에 갔을 때, '전라도 밥상'이란 한식당에서 먹었던 음식 맛이 떠올랐다. 윤종성이 수저를 막 들려는 찰나였다. 여인이 뒤에서 또 손가락질을 했다.

"기도하고 먹어야 쓰지 않겄소." 김대성이라는 사람이 기독교인이라는 이야기는 들은 적이 없었다. 그런데 기도라는 게 희한했다. 김대성은 합장하고 읊었다.

"오늘도 한울님 마련해주신 밥 우리 집 손님과 잘 먹습니다. 남은 밥은 숲속 짐생 식구들에게 먹일랍니다. 고맙습니다." 윤종성은 어리뻥해져 김대성을 건너다보았다. 얼굴이 대추 빛깔로 익어 보였다.

"자아, 먹더라고."

식사 기도를 하는 것은 많은 종교의 일상화된 예법이었다. 그러나 '한울님'을 찾는 맥락이 이해가 잘 안 되었다. 윤종성이 어리둥절해 있는 사이, 김대성이 밖에 대고 목청을 돋우었다.

"구시떡, 손님도 있는데 반주 한잔 히야 쓰잖으까이?"

"엄청 맛나겄다, 이히히." 여인을 부르는 이름이 구시떡인 모양이었다.

"조신하게, 구시떡!"

윤종성은 구시떡이란 말이 언젠가 들은 듯한 느낌이었다. 지난해 판소리연구회 회원들과 고창에 왔을 때, 구시포(九市浦) 해수욕장에 들렀던 적이 있었다. 식당에서 '구시떡'이란 말을 듣고 그 연원을 물었다. 고창문화연구회 간사가 설명해주었다. 한자와는 아무 상관이 없다는 것이었다. 소 여물통을 뜻하는 구유를 고창 말로 '구시'라 하고, 거기다가 출입지를 뜻하는 댁(宅)을 전라도 말로 '떡'이라고 한다는 설명이었다. 그러니까 '구시떡'은 '구시포댁'이라는 뜻이 되는 셈이었다. 윤종성은 다용도실이 딸린 주방으로 걸어 나가는 구시떡의 뒷모습을 한참 말없이 쳐다보았다. 등판이 사내처럼 튼실하고 엉덩이가 뒤룩거릴 정도로 살이 두두룩 붙어 보였다.

"윤종성이랬던가, 자네 왼손을 왜 자꾸 상 밑에 내려놓는다나?"

손을 식탁 아래로 내려놓고 있는데, 김대성이 눈치를 챈 모양이었다. 윤종성은 왼손을 사타구니 사이에 감추었다. 어느 사이 버릇이 되어버린 행동이었다. 누군가 자기 손에 눈길을 주기만 하면 자신도 모르게 손이 사타구니로 들어갔다.

지워지지 않는 기억이 있었다. 커터칼로 외삼촌 목을 겨냥했는데 빗나가 쇄골을 긋고 지나가고 말았다. 외삼촌은 주저앉아 몸을 뒤틀었다. 저러다가 널브러져 죽겠거니, 하고 발길을 돌리는 찰나 외삼촌은 윤종성의 바지자락을 낚아채면서 뿌드득 이를 갈았다. 윤종성은 외삼촌의 사타구니를 발로 걷어차 뒹굴려놓고는 대문을 박차고 나왔다. 그리고 십 년이 가까워온다. 윤종성은 고개를 흔들었다. 사납게 달라붙는 마성의 기억이었다.

"어쩌꺼나, 낮술인디 법성포 소주 괜찮겄어라?"

구시떡이 꼬부장한 눈가에 기름진 웃음을 달고 물었다. 그럴 때는 말씨가 정갈했다. 독주라도 괜찮은가 묻기보다는 술이 독하니 조심하라는 뜻인 듯했다. 김대성은 피식 웃음을 뱉어냈다. 윤종성은 잠시 망설였다. 전에, 고창에서 판소리연구회 학회가 끝나고, 법성포 불교 최초 도래지에 갔다가, 영광굴비와 법성포 소주를 마신 적이 있었다. 정수리가 짜르르할 정도로 독한 술이었다. 인도의 마라난타가 불법을 전했다 해서 법성포라 한다는데, 왜 그 독한 술을 법성포에서 만들었는지는 알기 어려웠다. 굴비와 짝을 맞추기 위한 배려일지도 몰랐다. 문화는 가끔 논리로는 설명이 안 되는 맥락이 있는 법이었다. 지도교수 오인준의 말이었다.

"얘기는 간단하고 명료해야 하오. 단도직입으루다가……." 그렇게 시작한 김대성의 이야기는 조목조목 이어졌다.

"남의 생애를 글로 써본 적이 있소?" 김대성의 첫 번째 질문이었다. 남의 생애, 자신의 생애를 글로 써달라고 부탁하는 사람이라면 마땅히 물어야 하는 항목일 터였다.

"없습니다." 윤종성은 있는 대로 간명하게 대답했다. 김대성은 고개를 갸웃하다가, 말의 방향을 돌렸다.

"세상에 기록할 아무런 가치 없는 생애는 존재하지 않는다, 그기 내 주장이오. 인정하오?"

김대성이 윤종성의 얼굴을 찟찟이 쳐다봤다. 윤종성은 설명을 달까 하다가 물러섰다. 그것은 평소 생각하던 터이기도 하고, 지도교수가 강의시간에 이따금 강조하는 내용이기도 했다.

"그렇겠지요."

"대답이 쪼깨 티미하고만." 김대성은 소주잔을 비우고, 마른 굴비 살을 뜯어 입에 넣고 오물거렸다. 윤종성에게도 같이 들라 하면서였다.

"모든 인간의 생애는 기록할 가치가 있다면, 내 생애도 기록할 가치가 있을 법하오. 그건 차차 이야길 하면서 풀어가면 되겠고만이라."

김대성은 들고 있던 젓가락을 식탁 위에 터억 놓고는, 뭔가 생각이 떠오른다는 듯이 윤종성을 빤히 올려다보았다.

"허먼 말이지라, 인간이 저지른 대죄(큰죄)도 회개를 통해 사죄가 된다고 생각하오?" 윤종성은 찔끔했다. 술기운이 뒷목을 타고 핏줄을 부풀리며 올라왔다.

“대죄라면……?” 윤종성이 그 뜻을 물었다. 김대성은 멈칫하다가 말을 이어갔다.

“말하자면, 이건 할아버지 대부터 아버지를 거쳐 내려오는 죄인데, 사람 목숨을 해하였다든지 나라에 역적질을 했다든지, 그런 죄를 대죄라 하지 않습디여. 내가 저지른 죄 씻어버리지 못하고 저승 언저리에서 헤매돌까 걱정이 되야서……. 속으로만 죄씻이를 할 게 아니라 터놓고 죄를 씻으려고 허다 본게 고백이란 게 생각나등만. 죄를 터놓는다는 그긴 내 이야그를 글로 써서 터놓으려는 것이제. 내가 내 생애를 글로 쓸 재간이 없어서 게다가 부탁하려 하오. 내 목숨이 기록할 가치가 있다면 그 기록을 남기고 싶은 것이지 않겄어라?”

사제 앞에서 고백하듯이 말하는 태도는 사뭇 진지했다. 그러나 그 죄라는 게 뭔지 실체를 밝히지는 않았다.

윤종성으로서, 생각해보면, 지금 자기가 살아가는 한 발짝 한 발짝이 회개와 사죄로, 참회로 점철되어 있는 나날이었다. 속죄니 사죄니 하는 일이, 목숨 달고 사는 동안은 세속의 법칙을 따라야 했다. 살아 있는 자의 악업은 초월적 바라밀(波羅密)의 언어로는 해결이 안 되는 영역이었다. 기도를 위해서도 살아 있어야 했다. 나아가 죽기 위해서라도 살아 있어야 할 일이었다. 자살은 타인의 단죄를 불가능하게 하는 수단이라고 하던 지도교수의 말이 떠올랐다.

“말이시, 내 나이가, 낼모레면 팔십이 다 되어가지라. 이 나이 먹도록 살아오면서 죄도 짓고, 아버지가 지은 죄를 풀어보려고 별별 짓을

다 했소만, 한데……. 허사라." 별별 짓이 무엇을 뜻하는지 구체적인 이야기는 하지 않았다. 그것은 윤종성 자신이 써야 하는 전기의 내용일 터라고 짐작이 되었다. 부친의 죄를 이어받았다는 것도 석연치 않은 점이 있었다.

"이력서는 가져왔능가?" 윤종성은 아직 이력서 이야기가 없는 게 이상하다 싶어 언제나 이력서 이야기가 나오나 기다리고 있었다. 백팩에 넣어두었던 이력서를 내놓았다. 김대성은 자기가 안력이 약해져서 잔글씨를 못 보니 말로 해보라고 주문했다. 약식 이력서 양식에다가 적어 넣은 내용을 그대로 읽고 있기는 싱거웠다. 또 면구스럽기도 했다. 강원도 원주 부론 출신이고, 나이는 스물세 살, 관산대학교에서 한 해 공부한 게 이력 전부라고 간명하게 이야기했다.

"어허, 관산대학교면 게가 저어 미국 하바드대학교나 한가지일 터인데…… 대단하오. 그래 게서 무얼 공부했던가?" 이제 비로소 본론을 털어놓는 것 같아 마음이 놓였다. 문학, 예술학, 철학, 그런 것들은 물론 지도교수의 주선으로 여러 영역의 인사를 두루 만났노라고 이야기했다.

두루 만났다는 사람들 가운데는 판소리연구회 회장단이며 민란을 연구하는 역사학자, 그리고 판소리에 매료되어 한국에 왔다는 프랑스 브르타뉴 출신 라포레 등 몇몇 얼굴들이 눈앞에 떠올랐다. 시인으로 등단했다는 이야기는 아직 터놓기가 이르다는 생각이 들었다.

"고창은 처음이 아닌 것 같소만, 내 짐작이 맞소?" 윤종성은 가늘게 뜬 눈으로 자기를 어르고 있는 김대성의 냉연하게 가라앉은 듯한 태도가 부담스러웠다. 그렇다고 고개를 주억거려 동의를 표했다. 지난 한 해 고창을 여러 차례 드나들었던 기억이 떠올랐다. 자주 드나들어 익숙해진 결과인지는 모르지만 고창하고는 지역적 친연성이 선명하게 다가오는 느낌이었다. 그것은 틈이 날 때마다 고창을 소재로 시를 썼던 결과 같기도 했다. 시는 막연한 인상을 선명하게 각인해주었다.

"쩌어그, 자동차 운전은 할 줄 아는가?" 윤종성의 얼굴에 웃음이 떠올랐다. 관산대학교 입학 기념으로 면허를 따두었다. 운전학원 강사는 운전면허가 박사학위 다음에 따는 자격증이라고, 박사 위에 기사라던가, 인간 최후의 자격증 어쩌구 하면서 운전면허의 위력을 들추어냈다.

"혈액형이, 윤 선생 혈액형이 뭐랑가?" 글을 쓰는 마당에 혈액형이 문제 된다는 생각은 해본 적이 없었다. 그리고 이게 면접이라면 면접에서 물을 내용이 아니었다.

"혈액형을 왜 물으시지요?" 윤종성이 대들듯이 되쳐 물었다.

"우리가 서로 피를 나눠줄 수 있을까 히서……. 아무튼 그건 이다음 일이고." 김대성은 잠시 망설이는 눈치를 했다. 윤종성이 당황해하는 눈치를 챈 듯했다. 낌새를 눈치챈 김대성이 이야기 방향을 틀었다.

"낮에는 꺼끔하지만, 밤에는 기침 땜시로 환장허게 시달리기도 히어." 그래서 어쩌라는 것인가? 윤종성은 김대성을 이 응큼한 늙은이, 하는 시선으로 흘금 쳐다보았다. 식탁 건너편에 있는 협탁 위에 용각산이니 제중음이니 하는 해소병 약들이 그득히 놓여 있었다.

윤종성은 장사익이 부른 〈기침〉이라는 노래를 생각했다. 가사는 시인 신배승이 지었다는 걸 윤종성은 기억했다. 그 노래 가사의 한 구절이 뇌리에 붙박혀 떨어져 나가지를 않았다. 기억의 강물을 타고 노래 가사가 윤종성의 뇌리를 흘러내렸다.

밥그릇의 천 길 낭떠러지 속으로 비굴한 내 한몸 던져버린 오늘
삶은 언제나 가시 박힌 손톱의 아픔이라고 아무리 다짐을 놓고 놓아봐도……

밥그릇, 그것은 수많은 사람들을 천 길 낭떠러지로 추락하게 하는 마물(魔物)과도 같은 것이었다. 밥을 해결하기 위해 어리숙한 인간들은 목숨을 걸고, 영웅들은 그 가련한 목숨을 담보로 잡아놓고 손톱 밑을 쑤시고 들어왔다. 김대성의 죄라는 것도 먹고사는 문제와 연관되는 것이려니 짐작이 갔다. 나아가 사람을 밥솥에 잡아넣어 삶는 폭군도 역사에는 버젓이 기록되어 있었다. 역사의 복합성은 죄와 은혜를 함께 기록해야 할 일이란 생각도 들었다.

"내 건강, 그거야 내가 혼자 감당할 일이고……. 자네가 나 도와줄 만큼 완력은 있는지 보아야 쓰겠네."

김대성은 앞에 앉은 윤종성에게 다가앉으라 하면서 오른팔을 걷어 올렸다. 팔씨름을 하자는 모양이었다. 윤종성은 피식 헤픈 웃음을 날렸다. 기관지를 앓고 있는 팔십객이 이십 대 청년을 향해 팔씨름을 걸어오는 것은 누가 봐도 가관이었다. 그러나 윤종성은 손을 잡히자마

자 기가 질렸다. 오른손으로 쩌르르하니 통증이 지나갔다. 손아귀 힘이 가히 괴력이었다.

"힘을 써보더라구……. 으으윽!" 윤종성의 팔에 쥐가 났다. 윤종성은 왼손이 성치 않은 것을 보완하기 위해 오른팔 근육을 단련해왔다. 한 팔로 몸을 들어 올려 지탱할 수 있을 만큼 근육 강화 운동을 했다. 윤종성은 김대성의 손을 놓고 물러나 앉고 말았다. 이마에 땀이 솟았다. 혹심한 열패감이 밀려왔다. 자존심 상하는 일이었다. 구시떡이 그 장면을 쳐다보고 이히히 웃었다.

"구시떡이 저렇고롬 왔다 갔다 허제. 푼수와 철학자가 저 인간 안에…… 공생을 한다니."

"마음 쓰지 않도록 유념하겠습니다." 김대성은 자기 이야기를 이어갔다.

"말허자면, 글을 쓰는 것도 운동인데, 하면, 글을 쓸라면 근력이 있어야지 않겄어? 그 팔로 글이 되겄나?" 글 쓰는 게 운동이라? 윤종성은 속으로 웃었다. 글쓰기 첫 시간에 담당교수가 하던 말이 떠올랐다.

"글은 손으로 쓰고, 논문은 발로 쓴다, 알겄지?" 이어서 글을 잘 쓰려면 팔 근육이 든든해야 하고, 감각이 살아 있어야 한다고 했다. 글쓰기를 위한 심동 기능. 교수는 농담처럼 웃으면서 한 이야기였지만 윤종성의 기억에는 선명하게 각인되었다.

"근력은 그만하면 되얐으니, 나랑 한 해만 같이 지내면 좋겠소. 워쪄?" 김대성은 흐뭇한 얼굴을 해가지고 그런 제안을 했다. 젊은이에 대한 도저한 믿음이 마음 바탕에 깔려 있는 듯한 태도였다. 한 학기가 아니라 일 년이라면, 다소 길다 싶은 시간이었다.

“내 생애 기록하는 작업은 줄잡아 한 해면 되지 않을랑가?” 윤종성은 고개를 주억거렸다. 윤종성은 한 해 일하고 받아야 하는 수당의 적정선을 생각하고 있었다. 칙살맞은 일이었지만, 그것은 윤종성의 현실 자아가 요구해오는 조건이었다. 자아가 아니라 무의식 밑바닥에 깔린 계산 본능일지도 몰랐다.

“어르신과 함께 지내면서, 일을 꼭 그렇게 해야 합니까?” 윤종성은 황당한 제안에 이의를 제기했다. 옭아놓고 잡는다는 말이 떠오를 정도로 일방적이고 단호하기까지 했다.

“내가 어찌 살았는지 알라먼, 나와 이야길 히야 할 테고, 그러자면 가까이 있어야 일이 제대로 되지 않겄나 히서 하는 소린 게여.” 윤종성은 맥없이 머리를 긁었다. 김대성이 물었다.

“윤 선생, 자넬 윤 선생이라 하지. 헌디 고창에 정해진 거처가 있기라도 헌가?” 그렇게 다그치는 데에는 대답할 말이 없었다. 한편으로 맹상수와 상의하는 게 좋겠다는 생각도 들었다. 하숙을 하든지 필요에 따라 숙소를 장기적으로 잡아둘 계획도 해보았다.

“아닙니다, 우선 혼자 지내렵니다.” 자신도 모르게 튀어나온 대답이었다. 윤종성은 시인 릴케가 조각가 로댕을 찾아가 비서를 자처했던 예를 생각했다. 글쓰기가 단지 기록이 아닐진대, 대상과 거리를 좁히면서 인간적 이해의 밀도를 높여가야 할 것 같았다. 몇 가지 조건을 저울질해보던 윤종성은 김대성의 뜻을 따르기로 했다. 윤종성이 생각지도 않은 방향으로 거처가 그렇게 결정되었다. 윤종성은 오랜만에 ‘가족'이라는 말을 떠올렸다. 어머니 아버지 얼굴이 눈앞을 스치고 지나갔다. 가출 이래 잊고 살아온, 아니 외돌려놓고 지낸 부모들이었다.

"자동차부터 구입하게나. 찝차로다가 말이시." 윤종성은 어리뻥해져 앉아 있었다. 김대성은 말을 이어갔다.

"찝차 가운데, 그랜드 체로키라는 게 있느니. 여기 송림산 지역은 아직 길이 정비가 안 되어 부실하니 차라도 좋아야 하지 않겠나. 딴 생각 말고 그리 하게. 차를 사서 거기다가 짐 싣고 제까닥 고창으로 내려오란 말이시." 중요한 일을 결정하는 데 서둘러서는 실패한다던 아버지의 말이 떠올랐다.

"잘 알았습니다."

윤종성은 김대성에게 빨려들어가는 자신을 물끄러미 내려다보았다. 알았다는 말이 김대성에게 신뢰가 갈까 하는 생각을 하면서였다.

"자네가 말이네, 맨 먼칠로 할 일은 우선 손가락부터 이어 붙이는 거 아니겠나. 관산대학교병원 성형의학과에 나노공학 신기술 접지술이 들어왔다네. 다른 말로는 '나노 뼈 증식술'이라고 하데만. 강형강 박사라고 하는 분이 있네. 내 명함 가지고 찾아가보도록 하게. 내 전화 넣어두겠네."

김대성은 문갑을 뒤져 명함을 한 장 찾아 내놓았다. 관산대학교병원 성형의학과 강형강, 그렇게 한글로 쓰고 NPTB 전문의라고 박혀 있었다. 아랫줄 괄호 안에 Nano proliferation technique of bones라는 설명이 달려 있었다. 윤종성은 전화번호를 핸드폰에 입력해놓았다.

"친절하게 대해줄 것이여. 손가락부터 잇도록 하게. 사람이 자기 몸을 자신 있게 내놓을 수 있을 때라야 뱃심이 솟는 거 아닐랑가, 히서 하는 말이제."

그 이야기를 마무리하기라도 하듯, 김대성이 쿨룩 기침을 했다. 병이 몸 깊이 들었다는 징표 같았다. 이러다가 저 늙은이 병수발하는 걸로 일 끝나는 건 아닌가 그런 생각도 들었다. 스포츠 유틸리티 차를 구입하라든지, 혈액형을 묻는 게 수상쩍은 구석이 있었다. 차로 병원 데리고 다니면서 급하면 수혈도 하고……? 의문이 일었다. 그러나 대답은 반대 방향을 잡았다.

"잘 알겠습니다."

그렇게 대답을 하기는 했지만 하루이틀에 끝날 일이 아니라는 것을 윤종성은 알고 있었다. 노인의 말투며 보여주는 태도로 봐서 믿을 만하다는 확신 같은 게 왔다. 어쩌면 강형강이라는 의사와는 이전부터 연을 대고 있는지도 모를 일이었다.

"생애사는 언제부터 작업을 할까요?" 윤종성이 물었다. 자서전이니 전기니 하는 말 대신 생애사가 중립적인 느낌이 들었다. 김대성이 윤종성을 삐뚜름한 눈으로 쳐다봤다. 자발머리 없이 서둔다는 눈치였다.

"자네 거그 시간을 먼저 요량하소. 나는 바쁘지 않소. 삭신이 다 삭아뿌렀지만 한두 해 정도야 견디지 않을랑가, 그런 짐작이오."

오른손을 움켜쥐자 손가락 사이로 찌르르 전류가 흘렀다. 긴장하고 있다는 표시였다.

"거기, 윤 선생, 그렇게 부르는 게 내가 편하겠구만……. 짐도 있을 것이고, 짐 싣고 오려면 차 빌리고 해야 할 것이 아닌가. 우선 차 구입하고, 그리고 그 차에다가 이삿짐 들쳐 얹어가지고 내려오소. 그리고 함께 지내면서 일하면 쓰겄소."

호칭을 '윤 선생'으로 바꾸는 것은 일종의 믿음을 표시하는 방법이란 생각이 들었다.

"그런데 윤 선생……, 윤 선생은 왜 돈 이야기는 한마디도 안 한당가?"

거래는 부자간에도 분명하게 아퀴를 지어야 뒤탈이 없다던 아버지 이야기가 떠올라 뇌리를 맴돌았다. 부친은 당신 이야기를 실천해 보일 작정인 것처럼, 남에게 칼질하는 자식이랑은 의절이다, 그렇게 선언을 하고는 종적을 감추었다. 세상사 깨달을 만큼 깨달았다는 생각으로 버텨왔고, 지금도 그런 자세에는 변함이 없었다. 곤혹스런 장면이었다. 그때 김대성이 구시떡을 불렀다. 이히히 웃음을 흘리면서 구시떡이 다가왔다.

"쩌어그, 농협 통장이랑 카드, 여기 윤 선생한테 건네주소."

구시떡은 입을 삐죽하면서 서운한 얼굴을 했다. 구시떡에게 맡겨놓고 쓰던 카드인 모양이었다. 자기 몫이 윤종성에게 건너가는 게 섭섭하다는 표정이었다.

"든든한 총각 식구 하나 들어온게 내 맘이 흐벅지게 좋구만이라."

윤종성은 자신을 식구로 불러주는 구시떡이 숙모처럼 마음에 안겨왔다. 식구란 이야기를 들은 게 언제던가, 기억이 아득했다. 외숙모는 윤종성을 유난히 아꼈다. 외삼촌 일로 해서 그런 인연도 거품이 되기는 했지만. 아무튼 부모 없이 홀로 산다는 게 외로움을 불러왔다.

솔숲을 건너오는 바닷바람은 이마를 더듬으며 몸으로 파고들었다. 올라왔던 길을 따라 내려가는 발걸음은 가벼웠다. 발걸음이 가벼운 것과는 달리 머리는 묵직하게 책무감이 짓눌렀다. 윤종성은 양복 윗주머니에 넣었던 통장을 꺼내 보았다. 잔고란에 25 뒤에 0이 여남은 개 붙어 있었다. 액수가 얼른 헤아려지지 않았다. 눈을 의심하며 통장을 뒤적이고 있는데 핸드폰이 울렸다. 맹상수 이름이 떴다.

"지금 여기가 쩌그, 척서암 입구에 와 있네."

솔숲을 건너 바닷바람이 웅웅 울음소리를 내면서 산자락을 어르며 불어가고 있었다. 윤종성은 숲이 운다는 말이 실감으로 느껴졌다. 어떤 시인의 말마따나 사물은 때가 무르익으면 자기 울음소리를 낸다. 그 소리를 아무나 듣는 것은 아니다. 숲을 어루만지고 바다를 포옹하고 뒹구는 인간에게만 사물의 깊은 울음은 들린다. 윤종성은 숲을 건너보면서 여유 있는 걸음을 옮겼다. 앞으로 전개될 삶의 굽이가 예사롭지 않을 듯했다.

4

뿌리로 돌아가서

'기억은 뿌리가 질긴 식물인지도 몰라.'

'과거란 돌아갈 수 없는 아득한 고향일까.'

'오늘 나를 만든 경험은 오롯이 나의 것인가.'

나의 쓰라린 기억과 당신의 화려한 추억이
깊고 어두운 땅속에서 얽혀들어
싹이 돋고 꽃이 피기까지
정수리에 땡볕 내리는 나날 견뎌야 하리

사죄는 고백에서 시작하는 것이거니
병든 뿌리 깨끗이 씻어

도려낼 건 도려내고
다시 땅속에 묻어
실뿌리마다 발갛게 등불을 밝히면

기억은 금강만다라로 피어날지도 몰라.

바닷바람을 타고 범종 소리가 산자락으로 밀려와 깊고 엷은 맥놀이를 숲에 뿌렸다. 누군가 죽은 영혼을 천도하기 위한 천도재(遷度齋)라도 올리는 모양이라고, 윤종성은 짐작했다. 천도재에서 범종을 울리는지 여부는 잘 알지 못하는 일이었다. 윤종성은 왼손을 바지 주머니에 찔러 넣고 의식 표면으로 기어 올라오는 기억의 실마리를 거듭 구겨 넣었다. 영화 제목처럼 '살인의 추억'이 윤종성의 몸을 조여들었다. 의식이 몸을 덮쳐올 때마다 윤종성은 머릿속에 숲을 그렸다. 숲에 안개가 흐물거리고, 흐물거리는 안개를 따라 의식은 무의식의 수면으로 가라앉곤 했다. 앞을 가리는 안개가 윤종성에게는 위안과 침잠의 기회를 부여하기도 했다.

내려가는 길이라 그렇게 힘든 줄은 몰랐다. 오히려 멀리 내려다보는 전망이 탁 트여 가슴이 시원하게 열리는 느낌이었다. 숲과 바다가 어울리고, 산과 물이 혼연하게 맞물린 풍경 속에 자신이 하늘을 받치고 서 있다는 것, 하늘과 땅 사이를 걸어간다는 그 자체만으로도 가슴이 훈훈하게 달아올랐다. 그러한 느낌은 인간적 훈기와 어울려 몸이 울울울 달아오르게 했다. 그것은 하늘의 기운이고 바다의 정기가 몸에 몰려드는 그런 희열이었다. 아울러 숲이 풍겨내는 향기가 융화하는 열락(悅樂)의 체험이기도 했다. 더구나 이제까지 경험한 적이 없는 인간적 믿음을 보여주는 김대성과 구시떡의 비린내 더불은 잔잔한 웃음이 가슴을 부풀어 오르게 했다. 그런 분위기 속에 몸이 떠서 흘러가는 느낌을 일궈냈다. 숲에다가 지친 몸을 부려놓는 듯한 푸근함이 온몸을 감쌌다.

척서암 입구에 차를 대놓고 기다리던 맹상수가 달려와 윤종성의 손을 잡고 흔들었다. 윤종성의 왼손 끝으로 불꽃을 튀기는 것 같은 전류가 흘렀다. 금방이라도 주저앉을 것 같은 통증이었다. 감정이 물결 짓는 데 따라 통증은 예측할 수 없는 때에 몰려들었다.

"얼굴이 말이 아니네……. 왜서 그렇다냐?" 맹상수가 윤종성을 쳐다보며 걱정스런 표정을 지었다. 윤종성은 전에도 그런 모양을 보인 적이 있어서, 특별히 할 말이 없었다. 짐작하거니 했을 뿐이었다.

"고인돌 땜시 못 나갔어. 미안하고만이라."

"고인돌에 무슨 일이 있는데……?"

맹상수는 자기가 마중 나가지 못한 일에 대해 간단히 보고하듯이 이야기했다. '한반도 첫 수도 고창' 후원회라는 모임이 있는데, 그 위원 가운데 한 사람이 대산면 상금리 고인돌 발굴 지역에서 새로 고인돌을 찾아냈다. 그 고인돌 아래 거의 원형을 유지한 인골이 발견되었다고 신고를 해 왔다. 그 현황을 확인하러 나가는 바람에 마중을 못 나갔다는 것이었다.

고창을 '한반도 첫 수도'라 하는 데 대해 윤종성은 선뜻 납득하기 어려웠다. 물론 수도를 비유적으로 쓰는 경우가 없지 않다는 것을 윤종성은 알고 있었다. 행정수도 세종시, 교육수도 안동, 전통문화수도 전주 하는 식으로 '수도'라는 말이 전용되었다. 한반도 역사와 문화가 처음 형성되던 시기 고창의 위상을 드러내어 그걸 계승하고 발전하자는 뜻에서 그런 명칭을 사용하기로 했을 걸로 짐작이 갔다. 그런 자부심을 불러일으키는 일은 교육적으로도 중요한 의미를 지닐 듯했다. 그러나 근거가 확실해야 한다는 생각이 들었다. 이른바 고증을 거쳐야 사실로 정착하고, 거기서 신념이 솟아나는 게 아닌가 싶었다.

"어이, 윤종성, 오늘 올라가야 하나? 웬만하면 새로 발굴한 고인돌 보고 가면 어떨랑가?"

"대산면 상금리, 고인돌과 인골이라 했던가?" 고인돌에서 인골이 발견되었다면, 희귀한 사례였다.

"안 보아두면 후회할걸." 왜 후회할 일인가? 윤종성이 맹상수에게 물었다.

인골 다섯 구가 발굴되었는데 희한하게도, 모두 왼쪽 손마디가 잘려 나갔다는 것이었다. 윤종성의 등골로 서늘한 바람이 지났다. 자기도 모르는 사이 왼손을 바지 주머니에 밀어 넣었다. 손이 잘려 나간 것인지 인골의 일부가 유실된 결과인지 확증할 방법이 없지 않나, 그런 생각이 들었다. 적어도 사천 년이나 삼천 년 저쪽의 유물들일 터. 메마른 사막 지역이라면 모를 일이었다. 그러나 물이 들고 나고 하는 땅에서 그만한 세월을 제대로 견디는 인골이 어디 있을까 싶지를 않았다.

혹시 동학혁명 때 암매장한 거라면 납득이 가는 일이었다.

척서암에서 만난 김대성의 제안과 앞으로 할 일 등을 이야기해두고 싶었다. 맹상수에게 보고를 겸해서 만나는 것도 좋겠다 싶었다.

"프랑스 생말로 아가씨랑은 잘 되어가나? 웃을 때 보조개 파이는 것 하고, 애가 아주 쫄깃쫄깃하게 생겼더먼."

"공연히 넘겨짚지 말아. 남동생을 왜 데리고 왔겠어. 맹상수 형 같은 놈팽이 달라붙지 못하게 하려고 그렇게 대비한 거 아닌가……."

"로타리에서는 말이시, 차대가리하고 그 대가리는 먼저 들이대는 놈이 임자라지 않던가."

"공무원이 그런 머리 굴리다가 옹기짐 작대기 차게 돼."

"희한하고만이라. 내가 옹기쟁이 아들인 거 어떻게 알았지?" 맹상수의 눈살이 꼬부장하니 아래로 처졌다. 눈빛이 살기를 띠는 것 같았다. 전에 포장마차에서 흙으로 그릇 빚는 이야기가 나왔을 때, 자기 아버지가 운영하는 옹기 가마를 어떻게 이어갈 것인가 제법 심각한 고민을 털어놓은 적이 있었다. 맹상수는 그걸 까맣게 잊고 있는 모양이었다. 한 인간의 생애가 고향의 흙 한 주먹으로 마무리되는 게 아닌가. 그렇다면 그 흙으로 그릇 빚어 먹고살게 하는 일이 가벼울 수 없는 게 아니겠나. 윤종성은 문득, 정말로 문득 자기 고향 브르타뉴를 자랑하던 프랑스 아가씨 라포레를 생각했다. 지난해 판소리연구회 회원들과 고창에 왔을 때, 라포레도 동행했다. 자기 고향과 한국의 고창을 비교해보고 싶다면서였다.

라포레는 자기 고향에 대해 질긴 애정을 가지고 있었다. 그녀의 고향은 프랑스 서북부 브르타뉴(Bretagne) 지역의 생말로(Saint-Malo)라는 도시였다. 라포레는 생말로를 해적의 도시라고 했다. 자크 카르티에(Jacques Cartier, 1491~1557)는 항해가이고 모험가로 알려져 있고, 프랑스가 지금의 캐나다를 자기 영토로 점령하는 데 혁혁한 공을 세운 인물이다. 그런데 그의 경력은 해적에서 출발한다. 브르타뉴 지역은 '망쉬'라고 하는 해협을 사이에 두고 영국과 마주 보고 있다. 그 해협으로는 영국과 북유럽을 드나드는 배들이 지나다닌다. 그런데 브르타뉴 지역의 땅이 척박하다 보니, 먹고살 길이 없어 국가가 해적질을 허용하고, 해적질에서 탈취한 재물의 일정 비율을 국가에 헌납하는 방식으로 생활을 해결하게 했다는 것이, 라포레가 설명하는 생말로를 비롯한 브르타뉴의 풍속 가운데 하나였다. 풍속이라기보다는 호구를 위한 고육책이었다. 해적질을 '직업'으로 분류할 수 없는 일이었다. 밥그릇 낭떠러지……. 윤종성은 왼쪽 몽당손에 찌릿하니 흘러가는 통증을 느꼈다.

라포레는 이런 이야기도 했다.

"고창하고 브르타뉴는 돌문화가 닮았어." 땅이 거칠고 토박해서 가난한 브르타뉴 지역에는 거석문화가 남아 있어, 원시시대의 경제-사회적 위상을 보여준다. 브르타뉴 서쪽 해안 언덕에 자리 잡은 가난한 어촌 카르나크의 거대한 열석(列石)은 고창의 고인돌과 문화사적 맥이 닿을 거라는 추정이었다. 고창의 고인돌은 인류사의 한 획을 긋는 문화유물이라는 의미 부여를 하면서, 희한한 인연이라고 스스로 놀라워했다. 근사한 고인돌 하나 척서암에도 설치해놓았으면 하는 구상도 떠올랐다.

그리고 폴 고갱의 수많은 그림들은 브르타뉴 지역의 퐁타방에서 그려진 것인데, 브르타뉴 지방의 신앙심 돈독한 어머니들의 삶이 그림에 고스란히 담겨 있다는 자랑을 했다. 고갱이 그린 〈황색의 예수〉란 작품을 예로 들어 브르타뉴 지방의 신앙을 설명했다. 윤종성으로서는 브르타뉴 사람들의 신앙과 예술이 잘 연결되지 않았다. 인류문화의 시원기 사람들은 왜 그 어마어마한 돌을 쌓았을까 의문이 풀리지 않았다.

"고창의 고인돌은 유네스코 문화유산으로 등록되었지? 아드미라블! 대단한 일이야." 라포레는 눈을 가느스름하게 뜨고, 산줄기 끝 멀리 한 자락 드러난 바다를 응시하고 있었다. 구시포쯤으로 짐작되는 바다에 풍력발전기들이 줄지어 서 있었다. 전에 못 본, 낯선 시설물이었다. 풍력발전을 한다고 바다를 학대하고 있다는 생각이 들었다. 옆으로 등대가 서 있는 게 보이기도 했다.

"한국에선 말야, 왜 돌로 성이나 요새를 짓지 않았을까?"

"흙과 나무로 건물을 지어야 세월이 지나 건물이 부서지면, 다시 땅으로 돌아가지."

"한국 건축이 친환경적이라는 말이야?"

"모양성 같은 석성은 좀 달라. 암튼 한국에서는 하늘로 치솟아 올라가다가 붕괴되는 '바벨탑' 같은 바보의 탑은 안 짓지. 석탑은 아담하고 목탑은 불에 타거나 무너져 흙으로 돌아가 자취를 감추기도 해. 그래서 한국에는 뒤에 남은 고대 문화유적이 적어."

"서양이 하늘로 올라가는 수직문화라면 한국은 땅으로 퍼지는 수평을 지향하는 문화란 뜻?"

윤종성은 그렇다고 대답을 하지 않고, 멈칫거리고 서 있었다. 고인돌과 선돌을 떠올리면서였다. 고인돌처럼 거대한 돌을 움직이는 데는 최소한 한 마을에 남정네 천여 명은 사는 규모라야 했다. 그 정도의 노동력이 아니면 고인돌을 축조할 수 없다는 게 전문가들의 견해였다. 그리고 그만한 사람을 조직적으로 움직일 수 있는 권력이 필요했다. 아울러 사업에 동원되는 이들에게 베풀어줄 보상이 있어야 했다. 조직적인 농업사회가 시작되면서 고인돌이 세워졌다는 이론에 특별한 반대 논의는 이루어지지 않았다. 철기시대로 넘어가면서 고인돌 축조는 멈추게 된다. 농업사회의 집단구조가 개별화의 길로 들어선 것이다. 소규모 집단이 분산되어 토지를 나누어 경작하는 시대였다.

"나중에 말야, 생말로 오면 황금태양의 탑, 투르 드 솔리 도르라는 탑 보여줄게. 탑이 아니라 요새라 해야겠지만."

"좋지. 카르나크라던가 거기 열석군도 보고 싶네." 열석군(列石群)이란 말을 듣고, 라포레는 눈을 호동그랗게 떴다가는 눈꼬리를 내리면서 웃었다. 바람이 한 줄기 불어와 라포레의 금빛 머리털을 날렸다. 머리털이 깻자국 난 코끝에서 하늘거렸다.

고인돌을 보고 나서 둘이는 모양성 구경을 나섰다. 모양성 동헌 앞 광장에 사람들이 모여 있었다. 소리판이 벌어진 것이었다.

"이때여 춘향이와 이 도령이 만나서 노는데, 꼭 요로코롬 노는 것이었다." 얼쑤, 좋다, 추임새 넣는 소리가 여기저기서 들렸다. 라포레는 윤종성의 팔을 잡아끌었다.

"이리 오너라 업고오 놀자……."

"업고 노는 게 어떻게 하는 건데……?" 라포레가 눈을 반짝였다. 콧등에 모래알 붙은 것 같은 깻자국을 접으면서 웃음을 보였다.

윤종성이 등을 돌려댔다. 라포레가 윤종성의 등에 담쑥 업혔다. 라포레의 젖가슴이 윤종성의 등에 푸근히 눌려 왔다. 고인돌보다는 소리판이 사랑겨웠다. 둘이는 모양성 북문, '공북루(拱北樓)'에 올라가 고창읍내를 내려다보았다.

"이런 동네 살면 행복하겠다." 라포레가 윤종성에게 다가와 입술을 더듬었다. 왼손으로 짜릿한 통증이 지나갔다.

고인들에서 나온 인골들이 왜 왼손이 잘려 나간 것인지, 윤종성은 머리를 흔들어 솟아오르는 잡념을 털어냈다.

"쩌어그, 척서암 김대성이란 양반 고약시럽지 않던가?"

"고약하달 것까지야. 성깔이 있어 보이기는 하더만."

사실 윤종성은 김대성 앞에서 완전히 녹아웃이 된 셈이었다. 인간에 대한 무작정의 신뢰를 느끼게 하는 인품이 풍겨나오는 가운데, 팔씨름을 하자 한다든지 하는 유머 감각이 살아 있기도 했다. 이해가 안 가는 점은, 팔십을 앞두고 있다는 노인의 악력과 완력은 소림사의 고수를 연상하게 할 정도로 딴딴하다는 것이었다. 노인이 예사 노인이 아니었다. 윤종성을 겁에 질리게 했다.

"접지술이랬나, 그 손가락은 어떻게 해준다고 하던가?"

"뼈 형성 신기술을 도입한 관산대학교 병원 전문의를 소개했는데, 나노기술로 뼈를 증식해서 손가락을 잇는 접지술이 새로 개발되었다는 거야."

"돈이 꽤나 들어가지 않을랑가, 모르긴 몰라두……."

윤종성은 맹상수 앞에 김대성에게서 받은 통장을 내밀었다. 맹상수가 통장을 펴고 잔고를 살펴보고 있었다. 맹상수의 눈이 휘돌아갔다. 예상 밖의 엄청난 금액이었다.

쩍 입맛을 다신 맹상수는, 황금은 환상을 조장하지……. 혼자 중얼거렸다.

둘이는 새로 찾았다는 고인돌을 보러 갔다.

"인골 다섯 구가 발견된 탁상형 고인돌이제, 이게 말이시." 새로 찾은 고인돌에 대한 설명을 시도하는 맹상수의 얼굴은 굳어 보였다. 윤종성은 새로 발견했다는 고인돌을 쳐다보았다. 제법 큼직한 고인돌이었다. 그리고 다른 데서 보기 힘들 정도로 받침돌이 큼직하고, 받침돌 사이 공간이 시신을 여럿 수용할 수 있을 만큼 널찍했다. 고인돌이 이렇게 많이 구설(構設)되어 있다는 것은 고창이 충분히 '한반도 첫 수도'라 할 근거가 될 법했다.

"여기서 발견된 인골의 손이 잘려 나갔다는 것을 나한테 이끌어대는 건 과도한 추리 아닌가 모르겠네." 맹상수는 화제를 돌렸다.

"쩌어그 글씨, 과분한 보상을 먼저 베푸는 속은 잘 살펴야 할 것이야." 그건 빠져나가기 어려운 '미끼'가 될 수도 있다는 얘기였다. 말하자면 그렇다는 이야기를 덧붙이면서.

맹상수는 인골에 대한 이야기를 멈칫거리면서 터놓았다. 고창에서 열리는 '고인돌 축제'에서 보고 짐작하는 내용이라면서, 이야기를 이어갔다. 지금처럼 기계가 발달되었던 것도 아니고, 받침돌을 옮겨다가 세운 다음, 거기다가 흙을 덮어 덮개돌을 올릴 수 있도록 하는 작업이 뒤따를 것이다. 그런데 돌이 워낙 크기 때문에 들어올릴 수 있는 무게가 아니다. 통나무를 올리고 그 위로 돌을 굴려 올려야 한다. 통나무 위로 돌을 굴려 올리다가, 누구 한 사람이 힘이 빠져 넘어지거나 하면 다른 사람들도 함께 넘어져 돌에 깔리는 사고가 발생하게 마련이다. 돌에 치여 팔이 부러지면 노동자로 역할을 할 수 없기 때문에, 현장에서 땅에 묻어버린다는 것이, 전문가의 설명이라 했다. 윤종성은 맹상수의 설명을 듣다가, 오른손을 들어 맹상수의 말을 제지하고 물었다. 윤종성은 다른 생각을 하고 있었다. 어떤 종교인들이 박해를 못 견디고 집단으로 자살한 유골은 아닐까, 그런 상상이었다.

"나에게 일을 맡겼다가 실패하면 내쳐질 거라는 뜻인가?"

"어허, 성질 죽이고……. 아무튼, 통장 보니까 고생은 각오해야 하겠구마."

"사실, 나라고 부담이 왜 없겠어. 저쪽에서 인간적으로 날 믿고 나오니 거기 따르기로 했을 뿐이라구."

팔이 잘려 나간 인골이 나왔다는 고인돌을 꼭 보여주고 싶었던 이유가 무엇인가는, 직설적으로 전달되는 내용이 아니었다. 고인돌 그 자체에 대한 관심을 촉구하는 것일지도 몰랐다.

윤종성은 고창읍성 앞 '청보리식당'에서 맹상수와 저녁을 먹었다. 둘이 식당에 들어서자 주인아주머니가 나와서 반갑게 맞았다.

"워매, 워어매……. 이게 누구랑가, 전에 불란서 아가씨랑 왔었잖여……."

주인은 매우 섬세한 기억을 가지고 있었다. '판소리에 대한 역사맥락적 조명'이라는 세미나가 판소리연구회 주최로 고창에서 열린 적이 있었다. 윤종성은 학회 간사로 일하는 동기생을 따라 함께 참여했다. 동기생이란 국악과에서 판소리를 공부하는 정꽃소리였다.

윤종성이 지도교수 심부름으로 국문과 탁월훈 교수에게 책을 전해주러 가는 길이었다. 『고종치하(高宗治下) 서학수난(西學受難)의 연구(研究)』, 오지영의 『동학사(東學史)』 두 권은 낡은 책이었다. 최열이란 학자가 쓴 『추사 김정희 평전』은 신간이었다. 책 꾸러미를 들고 인문관 계단을 올라가는데 뒤에서 누가 따라오는 기척이 들렸다.

"아저씨, 걸음 열라 빠르네. 아저씨 저 기억 안 나요?"

"어어, 정꽃소리……!"

"날 기억하는 사람 있는 땅이 천국이라는데, 날 알아보네."

"천국? 죽은 다음에야 가는 데가 천국이야."

"관산대학교에, 아저씨가 입학했다는 얘긴 성원지 씨한테 들었어요."

"꽃소리가 성원지를 어떻게 알아?"

"나는 소리하고 성원지 형은 장단 넣는 고수잖아요." 그렇던가, 윤종성은 묘한 인연이란 생각을 하면서, 정꽃소리를 쳐다보았다. 도도록한 이마에 뾰루지 하나가 파리 앉은 것처럼 나 있었다. 소리꾼과 고수라면, 척 어울리는 인연이 되지 싶었다. 정꽃소리를 빼앗겼다는, 막연하지만 선명한 서운함이 가슴 한 군데에 바람을 일으켰다.

"담배 하나 줄래?"

"목 나가면 소리도 못 할 텐데, 어떻게 하려고 그래?"

"수리성 만들려면 목에서 피가 나도록 목을 괴롭혀야 한대요. 그렇게 단련을 해서 목이 완전히 간 다음 다시 소리를 받아야 한다는 거예요." 윤종성은 그건 재래적인 방식이라고 속으로 부자(否字)를 놓았다.

"벨칸토 판소리는 왜 안 되는데?"

앞에 서 있는 윤종성을 올려다보면서 정꽃소리는 깔깔대고 웃었다. 목에 귀여운 주름이 잡혔다. 저 목으로 담배 연기가 넘어간다? 아무리 수리성이 최고의 청이라 해도, 목을 단련하는 방법은 아닌 것 같았다. 그건 어쩌면 자학이란 생각도 들었다.

"저어기, 오빠 생일 아직 안 지났지?" 아저씨라는 호칭이 오빠로 바뀌었다.

"우리 말야, 단짠단짠 먹으러도 다니고 하자. 한국에 자크 카르티에 백화점이 들어왔대. 거기 한번 가자. 내가 맛있는 거 사줄게." 자크 카르티에, 생말로 출신 항해사……. 윤종성은 혼자 빙긋이 웃었다.

"내가 굶고 사는 사람인 것처럼 말하네."

"그런 말은 아재들이나 하는 거야. 요새 젊은 피가 인기잖아. 전화번호 안 바꾸었지? 내가 전화할게." 윤종성은 계단을 춤추듯이 율동감 있게 내려가는 정꽃소리의 뒷모습을 바라보면서, 달려가서 담쑥 안아주었다. 그러나 정꽃소리는 어느 먼 나라 공주를 연상하게 했다. 아름답지만 윤종성이 다가갈 처지가 아니었다.

탁월훈 교수의 연구실은 문이 열려 있었다. 출입문 쪽을 바라보는 책상 앞에 탁월훈 교수가 앉아 있고, 그와 대각선으로 놓인 탁자에 여학생이 의자에 삐딱하니 기대앉아 있었다.

"윤 군이 수고가 많네. 둘이 인사하지. 여기는 프랑스 생말로에서 온 라포레고, 이 남정네는 우리 대학교 학생 윤종성이네."

"엉샹떼(반가워요)! 저는 펠릭스 라포레라고 합니다." 라포레라는 여학생이 달려들어 끌어안고 볼을 부볐다. 그게 비주 인사라는 걸 윤종성은 알지만 갑자기 당한다는 느낌이었다. 라포레에게서 짙은 향수 냄새가 났다. 윤종성은 저게 죽음의 냄새 아닌가 싶었다. 그건 뜬금없고 자발머리 없는 연상이었다.

탁월훈 교수 연구실에서 몇 가지 이야기를 나누었다. 라포레는 판소리를 공부하러 한국에 왔는데, 한국이 점점 좋아져서 한국 역사에 관심을 갖게 되었다고 했다. 한국의 역사 가운데 민란이니 농민혁명이니 하는 레지스탕스, '저항' 쪽으로 관심이 바뀌어가고 있다는 것이었다. 그리고, 한국에서 희생된 가톨릭 신부들에 대해 원한을 풀어주어야 한다는 이야기도 했다. 프랑스 신부들이 한국어 발전에 기여한 사실 아는가 묻기도 했다. 한불 대역 사전인 『한불자전』과 『한어문전』을 편찬한 리델 주교가 자기 윗대 할아버지라는 걸 한국에 와서 비로소 알았다면서, 놀라워했다. 윤종성도 기억이 어렴풋했다. 언어와 종교 혹은 선교…… 신의 언어…… 그런 생각이 순서없이 오갔다.

"엑스퀴제 무아…… 실례합니다. 팔이, 아니 손이 왜 그렇습니까?" 윤종성은 좀 당황스러웠다. 그런 질문을 받아본 기억이 없었다. 사람들은 그저 흘금 쳐다보고는 고개를 돌렸다. 저렇게 직설적으로 묻고 나오는 것은 문화의 차이겠거니 하고 넘어가기로 했다. 탁월훈 교수가 윤종성의 왼손에 눈길을 주고 있었다.

"앞으로 둘이 자주 만날 기회가 있을 것이네."

"아 비앙토! 곧 또 봐요." 라포레는 그렇게 인사를 하면서 한쪽 눈을 끔적해서 윙크를 했다. 깻자국 뿌려진 콧등에 주름이 귀엽게 잡혔다.

입학 초기부터 윤종성과 정꽃소리, 라포레 그렇게 셋이는 가깝게 지냈다. 긴장감 있는 친밀함이랄까, 그런 분위기였다. 정꽃소리는 하루 여덟 시간 판소리 연습을 해야 한다면서 시간을 아끼는 눈치였다. 라포레는 교양과목 기초불어회화를 가르치는 원어민 강사였다. 라포레는 관심이 계속 바뀌었다. 판소리에서 한국의 '시민혁명'으로, 그리고 한국에서 순교한 프랑스 선교사들의 행적에 대한 관심도 점점 짙어갔다.

라포레는 동학혁명 봉기 현장을 보고 싶다고 했다. 고창의 '무장'을 지목했다. 윤종성은 라포레와 몇 차례 고창을 방문했다. 라포레와 고창을 방문하면서, 라포레가 한국을 이해하는 속도가 매우 빠르다는 것을 알았다. 한편 혼란스럽기도 했다.

무장에 가서 동학농민군 '기포지(起包址)'를 보고 나서였다.

"하늘이라는 게 뭔지, 그녀리 하늘 때문에 사람 참 많이도 죽었네."

윤종성은 혼자 웃었다. '그녀리 하늘'이라니, 하늘이나 한울 같은 말 앞에 '그녀리'라는 관형어를 얹어놓는 건 처음 보았다. '그놈의'가 아니라 '그녀리'라는 것은 전라도 사투리로 들렸다.

"무슈 윤은, 하늘이 뭐라고 생각해요?" 당혹스런 질문이었다.

"한국에서 한문 공부하는 책 가운데 '천자문(千字文)'이라는 게 있어. 중요한 한자 천 개를 나름의 규칙에 따라 배열한 책인데, 첫 구절이 천지현황이야. 거기 등장하는 첫 글자가 하늘 천인데, 그 글자 하나만 가지고 책을 쓸 수 있을 정도로 하늘의 개념 범위가 넓어. 설명 불가."

"그런 게 어디 있어?"

"한국에 있지. 프랑스의 하늘은 깊이가 없어. 그저 어느 도시 위에 펼쳐진 공간이야. 파리의 하늘 아래, 수 르 시엘 드 파리, 그런 노래처럼 말이지."

"수 르 시엘 드 파리, ……상볼르 위느 샹송…….(파리의 하늘 아래 노래 한 가락 날아오르네)" 라포레는 그 노래를 흥얼거렸다.

"라포레는 말야, 인내천, 사람이 곧 하늘이다, 그런 말 이해할 수 있어?"

"한국에서는 남자가 하늘이고 여자가 땅이라면서? 그래서 섹스할 때 체위도 여자가 위에 올라가면 안 된다면서……. 우습지 않아?"

"별걸 다 아네."

"한국 하늘은 아노르말, 정상이 아냐. 자기들이 하늘 떠받들고 산다면서, 하느님 섬긴다고 사람을 얼마나 많이 잡아 죽였어? 이 책 보라구.” 라포레는 『고종치하 서학수난의 연구』를 윤종성 앞에 내밀었다. 전에 윤종성이 탁월훈 교수에게 전해준 책이었다. 라포레는 탁월훈 교수를 통해 책을 빌려보는 모양이었다. 언어에 대한 공동 관심 때문이거니 했다.

“효수가 뭐야?” 윤종성은 효수(梟首)에 대해 설명할 빌미를 잃었다. 라포레는 이미 그 뜻을 이해하는 것은 물론, 한국에서 얼마나 많은 이들이 신앙 때문에 죽어갔는가를 알고 있는 걸로 보였다. 대학이 좋은 까닭은 이런 엉뚱한 질문하는 사람 만날 수 있기 때문 아닌가 싶었다.

핸드폰이 울렸다. 발신자는 정꽃소리였다.

정꽃소리는 자신이 판소리를 공부하기도 하고, 판소리연구회 간사로 일하는 터라 고창에서 열리는 행사에는 빠지지 않고 참석하는 편이었다.

정꽃소리는 윤종성을 아저씨 떼버리고 오빠라 부르면서 살부드럽게 다가왔다. 노래를 모르는 인간은 영혼이 없는 악어 껍데기 같은 존재라면서, 윤종성에게 노래를 가르쳐준다고 연습실로 불러내곤 했다. 가끔은 느티숲에서 같이 노래하자 해서 만나기도 했다.

정꽃소리는 골반이 팡팡하게 째이는 백바지에다가 블루진 재킷 입는 걸 좋아했다. 블루진 재킷 속에는 면티를 하나 덜렁 걸치고 다녔다. 노래 잘하려면 호흡을 적절히 조절해야 한다면서, 점심을 먹고는 캠퍼스 순환도로를 한 바퀴 돌아왔다. 꼭 한 시간이 걸리는 거리였다. 등에 땀이 촉촉하게 배어 느티숲 벤치에 와서 털벅 주저앉아서는 재킷을 벗어 던지곤 했다. 면티에 땀이 촉촉하게 배어 젖가슴이 도드라져 보였다. 앙증맞은 유두가 땀 젖은 면티 위로 소롯이 돋아났다. 정꽃소리는 손수건을 꺼냈다. 면티 목을 들치고 가슴에 밴 땀을 씻었다. 윤종성은 눈을 돌렸다. 그때 라포레가 다가와 윤종성과 정꽃소리 사이에 끼어들어 앉았다. 윤종성은 몸이 오그라드는 걸 느끼면서 자리에서 일어섰다. 뒤에서 라포레가 정꽃소리에게 불어로 물었다.

"팔이랑 손가락이 왜 저래, 괴상하잖아? 비제르……."

명쾌한 대답을 들어야 직성이 풀리는 사람들인가 싶었다. 괴상하다는 말을 잘못 쓴 것일지도 모를 일이었다. 윤종성은 두 여학생이 앉아 있는 자리를 흘금 쳐다보고는 고개를 돌렸다.

"그냥 좀 특이한 것일 뿐이야. 남하고 다를 뿐이라니까."

괴상하거나 특이하거나 그게 그거 아닌가 싶었다. 아무튼 정상은 아니라는 얘기였다. 프랑스에서 온 라포레는 윤종성의 손이 '괴상하다'고 여겼고, 서울 학생 정꽃소리는 그저 남다를 뿐이라고 이야길 주고받고 있었다. 탁월훈 교수 연구실에서 만났을 때와는 달리 윤종성의 손에 대해 집요한 관심을 보였다.

손 이야기로 인해 기억이 과거를 소환하는 것이었다. '개가 물어도 흔들리지 않는다', 손에 대해 누가 무슨 소릴 해도 흔들리지 않는다는 게 윤종성이 자신을 부지해가는 중심이었다. 자기가 저지른 죄를 회개하고 있을 뿐이었다. 그런데 그게 그렇게 자유롭게 진행되질 않았다. 윤종성은 왼손을 오른손으로 문지르면서 기억을 더듬었다.

외삼촌은 소말리아에 국제변호사로 십 년 가까이 일했다. 내전에서 가족이 모두 살상된 집안의 고아를 입양했다. 열다섯 된 흑인 소녀였다. 이름이 브이완 플로라라고 했다. 외국인 학교에서 한국어를 가르치고, 중학교 과정을 공부할 수 있게 했다. 외삼촌은 귀국하면서 한국으로 플로라를 데리고 왔다. 플로라는 한성국제학교에 다니면서 잘 적응해갔다. 윤종성은 외삼촌 댁에 드나들며 플로라와 가깝게 사귈 수 있었다. 플로라는 소말리아의 '국어'가 변하는 과정에 생활했기 때문에 영어와 불어를 능숙하게 읽고 쓸 수 있었다. 윤종성은 고등학교에 들어가면서 제2외국어로 불어를 택했다. 외삼촌댁에 드나들 때마다, 윤종성은 플로라에게 국어-한국어를 가르쳐주고 과제를 도와주었다. 플로라는 '메르시 보꾸(고마워!)'를 외치면서 윤종성에게 달려들어 볼을 부볐다. 피부가 어린애들 입술처럼 야들야들했다.

플로라는 한국에서 공부하는 가운데 시가 가장 어렵다고 했다. 이육사의「청포도」를 도무지 이해할 수 없다는 것이었다. 자기는 어려서 소말리아 고산지대에 살았기 때문에 바다 풍경이 잘 안 떠오른다면서 "하늘 밑 푸른 바다가 가슴을 열고……." 그 구절에서 바다가 가슴을 연다는 게 무슨 뜻인지 설명해달라고 했다.

"그거 일종의 비유법이야. 한국의 바닷가 마을에 가면 그런 풍경 쉽게 볼 수 있어……."

플로라는 오케이, 다꼬르(그래, 맞아)……, 하면서 윤종성의 설명을 들었다. 물먹은 포도알처럼 까만 눈동자를 굴리면서 흰자위를 드러내고 웃었다. 감탄해서 헤벌리고 있는 플로라의 입술 사이로 깨끗한 치열이 가지런히 드러나 보였다.

"모랫벌이 초승달 모양으로 펼쳐진 항구 모양인데……. 말하자면……. 크루아상……." 윤종성은 두 팔을 들어 상대방을 끌어안을 것처럼 둥그렇게 펴보였다. 그때 플로라가 달려들어 윤종성의 품에 안겼다. 초승달 모양의 항구라는 설명을 길게 할 기회는 없었다. 플로라가 덜컥 윤종성의 입술을 더듬고 들었기 때문이었다.

일이 묘하게 돌아갔다. 그 장면을 외삼촌이 꼬나보고 있었다.

"츳츳, 저런, 일찍 핀 꽃 일찍 시든다!"

외삼촌이 플로라를 끌어안고 윤종성에게 등을 보이며 돌아섰다. 윤종성이 외삼촌의 등판에다가 날 선 눈길을 던졌다. 단순히, 내전으로 인해 부모 잃고 고아가 되어, 사정이 딱하고 오갈 데 없어서, 그걸 이유로, 한국으로 데리고 와 입양한 것 같지는 않았다. 플로라를 성적 대상으로 여기고 있는 게 틀림없었다. 그것은 직감이었다. 그러나 끔찍한 일이었다. 외숙모에게 죄를 짓는 일이기도 했다.

이후 윤종성은 외삼촌이 플로라를 단순히 입양한 게 아니라는 의혹을 가지고 의심 가득한 눈을 굴렸다. 당시 가족 내의 성추행과 성폭행이 각종 매체에 대대적으로 보도되었다. 윤종성은 기회가 될 때마다 외삼촌 집에 빌미를 만들어 찾아갔다. 외삼촌이 기타를 치고 플로라는 노래를 불렀다. 노래가 끝나자 다가가 잘했다고 플로라의 어깨를 투덕거려주었다. 역할을 바꾸어 플로라가 피아노를 치고 외삼촌이 노래를 불렀다. '푸른 잔디 풀 위로 봄바람은 불고……' 외삼촌은 노래 한 소절을 앞에서 끝내고 피아노에 앉은 플로라에게 다가가 어깨에 손을 올렸다. 손을 앞가슴으로 스윽하니 문질러 내려갔다. 플로라가 외삼촌 쪽으로 고개를 돌려 올려다보자 외삼촌이 고개를 숙여 플로라의 입술을 더듬었다. 그리고 둘이는 거실 소파 위에서 뒤엉켰다.

외숙모는 아프리카 소말리아에 봉사활동을 간 지 한 주일이 되는 즈음이었다. 윤종성은 영등포구 구로동 공구상가에 들렀다. 공업용 커터칼을 샀다. 그 칼로 외삼촌의 목으로 불끈거리며 튀는 동맥을 그어버릴 작정이었다. 그다음에는 다른 대책을 강구한 게 없었다. 오직 어떻게 해야 단숨에 해치울 수 있을까만 생각했다. 그렇게 하는 것이 불쌍한 플로라의 영혼을 구하는 길이라고 윤종성은 믿었다. 일이 끝나면 플로라와 외국으로 도망쳐 살겠다는 생각도 했다.

그런데 놀라운 일은, 추근대는 외삼촌에 대해 플로라는 아무런 불편을 느끼는 기색이 없는 점이었다. 오히려 외삼촌을 두둔하고 나왔다. 자기 나라에서는 열다섯 살 지나면 시집갈 준비를 한다는 것이었다. 자기는 이미 그 나이를 지나 자유롭게 결혼하고 아이를 낳는 기쁨, 성적 기쁨을 누릴 자격이 있다는 투로 나왔다.

"성적 기쁨이라니, 그게 뭔데?"

"그것도 몰라? 쁠레지르 샤르넬, 레주이상스(열락[悅樂])……."

외삼촌이 성적 욕망으로 플로라를 덮치는 게 아니라, 플로라 편에서도 적극적으로 외삼촌에게 달려드는 모양이었다. 윤종성은 한동안 혼란에 빠져 지냈다. 도를 통하기 위해 자신의 성기를 잘라버렸다던 어느 성인의 영상이 눈앞을 오가기도 했다. 문제는 둘 가운데 하나를 소거(消去)해버리면, 외삼촌이나 플로라나 더는 음욕의 수렁에서 허우

적거릴 일이 없을 터였다.

윤종성은 문이 열려 있는 틈을 타 대문 뒤 정원석 그늘에 숨어서 외삼촌을 기다리고 있었다. 윤종성이 지키고 있는 것을 눈치채지 못한 채, 외삼촌은 평소보다 일찍 퇴근해서 돌아오는 중이었다. 플로라는 중간고사 기간이라 외삼촌보다 먼저 집에 와 있었다. 외삼촌이 대문 문기둥에 달린 인터폰으로 집 안에 신호를 보냈다. 플로라가 란제리 바람으로 잔디밭 징검돌을 지나 춤추듯이 철대문 앞으로 달려 나왔다. 외삼촌이 대문을 걸어닫자마자 플로라가 달려들어 외삼촌의 목에 매달렸다. 외삼촌의 목을 노리던 윤종성은 기회를 놓쳤다. 둘의 입맞춤은 길었다. 플로라가 팔로 목을 감아 돌린 때문에 외삼촌의 목은 냉큼 틈을 내주지 않았다.

윤종성은 두 사람을 밀어제쳐 잔디밭에 뒹굴리고는 외삼촌의 목을 향해 커터칼을 들이댔다. 플로라의 팔 때문에 칼날은 외삼촌의 쇄골을 긋고 지나갔다. 윤종성은 가슴에 다시 칼질을 했다. 가슴살이 갈라져 허옇게 속살을 드러냈다. 목에서는 피가 배어 나오기 시작했다. 윤종성은 대문을 박차고 달려나가 골목을 뛰어 내려갔다. 멀리서 아아아, 아득한 메아리가 골목을 따라 나왔다. 쇄골 근처의 동맥이 끊어졌다면, 외삼촌은 그걸로 끝장일 터였다. 그렇게 믿기로 했다.

뒤에서 왼손으로 상체를 끌어안고 목을 그어버리려던 계획은 틀려 돌아갔다. 그 일이 있고 나서 윤종성은 도주와 참회, 참회와 도주의 행로가 계속되었다. 그러다가 모악산 밑에 있는 금산사에 몸을 숨기고 다섯 해를 매미 유충처럼 땅속에 숨어 살았다. 그동안 윤종성은 깊은 고뇌에 빠져 지냈다.

절밥 얻어먹으며 불목하니로 산다고 해서 죄가 씻어지는 것은 아니었다. 작죄(作罪)한 손을 잘라버리고 싶었다. 가슴으로 파고들어 척추를 울리고 펴져 나가는 범종의 종소리와 거기 이어지는 맥놀이는 윤종성의 내면을 바닥부터 뒤집어놓았다. 윤종성은 범종 울리는 새벽 예불 시간에 맞춰 종의 몸통 아래 파놓은 울림통 안으로 숨어들었다. 종을 치러 나오는 스님의 발자국 소리를 들으면서 윤종성은 몸을 오소소 떨었다. 드디어 종이 울리기 시작했다. 다리를 휘청휘청하면서 세 번을 구른 다음, 당목이 당좌(撞座)를 때리는 순간은 머리가 터질 것처럼 피가 솟아오르는 것 같았다. 손을 꼽아가며 세어본 걸로는 앞으로 두어 번 더 울리면 타종이 끝날 것 같았다.

마지막 타종이 시작되고 있었다. 기둥만 한 당목이 종신에 새겨진 당좌를 향해 돌진할 참이었다. 이 순간을 놓치지 말아야 한다. 윤종성은 손을 내밀어 종신을 더듬어 올렸다. 윤종성이 당좌를 더듬는 순간, 콰르릉 종신이 무너졌다. 그 순간 윤종성의 왼손 손가락이 다 부서졌다. 윤종성은 그 자리에서 기절하고 말았다. 귓속을 울리는 맥놀이 속에서였다.

손가락뼈가 다 부서져 손가락을 이어붙일 수 없었다. 너덜거리는 살점과 뼛조각을 잘라내고 붕대로 감고 지내기 한 달이 지나자 붕대를 풀었다. 눈앞에 나타난 몽당손을 보고 윤종성은 눈물을 떨궜다. 윤종성이 할 수 있는 최선의 참회였다. 그러나 어설픈 참회는 다시 죄가 되어 윤종성을 옥죄어 들어왔다.

"몸에서 살을 떼어냈으면 악귀라도 먹게 해야지, 종에다가 검은 피 바르면 종소리가 탁해지느니. 탁한 종소리는 인간을 천도하지 못한다네." 노스님은 혀를 클클 찼다. 윤종성을 바라보는 눈길이 곱지 않았다. 밖에서는 저녁 예불 올리는 범종 소리가 낮게 퍼지고 있었다.

바다 끝에서 바람이 일어 산으로 들이닥쳤다. 숲이 웅웅 소리를 내며 울었다. 왜 출입구를 제대로 정비해서 차가 드나들게 하지 않고, 걸어서 올라가게 했는지 윤종성이 물었다. 맹상수는 빙긋거리며 웃었다. 숲에다가 왜 집을 흩어놓아 앉히는지 의문도 제기했다. 짐작이 안 되느냐면서 눈살을 찌푸렸다.

"시간의 숲이라면 알랑가?"

"속죄의 숲은 아니고?"

"나무 하나하나에 나이테가 새겨져 있고, 그 나이테에는 역사가 기록되어 있다는 게야. 이 노인네가 숲의 나무를 잘라내는 것은 생명의 시간을 잘라내는 것과 같다면서 집도 숲의 나무와 나무 사이에 앉히는 거 아니겠어. 그러니 일꾼들이 건축자재를 나르느라고 등짐을 져야 하는 거고. 요새 그렇게 일할 일꾼이 어디 있어? 그래서 공사가 중단된 게야." 뭔가 오해가 있는 듯했다. 숲을 보는 방법이 왜곡되어 있다는 생각이 들었다. 흔히 나무는 보고 숲은 보지 못한다고 하지만, 그것 또한 피상적이었다. 숲과 나무를 맞세우는 양분법도 무리였다. 나무들과 그 나무들이 모여 어우러진 '숲'을 이해하기 위해서는 숲과 숲을 둘러싼 환경을 사유의 공간으로 이끌어들여 이치를 엮어내는 한 차원 높은 시각이 필요하다. 숲의 해석이랄까, 숲을 하나의 복합 체계로 보는 관점이 필요한 것이었다. 몇십 년 내둥 잘 산 사람이 왜 사는가, 삶의 가치가 무엇인가 묻는 것처럼, 숲에서도 숲에 대한 한 단계 높은 사유가 있어야 할 듯했다. 숲과 나무와 이를 둘러싼 환경을 아울러 보는 방법, 숲의 철학, 그런 생각이 머릿속에서 빠르게 돌아갔다. 사람의 숲……. 사람의 숲 사이로 불어가는 바람…….

나무를 심어서 기르면 다시 숲이 되어 살아나는 걸, 숲의 재생력을 믿지 않고 왜 그런 고집을 피우는가 묻지는 않았다. 앞으로 척서암에 드나들자면 이 길을 수없이 걸어야 하겠구나, 생각만으로도 앞길이 험할 것 같았다. 살짝 온기가 묻은 바람끝이 볼을 스쳤다.

5

손가락 마디

아 아, 범종 그 안에 들어가
당목에 맞아 혼절해가지고
혼백만 둥둥 떠서 숲으로 스미고 싶었어라.

숲에 스며들어 모든 것 내어주고
마지막 말 한마디까지 실뿌리에 빨려 들어가
행여, 선한 바람 만나면 눈엽(嫩葉) 위에
실뱀이 눈 뜨고 이슬 내리는 새벽 미명

흰 옷자락 날리며 숲을 걸어나와
고개 고개 넘어 해맞이 가고 싶었던 게야.

헌데, 몸은 소원을 꽃잎처럼 배반하는 터라서

검지, 장지, 약지 새끼손가락 모두 날리고
맥놀이는, 짙게 울렁이는 숲을 지나
적멸의 지평으로 넘어가고 말았어라.

2월 중순을 지나자 서울에서도 봄볕이 제법 온화했다. 지도교수를 만나서 저간의 이야기를 해야 한다는 생각이 들었다. 지도교수에게 일자리를 부탁해놓았기 때문에, 그 문제가 해결되었다는 보고는 해야 할 것 같았다. 그리고 정꽃소리에게도 척서암의 일자리 이야기를 해둘 생각이었다. 우선 정꽃소리와 점심 약속을 잡았다.

윤종성은 에코백에다가 핸드폰과 지갑, 메모장 등을 챙겨 넣고, 고시원 쪽방을 나왔다. 메마른 바람 속에 햇살이 가늘게 부서져 내렸다. 부신 눈으로 시계를 보았다. 아직 시간이 여유가 있었다. 오래 못 올걸 생각하자 관운산 공원에 들르고 싶었다. 평소에 잊고 지내다가도 여길 떠나야 한다고 생각하매 자신도 모르게 풍경이 뒤돌아 보였다.

관운산 공원 입구로 들어섰다. 관운산은 본래 악산이지만 산이란 들어서면 숲을 만나게 되어 있었다. 바위가 부서진 사암으로 되어 있는 남유럽의 산들과는 달리, 바윗돌 사이사이 나무가 자라고, 골짜기로는 물이 흘렀다. 물이 흐르는 골짜기에는 숲이 형성되어 있게 마련이었다.

얼음이 막 녹아 흘러가는 물줄기 옆으로 갯버들이 버들강아지를 뾰얗게 피워내면서 줄기가 볼그족족 열이 오른 모습을 보였다. 풍년화는 노란 꽃을 달고, 작년의 마른 이파리가 떨어지지 않고 설렁설렁 바람을 탔다. 뽀얀 수피를 드러내고 있는 참나무 줄기에 햇살이 일렁이며 나무를 흔드는 중이었다. 정꽃소리는 참나무를 유난히 좋아했다. '참나무에 노란 리본을 매어주게나' 하는 그 노래를 노상 흥얼거렸다. 현실이 아리고 쓰리고 해도, 꿈꾸는 동안만 사랑은 아름답다는 생각을 하는지도 몰랐다. 정꽃소리가 보내준 음원이 핸드폰에 저장되어 있었다.

나무들은 겨울을 그대로 얼어서 지나는 게 아니었다. 얼며 녹으며 하는 중에 안으로 성숙하는 시간을 마련한 게 아닌가 싶었다. 겨울이 묻어 있는 봄의 산은 땅밑에서부터 서서히 풀리고 있었다. 땅이 풀리는 것은 땅속에 실뿌리들이 열에 달아 꽃등을 밝히기 때문이라고, 어떤 시인이 이야기하던 장면이 떠올랐다. 정꽃소리도 노래를 할 때는 온몸이 따끈따끈 달아오른다면서, 연습이 끝나고 나오면 등을 쓸어 달라고 했다. 고창에 일자리를 찾아 내려가면, 소리 고장 고창에서 정꽃소리가 부르는 판소리 몇 자리 들을 수 있겠다 싶었다.

"오빠야, 나 꽃소린데……. 이거 어떡하나." 판소리연구회 임원회의가 있어서, 거기 참여해야 한다는 것이었다. 정꽃소리는 아직 학부생이지만 지도교수 추천으로, 판소리연구회 보조간사 일을 하고 있었다. 전 간사가 학위논문을 쓰는 중이라서 자디잔 일은 대부분 정꽃소리 몫으로 돌아갔다.

"그럼, 언제 만나나……. 나 고창에 가서 일하게 됐어."

"어머머, 무슨 인연이 사람을 그렇게 씌어댄대." 정꽃소리는 자세한 이야기는 안에 감추고 있는 말투였다. 사람을 씌어대는 '인연'이 무엇인지는 감이 잡히지 않았다. 정꽃소리는, 나 바빠…… 하면서 전화를 끊었다. 전에 판소리연구회 일로 고창에 갔을 때, 정꽃소리는 단가 〈쑥대머리〉 한 자락을 실연해 보이면서, 라포레에게도 소리를 해보라고 이끌었다. 라포레는 직접 소리를 하기보다는 판소리 사설에 관심이 있었다. 판소리 창법은 도저히 흉내 낼 수 없다고 했다. 자유자재로 옮아가는 음역의 폭 때문이었다.

학회가 끝나고 뒤풀이가 베풀어졌다. 쇠갈비와 장어구이에다가 복분자주를 푸짐하게 준비해서 상이 음식으로 그득했다. 뒤풀이 자리에서 라포레는 정꽃소리에게 물었다.

"우리 이렇게 먹어도 체하지 않을까? 비용이 엄청날 텐데……."

정꽃소리가 손을 모아 라포레의 귀에 대고 소곤거리며 말했다.

"독지가, 아니 자선가, 옴므 샤리따블이 있대. 익명의, 아노님……."

라포레가 알았다는 듯이 고개를 끄덕거렸다. 그러고는 갈비를 들고 뜯느라고 다른 건 더 묻지 않았다.

윤종성은 전날 만난 척서암의 김대성이 그 익명의 자선가는 아닐까, 막연하지만 그렇게 짐작하고 있었다.

점심 약속이 깨지자 갑자기 주변이 어슬어슬 허전해졌다. 윤종성은 관산대학교 캠퍼스를 향해 곧장 걸어갔다.

관산대학교 캠퍼스는 비교적 한산한 편이었다. 관운산 언덕에 조성한 캠퍼스는 건물이 오밀조밀 들어서서 툭 터진 광활한 맛은 없었다. 그리고 관운산 중턱까지 올려다 앉힌 거대한 건물이 눈에 거슬렸다. 대학 건물들이 관운산 자락을 여유라고는 없는 답답한 공간으로 만들어놓았다. 윤종성은 숲속에 뜨덤뜨덤 건물을 세우다 중단한 송림산의 척서암을 떠올렸다. 숲과 어우러진 집들……. 그리고 그 안에 평화롭게 사는 인간들……. 윤종성을 침을 삼켰다. 외롭겠지…… 하면서였다.

관산대학교 자유창조학부에는 특강이라는 명목으로 강연이 자주 베풀어졌다. 그 덕에 다양한 사람들의 이야기를 들을 수 있었다. '지리공간과 인간의 인지패턴'이란 특강에 왔던 강사는 힘이 펄펄 넘치는 젊은 학자였다. 그런데 풍수학 박사라는 타이틀은 좀 생소했다. 땅에 대한 일종의 '관념형'을 풍수라 한다는 정도로 이해하는 윤종성에게 풍수학 박사는 안 어울리는 조어법이었다. 그러나 땅에 대한 믿음이 하늘에 대한 믿음만큼 착실한 게 한국인이라는 생각도 들었다.

공간의 개방성과 폐쇄성이 인성을 규정한다던 풍수학 박사 함지덕의 이야기가 떠올랐다. 섬에서 수평선만 바라보고 산 놈이나, 산골짜기에서 하늘만 쳐다보고 산 인간은 속이 좁다는 것이었다. 윤종성의 생각은 달랐다. 수평선은 그 '너머'를 생각하게 한다. 나폴레옹을 황제로 만든 것은 수평선 저쪽에 대한 꿈이었다. 칭기즈칸은 지평선이 키운 꿈을 실현하기 위해 평생 몽골 초원을 치달렸다. 알렉산더를 전장으로 휘몰아간 것은 산골짜기에서, 하늘만 보면서 인간을 사유한 그 마음이라고 생각하는 편이었다. 알렉산더는 아리스토텔레스라는 탁월한 스승을 만난 것도 큰 덕이었다. 땅이 사람을 기르기도 하지만, 사람이 사람을 기른다고 보아야 할 것 같았다. 물론 그런 이야기를 터놓을 기회는 없었다.

지도교수 오인준 박사는 스스로 '인간세' 문화학자를 자임했다. 문화가 돈벌이가 된다는 이야기는 가끔 들었지만, 그게 학문이 된다는 것은 대학에 와서 처음 알았다. 학문은 인간의 관심 대상에 따라 만들어진다는 것은 흥미로운 일이었다. 지구에 대한 인간의 관심과 책임 또한 마찬가지였다. 오인준 교수는 인간세에 대해 진지하게 이야기를 했다. 이전과 달리 인간이 지구의 운명을 좌우한다는 이야기였다.

"자네 올 줄 알았다." 연구실로 들어서는 윤종성을 보자마자, 지도교수는 다가와 손을 내밀며 말했다. 소파 쪽으로 윤종성을 안내했다.

"자네 만난 이후 자네 왼손이 늘 마음에 걸렸었는데, 이제 해결의 기미가 보이니 다행이네."

"아니, 아직 아무 말씀도 안 드렸는데, 어떻게……?"

"어허, 자네 고창에 헛 다닌 것 같네……. 다른 이야기는 뒤에 하기로 하고……. 음, 강형강 교수랑 만나기로 했다던데, 내가 자네 도와줄 일 있겠나?"

윤종성은 뒤통수를 얻어맞은 것처럼 눈앞에 거센 바람이 몰아쳤다. 완벽하게 짜인 플롯 속에 갇혀 있다는 느낌도 들었다. 달리 생각하면, 윤종성 자신은 대단한 혜택을 받고 있는 처지였다. 세상 살아가는 데 가장 큰 힘은 인간관계 구성력인 것 같았다. 거의 모든 일이 인간관계라는 맥락 속에서 이루어지고 해체되었다. 그게 윤종성이 근간에 깨달은 삶의 맥락이었다.

"혹시 고창 송림산에 있는 척서암이라는 데를 아세요?" 윤종성이 물었다.

"거기 김대성 처사는, 알 만한 사람은 다 아는 인물일세. 말하자면 속죄하는 의미로 평생을 남에게 헌신하며 사는 인물이랄까. 몸을 괴롭히는 것도 속죄가 될 수도 있겠지만, 남들이 생을 풋풋하게 발양할 수 있도록 자신이 가진 걸 내놓는다 할까. 아무튼, 자네가 관산대학에 다닌 한 해는 그저 흘러간 세월이 아닐 것이네."

"정말 그렇습니다. 선생님들께서 잘 가르쳐주신 덕분입니다."

"인간은 시간과 더불어 성숙하는 법이라네. 아니, 시간이 곧 삶일 것이네. 그러니 남에게 시간 내주는 건 일종의 공양일 터이고."

남의 생을 발양(發揚)하도록 하는 게 속죄가 될 것인가, 윤종성은 그런 생각을 하고 있었다. 지도교수의 이야기는 귀 곁으로 흘려보냈다. 속죄라든지, 나와 남의 관계 그런 일들은 윤종성에게 그다지 급한 과제가 아니었다.

"공부라는 것이, 다른 말로 학문이라는 게 인간 삶의 과정과 일치하게 이끌어가는 것은 자신의 인식과 의지의 조정이 아니겠나. 한 해쯤 자신을 위해서, 남을 위해서 일하는 경험을 하고 나면 세상을 달리 볼 수 있을 것이네. 자네한테는 특별히 어떤 이야기를 하지 않았지만 강형강 교수와는 자네 손 문제를 두고 오래전부터 이야기를 나누었다네."

"고맙습니다." 윤종성이 지도교수를 향해 고개를 숙였다.

“인간의 몸이 왜 유기체인지 이해하는 계기가 되길 바라네. 유기체라는 게 완벽한 구조의 자기실현이라 할 수 있을 것이네. 자기실현이란 자기생성을 뜻하는 것이기도 하다네.” 인간의 기관들은 인간과 인간의 관계가 그러하듯이 공생, 심바이오시스 체계로 되어 있다는 이야기도 덧붙였다.

손가락 몇 개 떨어져 나갔다고, 사는 일 자체가 완전히 망가지지는 않았다. 그러나 그게 삶의 전체 구조에 이러저러한 소소한 불편을 가져오는 것은 숨길 수 없는 사실이었다. 우선 누가 악수하자고 두 손을 덤썩 내밀면 왼손을 주머니에 밀어 넣기부터 했다. 아무런 이해득실 없는 사람들이 손이 왜 그런가를 묻고들었다. 사람들은 본질적인 문제에 대한 관심은 여벌이었다. 그리고 질문을 당하는 사람의 입장을 충분히 이해해주는 이는 별로 없었다. 외로운 자기들로 세상은 가득했다. 그런 현실에 비하면 지도교수가 생각하는 유기체의 ‘공생 특징’은 이론에 불과한 것이 아닐까 하는 생각도 들었다.

“강형강 교수가 오늘 시간 낼 수 있다네. 미루지 말고 가보도록 하게.”

고창 송림산에 있는 척서암 주인 김대성의 전기를 써주기로 한 일자리 이야기는 할 짬이 없었다. 이야기하지 않아도 이미 알고 있을 거란 생각이 들었다. 김대성이란 사람이 자기 생애 많은 부분을 숨기고 거액의 기부를 해온 것을 막연히나마 짐작할 수 있었다. 그의 전기를 쓰기로 한 윤종성으로서는 더욱 호기심이 일었다. 그리고 그가 구축하고 있는 인맥이 거대한 숲을 닮았다는 생각도 들었다.

강형강 교수 연구실 표지판에는 '재실'이라는 녹색 사인이 들어와 있었다. 윤종성은 두근거리는 가슴을 안추르면서 조심스럽게 노크를 했다.

"반갑네. 윤종성 군. 마침 사람을 찾고 있던 중이었네." 사람을 찾고 있었다는 것은, 단순히 병원에 접수하고 진찰받고 치료하는 환자가 아니라 특별대우를 한다는 뜻으로 들렸다. 이게 실험 케이스란 뜻이라고 짐작이 되었다.

"내가 저지른 죄 때문에 피 묻은 손을 잘라버리고 싶은 때였습니다." 강형강 교수는 그런 이야기 듣고 싶지 않다는 듯이 손을 내저었다.

"상처는 죄를 기억하지 않는다네. 죄는 상처가 환기하는 기억이 되불러올 뿐이라네. 그러니 나한테 자네 죄를 고백할 필요는 없어. 다만 자네가 나를 믿고 내 계획에 따라줄 수 있는가, 그런 약속을 할 수 있는가 하는 점이 문제라네. 말하자면……." 강형강 교수는 이야길 시작하기 전에 한참을 망설이는 눈치였다.

"교수는 본래 말이 길어", 오인준 박사는 자신의 이야기가 길어질 기미를 보이면 그렇게 말하곤 했다.

강형강 교수는 세포의 발견, 분자생물학, 유전자 조작과 유전자 가위, 나아가 나노기술과 의료기술 등에 대해 긴 설명을 들려주었다.

그쯤에서 이야기가 멈출까 했는데 예상이 빗나갔다. 이야기는 계속되었다. 참을성 없는 학생이라면 지레 질리고 말 듯했다. 어쩌면 어려운 이야기를 꺼내기 전에 뜸들이기를 하는지도 모를 일이라고, 윤종성은 침을 삼키며 듣고 있었다.

생명에 대한 조작은 윤리 문제를 불러오기도 한다. 복제양 돌리는 행복한가? 복제인간의 수명을 어떻게 한정하나? 복제인간 아버지는 정말 아버지인가? 로봇의 권리는 인간의 권리와 동등한가? 자율자동차는 인간의 능력 확장인가 아니면 인간을 대신하는 새로운 개념의 주체가 될 것인가? 함께 즐기던 섹스돌의 용도가 끝나면 어떻게 처리해야 하는가? 아무튼 이런 문제는 달리 조처해야 하는 과제로 등장한다. 인간의 부품, 아니 기관을 인공적으로 교체하는 것도 비슷한 문제를 불러온다.

"내가 사설이 길어지네. 자네 손을 처치하는 데는 자네의 용기 있는 결단을 요하는 문제가 하나 있다네." 윤종성은 긴장했고, 강형강 교수는 뒷짐을 지고 연구실 공간을 왔다 갔다 하면서 다음 이야기를 준비하고 있었다.

"동물 가운데는 자기 기관이 하나 달아나면 그 기관이 재생하는 기적 같은 일이 일어나기도 한다네. 게란 놈은 말야, 적을 물었는데 적이 안 물러나면 자기 다리를 비틀어 떼어버리고 도망치지. 도마뱀의 꼬리도 비슷한 메커니즘, 기전을 통해 재생되네. 유전자가 자신의 사라진 몸 한 부분의 형태를 기억하고 있다가, 그게 재생되는 거라네. 그런데 사람은 달라. 팔다리처럼 큰 기관이야 그렇다고 해도, 자네처럼 손가락을 잃어버린 사람도 그 손가락이 살아나 재생되기를 기대할 수 없다네. 디엔에이 구조 기억이 잘려 나간 손가락과 함께 망실되는 셈이지."

"구조 기억의 망실이라면……?"

"말하자면, 인간 세포의 자기복제(自己複製, self-replication) 기술은 해당 기관의 성분을 증식하는 데까지는 가능하네. 예를 들자면 잇몸뼈 이식, GBR(Guide bone regeneration) 같은 것인데, 잇몸뼈를 증식해주기는 하는데, 손가락뼈라든지, 팔뼈 같은 것을 원형대로 만들어주지는 못한다는 점이 한계라네. 유기체의 구조에는 일종의 격절(隔絕)이 있는 셈인데, 그 격절을 기계적으로 연결하여 유기체가 유기적인 기능을 할 수 있도록 해야 하지 않겠나. 그래서 몸에다 칩을 심고 손가락이 제대로 작동할 수 있도록 해야는데, 자네가 그걸 허용할지 하는 게 문제네."

"그 칩이 다른 기관의 작동에 영향을 미치지 않습니까? 왼손으로 무얼 쥐려 하는데, 오른손이 쥐었던 걸 놓아버린다든지, 왼손 손등을 긁으면 오른발이 저리다든지……. 몸의 질서가 다 흩어지는 사태는 안 일어날까요?"

"칩을 어디다 설치하든지 손목 아래에만 작용할 수 있도록 설계하면, 문제는 없을 것이네."

사이보그처럼 살아야 한다는 것인데, 다시 생각해보면 의수에다가 증강기계를 장치하는 것과 다를 바 없는 일이었다. 문제는 온전한 몸을 가지고 사는가 하는 데 대한 믿음 혹은 의식일 터였다. 칩이라는 기계장치를 자신의 신체 일부로 수용하는 태도가 문제의 핵심이 될 수도 있는 일이었다. 하기는 인공심장을 달고 사는 이들도 있지 않던가. 편하게 생각하기로 했다. 강형강 박사가 손가락을 부딪쳐 딱 소리를 내면서, 오케이! 윤종성의 등을 두드려주었다.

"그런 걸 시술이라고 하나요. 통증은 심하지 않습니까?"

"치과에서 발치해본 적 있는가? 그 정도 아닐까. 통증보다는 부작용이, 자네 손과 만들어 연결하는 손가락이 트러블을 일으키지 말아야 하는데……." 자신 없는 어투였다.

"좋습니다. 교수님을 믿겠습니다." 강형강 교수는 의자에서 일어나 윤종성의 손을 잡았다. 손에서 끈적한 땀 기운이 느껴졌다.

"아무 긴장도 없는 모험은 모험이 아니겠지. 인간 역사는 모험에 모험을 거듭해서 진전되어왔지. 나노 증식기술도 마찬가지겠지만. 과학기술도 그렇고…… 정신적인 모험도 있는 법이네. 고려 불교국가를 유교국가로 대치하는 조선의 역성혁명, 그거 대단한 모험이네. 죽음을 무릅쓰고 천주교를 한국에 전한 신부들도 그렇고……."

"우리들 일상은, 모험은 고사하고, 루틴하게 진행되어야 하는 평형상태 같습니다." 강형강 교수가 고개를 끄덕여 긍정을 표시해주었다.

"자네 장아무 교수가 말하는 '온생명'이라는 이야기 들어본 적 있나?" 윤종성은 장회익 교수 이름은 들었지만 그의 책은 아직 못 읽었다.

"온생명이라는 게 가이아 이론의 변형인 듯한데, 개별적 생명체는 그 위에 다른 생명체들과 연결되어 있고, 나중에는 지구생명, 우주생명 하는 식으로 생명현상이 무한 증폭해서 그 거대한 생명체계 가운데 인간 생명이 자리 잡는다는 거 아니겠나. 우주의 디엔에이 그런 비유가 적절할까……. 과학자들이 유신론자가 되는 데에는 이유가 있는 거라네." 강형강 교수의 손가락에 묵주반지가 반짝거렸다.

"그렇겠습니다."

이야기가 불뚝불뚝 튀어 단층을 이루는 것 같았다. 윤종성은 그런 책이 있다는 것을 대강 알고 있었다. 읽은 적은 없었다. 손가락, 팔뚝, 몸통, 머리…… 그리고 나라는 존재…… 그런 생각들이 순서 없이 돌아가고 있었다. 자신의 그런 생각이 우주적 존재의 유기적 연관성을 상징하는 '인드라의 망'에 연결되는 것인가, 그런 의문도 들었다.

"우리가 쓰는 십진법은 인간의 손가락이 열 개라는 데 근거를 두고 있는지도 모르네."

"저는 오진법으로 살고 있는 셈이군요."

"그렇기야 하겠나. 우리가 시간을 분절하는 방식은 '육십진법'으로 되어 있지 않나. 우리 몸의 구조 가운데 육십을 단위로 조작되는 경우는 없네. 인간의 인식은 자기 몸에 가장 가까운 방식으로 조직된다네. 그러니까 몸속에 마음이 있다고도 하지만 마음속에 몸이 있어 그 몸이 의식을 관장하기도 한다네. 그러니 몸의 전체적 유기성을 돕는 일은 윤리적이랄까, 그렇다네."

"잘 알았습니다. 칩이 제 몸의 유기성을 증강해준다는 뜻으로 알겠습니다."

강형강 교수는 입가에 미묘한 웃음을 떠올렸다. 윤종성은 '죄의 유기성' 그런 생각을 되씹었다.

밖에서 앰뷸런스 경적 소리가 들렸다. 강형강 교수는 창가로 다가가 밖을 내다보았다. 어떤 영혼 하나가 지구를 떠나는 모양이었다. 윤종성은 버릇대로 그런 생각을 했다.

윤종성은 다음 주에 강형강 교수를 만나 구체적인 절차를 밟기로 약속하고 연구실을 나왔다. 눈부신 햇살이 정수리로 떨어져내렸다. 겨울이 물러가고 봄이 오는 소리가 들리는 듯했다.

시계탑 아래 돌계단 사이에 영춘화가 노랗게 피어 있었다. 윤종성은 발을 멈췄다. 그리고 영춘화 노란 꽃잎을 들여다보았다. 꽃잎이 여섯 장씩 앙증맞게 달려 있었다. 꽃잎이 넉 장인 십자화, 다섯 장인 오엽화 등은 익숙한 편인데 꽃잎 여섯 장은 낯설었다.

성당에서 종이 울렸다. 윤종성은 오른편 손목에 걸린 시계를 보았다. 오후 세 시였다. 문득 '산타마리아의 종이 울린다' 그런 구절이 머리를 스치고 지나갔다. 그것은 '과거를 묻지 마세요' 하는 노래 구절을 환기했다. 윤종성은 '종소리'를 속으로 반복해서 중얼거렸다. 종소리는 긴 여운을 이끌고 맥동하는 맥놀이로 변했다. 윤종성은 현기증을 느끼면서 광장을 가로질러 갔다.

6

산꽃 자지러지는 길

"아우님, 동백 지기 전에 다녀가소."

제주로 귀양 가는 추사(秋史)에게 전갈을 넣고
백파율사(白坡律師)는 짚신 신느라 허리에서 우둑 소리 났지.

동백(冬柏)은 꽃이 온몸으로 진다고……
해서, 구질구질 꽃이파리만 흩어놓지 않는다나.
이 허잘것없는 비유를 넘어 동백숲을 보러 나간다.

동백이 숲을 이루면,
숲을 이루어 천년도 더 지나면
꽃은 햇살 반짝이는 잎그늘에 숨어들어
자취를 감추고 뿌리로만 땅을 어르고 얼러서

선운사 잠풍한 대웅전 뒤 언덕에서
바람 사나운 제주 대정마을
탱자나무 울타리 가시 사이 하얀 꽃이 서러워

숲은 뿌리로 결어놓은 우정의 인연,
그 위로 부는 바람이 풍랑 사나운 먹빛 바다를 건넌다.

봄은 숲을 뒤흔들어놓았다. 숲뿐만 아니라 살아 있는 것들을 미쳐 들뜨게 했다. 봄기운이 골짜기에 햇살과 더불어 가득 차 수멀수멀 움직이기 시작하면서, 관산대학교 캠퍼스는 젊은이들로 활기가 가득했다. 볼에 솜털이 보슬보슬한 신입생들의 목덜미를 햇살이 간질이며 지나갔다. 젊은 청년들의 목청이 새소리와 같이 쨔랑쨔랑 새싹이 트는 정원수 사이로 퍼져 나갔다. 자디잔 새소리 사이로 까마귀란 놈이 까악까악 훼방을 놓기도 한다. 까마귀 앉았다 떠나는 버들가지가 출렁, 바람을 탄다. 관운산 산자락에 푸른 기운이 더욱 짙어졌다. 골짜기를 흘러가는 물소리가 낭랑하게 조잘댄다. 가히 지구생명의 기운이 약동하기 시작하는 것이다. 그 약동하는 지구생명 가운데 자신이 서 있다는 것은 참으로 놀라운, 기적 같은, 경이로운 일이었다. 지구생명은 다른 행성으로 흘러가고 우주로 통하는 것이었다.

봄이 익어가는 풍경 속에 윤종성은 유독 외로움을 느꼈다. 듣기로는 개체생명은 다른 생명체들과 연계되어 있어서, 서로 교환(交驩)하며 생명의 끈으로 얽혀 있다고 했다. 그런데 윤종성은 끈을 잃은 채 외따로 떨어져 있었다. 윤종성은 달리 생각하기로 했다. 어느 시인의 말대로, 얼었던 땅에서 꽃을 피우기 위해서는 '잔인한' 시간을 견뎌야 했다. 언덕을 뒤덮고 피어나는 들꽃은 겨울을 견딘 영광의 표상이었다. 윤종성은 겨울을 난 나무처럼 푸르러지고 싶었다.

윤종성은 강형강 교수를 만나 접지 시술을 받기 위해 번잡한 준비 과정을 거쳤다. 오른손과 왼손의 균형을 맞추기 위해서는 몇 가지 물리적 측정을 했다. 정밀한 엑스레이 촬영을 해야 했고, 단층촬영도 했다. 손의 본을 떴다. 치과 치료 과정에서 치아 본을 뜨는 데 사용하는 '알지네이트'를 이용해 본을 뜨는 것 같았다. 그리고 깨어져 달아난 손가락 자리를 정밀 촬영했다. 다행인 것은 손가락 셋째 마디는 모두 제 형태를 유지하고 있다는 점이었다. 강형강 교수는 안도의 한숨을 내쉬었다. 얼굴에 자신감이 살아났다. 새로 형성해서 이어놓을 손가락의 기본 작동 가능성이 살아 있다는 것이었다. 윤종성은 누에 머리처럼 남아 있는 손마디를 만져보았다. 전에 라포레가 손가락 끝을 혀로 핥아줄 때, 짜릿한 느낌이 전신으로 흘러가던 기억이 살아났다.

뼈 생성과 접합을 위해 남아 있는 손가락 끝을 째서 뼈끝을 드러내는 수술을 했다. 뼈가 생성되는 데는 두어 달 시간이 걸린다고 했다. 그런 와중에 윤종성은 척서암 김대성이 얘기한 차량을 구입했다. 지프 회사의 '그랜드 체로키'라는 이름은 체로키족의 슬픈 역사를 떠올리게 했다. 본래 아메리카 대륙에서 살던 그들 족속의 학대 역사는 진저리 나는 것이었다. 그리고 인디언 보호구역에 강제 입주시켰다. 미국 개척자들이 체로키 나라를 모두 빼앗고, 생활용구며 언어, 장신구 등을 모두 빼앗은 다음 자기들을 인디언 보호구역에 처넣었다는 내용이었다.

윤종성은 〈인디언 레저베이션〉, '인디언 보호구역'이란 노래를 중얼거렸다. 거기 나오는 한 구절, "체로키 사람들은 삶에 용감했고, 죽음에 의연했다"는 것은 그들의 삶 전체를 대변하는 것이었다. 죽음에 의연한 것은 윤종성이 받아들이기에는 아직 먼 풍경이었다. 그러나 삶에 용감하다는 것은, 스스로 삶에 의미를 부여해야 이루어지는 삶의 태도였다. 노래 중간 한 소절이 귀에 쟁쟁한 여음으로 남았다.

"체로키 피플, 체로키 트라이브/소 프라우드 유 리브, 소 프라우드 유 다이."

인디언 보호구역은 일종의 유배지나 마찬가지이다. 그런 생각 끝에 윤종성은 추사 김정희를 생각했다. 추사가 제주로 유배 가는 길에 고창에 들른 일이 있었다. 어느 작가가 추사와 백파율사 긍선 사이의 관계를 소설로 쓴 적이 있었다. 윤종성은 그 소설을 읽으면서 불교와 유교의 상호 교류가 선운사와 무장(茂長)이라는 지역문화와 연관이 있다는 것을 처음 알았다. 무장은 무송(茂松)과 장사(長沙)가 합쳐진 지명이다. 송림산의 무성한 솔숲과 구시포 해수욕장의 백사장을 연관 지어 생각하게 하는 지명이었다. 고창에 내려가면 추사 김정희와 백파율사 긍선의 관계를 한번 다시 찾아볼 작정이었다. 그것은 관산대학교에서 배운 지적 호기심 덕이었다. 그런 지적 호기심은 인간에 대한 이해로 연결되었다. 인간에 대한 이해는 어떤 인간을 직접 겪어야 도달하는 지적 목표만은 아니라는 생각이 들었다. 인간이 추구하는 일들을 기록한 자료들을 찾고 조합해서 해석하는 가운데 이루어지는 인간 이해도 가능하다는 생각이 들었다.

척서암에서 연락이 왔다. 웬만큼 준비가 되었으면 고창으로 내려오라는 것이었다. 앞으로 열 달 안으로 김대성의 전기를 완성해야 하는 과제가 눈앞에 산처럼 다가와 앞을 가로막았다. 그것은 자신이 개척해 돌파해야 하는 과업이었다. 관산대학교에서 한 해, 세상사를 겉으로만 이해했다면 이제는 인간사 속살의 광맥을 파들어가는 일을 해야 하는 시점에 다다라 있는 셈이었다. 어느 시인의 시구절처럼 '모험과 깨달음'이 기대되는 일이었다.

윤종성은 짐을 챙겼다. 짐이랄 것이 별로 없었다. 책 몇 권과 옷가지 몇 개, 세면도구, 간단한 침구 그런 게 짐의 거의 전부였다. 라포레가 선물한 프랑시스 잠의 시집을 비롯해, 근간 시집도 몇 권 짐에 실렸다.『새벽의 삼종에서 저녁의 삼종까지』, 그 시집 가운데「조용한 숲속에서」는 윤종성의 기억에 짙은 음영으로 각인되어 있었다.

'조용한 숲속 검은 참나무 밑에 앉으면, 삶은 장려하고, 정답고, 또 엄숙했다'는 구절은 불어로도 선명하게 기억되었다. 숲속에서 감지하는 생의 감각은 마땅히 그러해야 했다. 그러나 윤종성의 삶은 사소하고, 낯설고, 허전했다. 삶이 그렇게 허잘것없는 것인가 하는 생각이 떠올랐다.

챙겨 넣어야 하는 짐 가운데 앨범이 하나 들어 있었다. 관산대학교에서 지낸 한 해 기억이 차곡차곡 정리되어 있는 앨범이었다. 앨범을 넘기고 있는데 전화가 울렸다. 맹상수였다.

"쩌그 뭐시냐, 윤종성, 올해 선운사 동백꽃은 보았을랑가?" 비싯하게 웃는 웃음이 눈에 보이는 듯한 목소리였다.

윤종성은 어느 시인의 '술집 여자의 육자배기 가락'을 문득 떠올렸다. 척서암에서 만난 '구시떡'의 꼬부장한 눈이 이히히 웃음을 흘리고 있었다. 아무튼 선운사 동백꽃은 고창 사람들의 의식에 지울 수 없는 꼭두서니 물을 들이고 있었다.

"그렇지 않아도 내일 내려가려는 참입니다."

"왜 갑자기 존댓말로 나오시나?" 맹상수가 취직을 해서 벌이를 하고 있다는 현실이 어투를 바꾸어놓은 것인가 싶었다. 구태여 대답할 일은 아니었다.

맹상수는 몇 시에 올 것인가 물었다. 서울에서 고창까지 차를 몰고 가는 것은 사실 부담이었다. 아직 손이 성치를 않았다. 성원지라는 친구가 생각났다. 운전을 잘하는 친구였다. 정꽃소리 고수 역할을 했는데, 아직도 그 일을 하는지 궁금했다.

친구 성원지는 부친과 혹심한 갈등을 겪고 있었다. 부친이 이혼을 하고 나서 새 여자를 구했다. 하필 성원지가 사귀고 있는 여친 강나리의 어머니였다. 강나리는 어머니 일에 대해 별다른 관심이 없었다. 성원지는 아버지 앞에 엎드려 간청했다.

"이건 막장입니다. 아버지께서 물러나셔야 합니다."

"너 애가 그렇게 속이 좁으냐, 어차피 남인데 그걸 왜 문제 삼는 거냐?" 성원지는 어이가 없었다.

"저는 인정 못 합니다." 사실 따지고 보면 사돈댁과 관계를 하겠다는 것이었다. 강나리와 사귐을 포기하고 물러서면 문제는 간단히 해결될 터였다. 그런 기미를 눈치챘는지 모르지만, 강나리는 성원지에게 더욱 파고들었다. 강나리는 성원지가 정꽃소리 소리하는 데 앞에 앉아 북이나 다룬다고 투정을 늘어놓기도 했다. 성원지는 강나리를 포기하는 쪽으로 생각을 몰아갔다. 더 깊은 관계로 들어가기 전에 물러서는 게 현명했다.

성원지는 윤종성에게 자신의 내심을 털어놓았다. 부친이 끝까지 밀고 나가고 강나리가 더욱 가까이 다가선다면, 자기는 아버지를 살해할 수밖에 없다는 이야기를 하면서, 수려한 얼굴과 어울리지 않게 이를 갈았다.

"내가, 그 인간, 죽이고 말 거야." 윤종성이 성원지의 손을 덥석 잡았다.

"성질 눌러, 네가 오이디푸스는 아니잖아, 아버지 죽이고 강나리가 아니라 강나리 어머니와 결합한다? 그러지 말아. 상상만으로도 끔찍하다." 그런 이야기 끝에, 윤종성은 자신이 저지른 이야기를 처음으로 성원지에게 털어놓았다.

"일 저지른 다음의 후회는 또 다른 죄를 끝없이 불러오고, 그 참회 과정은 참혹해."

윤종성의 이야기를 듣고 있던 성원지는, 윤종성의 왼손에 눈길을 박고 있었다. 윤종성은 슬그머니 손을 잡아당겨 주머니에 찔러 넣었다.

"내가 북을 치는 이유 짐작하겠어? 북은 소가죽으로 메운 것이잖아. 그 소리는 생의 저 밑바닥까지 울려." 윤종성은 대꾸할 아무런 준비가 없었다. 자기가 쓰는 시가 존재의 밑바닥을 울린다고 생각하지는 않았다. 윤종성이 침묵하고 있는 사이 성원지가 말했다.

"차 몰고 다니면서 조심하라구. 운전이 생체리듬을 따라가거든. 기계에 인간의 생체리듬이 전이되는 거야. 분노하며 운전대 잡으면 위험해." 성원지는 대꾸하려 들지 않고 빙긋이 웃었다. 기계를 길들이려고 애쓸 일이 아니었다. 기계는 인간의 심덕을 따라 움직인다는 생각일 뿐이었다. 윤종성은 자기가 기계의 도움을 받아 손을 되살릴 거란 이야기는 터놓지 않았다. 다만 손 수술하는 과정이라 아직은 운전이 불편하다는 이야기만 했다.

"강나리랑 얼마나 깊은 관계인데?" 윤종성은 조심스럽게 물었고, 성원지는 입을 다물고 운전대 쥔 손에 힘을 주었다. 성원지가 정꽃소리와 가깝게 지낸다는 것을 윤종성은 알고 있었다. 정꽃소리 자기 입을 통해 내놓은 말이었다. 성원지가 정꽃소리에게 집착하는 이유를 짐작할 수 있었다. 그렇다면 정꽃소리가 윤종성에게 다가오는 것은 왜곡된 애정의 표출 아닌가 하는 생각도 들었다. 그런 인간관계를 설정하는 자신이 쪼잔스럽게 느껴졌다. 스포츠카 한 대가 차선을 비집고 들어 추월해 갔다.

차는 봄이 오느라고 아지랑이가 낀 들판을 시원하게 달렸다.

맹상수에게서, 송림산으로 가기 전에, 선운사로 먼저 다녀가라는 연락이 왔다. 아침 여덟 시에 맞춰 아침도 못 먹고 서둘러 출발했기 때문에 자꾸만 눈이 감겼다. 컨디션이 그리 좋은 편은 아니었다. 윤종성은 운전하고 있는 성원지를 흘긋 쳐다봤다. 얼굴이 밝지 않았다.

"성원지, 어디 불편해?"

"아니, 왜, 얼굴이 불편해 보이나?"

윤종성이 손가락 시술을 받은 뒤라서, 운전이 불편할 터이니 도와준다는 생각으로 나선 길이었다. 그러나 다른 의도도 있었다. 정꽃소리가 선운사에 가 있다는 것을 알려왔던 터였다. 정꽃소리는 판소리를 수련하는 한편 한국의 사상 흐름에 관심이 컸다. 라포레의 영향 같기도 했다.

'한국 정신사의 이해'라는 과목을 같이 수강하고 있는데, 담당교수는 한국의 유교와 불교의 상호 관계에 대해 연구해보라는 과제를 내주었다. 그 무렵『추사 김정희의 학맥과 인간관계』란 책이 발간되었다. 담당교수는 그 책에 대해 칭찬을 아끼지 않았다. 추사를 단지 유학자나 서예가로 보지 않고 사상가라고 하는 관점이 돋보인다는 것이었다. 특히 오만하게 느껴질 정도로 자신의 학문과 예술에 자부심을 가지고 있다는 점을 추사의 특징적 면모라고 내세웠다.

이래도 흥, 저래도 흥 하는 호야형(好耶型) 인간은 학문에 적절치 않다면서, 추사라는 사람이 만만치 않은 이유는 강건한 학문적 자부심에 있다고 거듭 강조했다. 그게 추사가 세속에 떨어지지 않는 정신에 너지라고 추켜세웠다. 한마디로 추사는 패기만만한, 그래서 오만하기까지 한 인물이라는 것이었다.

교수의 이야기는 대개 길었다. 기본 자료를 주겠다고 하면서 담당 교수는 자기 이야기를 늘어놓았다.

추사가 제주로 유배를 당해 가는 길은 충청도와 전라도를 타고 내려가야 하는 여정이었다. 전주로 해서 고창, 영광을 거쳐 나주, 해남으로 가서 해남에서 배를 타야 했다. 전주에 가서는 창암(蒼巖) 이삼만(李三晩, 1770~1847)을 만났다. 당시 창암 이삼만은 평양을 중심으로 활동한 눌인(訥人) 조광진(曺匡振, 1772~1840)과 더불어, 추사 김정희(1786~1856)와 함께 조선 서예가의 정족(鼎足, 삼절)을 이루고 있었다. 창암은 추사보다 열일곱 살이나 위였다. 추사는 양반집 권문세가의 자제였고, 창암은 평민 집안의 아들이었다. 학문이나 출사는 물론 저술에서도 늦기만 한다고 해서 이름을 삼만(三晩)이라고 했다. 그의 글씨는 기교와 품격을 함께 갖추고 있었다. 그러나 운필의 기(氣)는 그다지 힘차지 못했다. 추사는 기운이 세차지 못한 창암의 글씨를 흉잡다가, 혀를 찼다.

추사가 초의선사를 만나러 해남 대흥사에 갔을 때였다. 당시 대흥사(대둔사) 대웅전 현판은 원교 이광사의 글씨였다.

“기녀의 치마꼬리 같은 글씨를 대웅전에 걸다니 당장 떼내시오.” 초의선사는 추사의 글씨 보는 안목을 믿고, 현판을 떼어내게 했다. 그리고 추사에게 글씨를 부탁해 판각해서 달았다. 제주 유배를 다녀온 추사는 원교 이광사의 편액을 다시 걸라고 했다. 고통 속에서 깨달은 예술의 경지는 한층 높아졌다. 그리고 포용적 아량을 갖춘 것이었다. 고통 속에서 수행되는 자기반성이 동반되는 예술이라야 그 경지가 높아지는 법이었다.

추사는 종교를 가리지 않고 많은 인물들과 교분을 쌓았다. 자신은 유가 집안의 학인이면서 불교 승려들과 교분을 가졌다. 백파 긍선도 그런 인물 가운데 하나였다. 백파를 사이에 두고 해남 대흥사의 초의 선사와도 불교의 교리에 대해 의견을 나누고 지냈다. 의견을 나눈다기보다는, 서찰을 통한 것이기는 했지만, 지칠 줄 모르는 논쟁이었다. 학문이라고 한다는 게 추사의 눈에 차지 않았다. 고증이 없고 사유는 너무 완고한 체계에 얽혀들어 운신의 폭이 협착(狹窄)했다.

추사는 오십 대 중반에 제주로 유배를 가면서 선운사에 들를 작정이었다. 호송관에게 말미를 당부했다. 백파스님을 만나고 싶었기 때문이었다. 중장(重杖) 36매를 맞아 초주검이 된 추사는 제도 앞에서 몸이 무한 나약한 것임을 알고 치를 떨었다. 몸이 망가지면 글씨고 그림이고는 물론 말이 안 되는 것이었다. 말이 안 된다는 것은 누구와 논쟁을 못 한다는 의미였다. 백파스님과 오고 간 논전을 다시는 못 할지 모른다는 생각이 쓸쓸하게 다가왔다.

나라에서는 서양의 '하느님'을 섬긴다는 이들에게 가혹하게 처벌, 처형을 했다. 서양에서 온 선교사들의 목을 잘라 효수경중(梟首警衆)하는 일이 한두 번이 아니었다. 추사가 제주로 귀양 가기 이전에 이미 몇 차례 '박해'가 있었다. 추사가 귀양 가기 바로 전 해, 기해박해(1839)가 있었고, 그 이전 신유년(1801), 신해년(1791) 박해를 돌아보면, 천주교 믿겠다는 이들이 '하느님'을 위해 목숨 내놓는 일은 도무지 요해불가(了解不可)의 지경이었다. 목숨이 살아야 했다. 참선(參禪)이 사람 살리는 부처님의 최고 덕인가는 잘라 말할 자신이 없었다. 나라가 망가지는데 혼자 덕이 높아 그걸 어디 쓸 것인가, 그런 생각이 뼛속에서 스며났다.

당시 백파스님은 순창 구암사(龜岩寺)로 자리를 옮겨 주석하고 있었다. 절에서 잔일을 하는 사미승(沙彌僧)을 시켜 백파스님을 모셔오게 했다. 백파스님은 득달같이 달려왔다. 방갓을 들어 올리자 관옥 같던 스님의 얼굴이 많이 상해 보였다. 그러나 눈은 형형하게 빛났다.

"어쩌다가 그대가 산길 천리 물길 천리, 그 먼 데를 간단 말이오?"

"인간의 일이니 인간이 회심하면 풀릴 날이 있겠지요." 백파스님은 혀를 찰 뿐 말을 잇지 못했다.

"부질없는 인간사 가운데 사람의 목숨을 도륙하는 무리들이, 나는, 사실, 겁이 나오."

"정권을 틀어쥔 자들이 바뀔 때마다 유죄 무죄가 널뛰기를 하니, 성군이 다스리던 시절이 아득할 뿐입니다."

이틀에 걸쳐 그간 하지 못한 이야기를 나누었다. 그 이야기 가운데 중심은 대기(大機)와 대용(大用)이었다. 백파스님의 논거는 이전과 달라지지 않은 것 같았다. '대승적 근기를 갖춘 사람이 흔들림 없는 신념으로 대승의 가르침을 받아 지녀 보살승에 이른다'는 이야기는 이전에도 익히 들은 바였다. 전에도 그런 이야기를 했다. 대승적 근기(根機)를 어떻게 갖추는가, 대승적 근기라는 게 인간 보편의 속성인가 개별자의 절차탁마를 거쳐 형성되는 심성인가, 이에 대한 설명은 여전히 입을 닫았다. 아무튼 '원숙한 깨달음을 바탕으로 자유자재로울 수 있는 경지'를 말하는 것이기는 하지만, 원숙한 깨달음이 육바라밀의 수행을 통해 가능한 것인지, 부처님의 가피(加被)를 입어 그리 되는 것인가, 하는 문제는 설명하지 않았다.

"스님 말씀이야 유도(儒道)를 하는 이들이 체와 용을 말하는 바와 다를 게 없는 듯합니다."

"그러니까 성인과 성인은 상통하는 게 아닙디까."

"오온이 개공인데 오가 칠종이 어찌 무지개 위를 날아오를 것입니까."

"오온이 개공이어도 화식하는 중생은 몸이 제일입니다. 몸을 보중하시오." 몸을 보중하라는 소리를 듣자 추사의 등골로 통증이 번개 치듯 지지고 지나갔다. 형장 맞은 후유증이었다.

추사가 절에서 묵기를 불편해하자 백파스님은 다른 데에 거처를 마련해주었다. 당시 부안에 소속된 소반등(盤巖)이라는 마을이었다. 조선 십승지 가운데 하나로 꼽히는 길지였다. 백파스님과 이틀 묵으면서 불교의 선사상에 대한 논의를 한 끝이었다. 마을 정자가 시적 분위기를 자아냈다. 산이며, 바위, 골짜기 그런 데 효자, 도사, 신선 이야기가 속속들이 박혀 있었다. 고창은 가히 이야기의 보물창고였다. 한데 이야기는 대개 아스무레한 안개에 묻혀 있었다. 추사는 이 마을에 다녀간 선물로 무언가 남기고 싶었다. 시의정(詩意亭) 석 자를 눌러 쓰고, 성명 휘호 이후에 낙관을 질렀다.

백파를 만난 추사가 돌아간 뒤였다. 소반등에서 풍수가로 알려진 진송(鎮松) 황부칠(黃釜漆)이라는 이가 있었다. 찢어지게 가난한 속에 연명하였지만 기개는 높아 송백을 누르고 선다는 뜻으로 진송이란 호를 썼다. 나무의 잎이 지는 것은 자연의 정한 바 이치를 따를 뿐이지, 날이 추워져야 솔과 잣나무가 늦게 시든다는 걸 안다는, 세한연후 송백지후조(歲寒然後 松柏之後凋)란 구절을 실실 비웃었다.

동네 백씨 집안의 묫자리를 봐주고, 술이 거나해져 마을로 내려온 황부칠은 정자에 붙은 현액을 올려다보면서 큼큼 헛기침을 두어 번 뱉어냈다. 산역(山役)에 가 있던 동네 목수를 불러, 각자를 해서 정자에 매단 추사의 현액을 떼어 내렸다.

"빌어먹을, 시중유화니 화중유시니 해봤자, 둘 다 아득한 기운일 뿐인데 시면 시였지, 시의는 뭐 말라비틀어진 말장난이라냐. 시나 화나, 시의나 화의나 다 그게 그거, 인간의 먹장난인데, 그래도 아까우니 그저 시정, 시정이라 해두소." 동네 목수가 현판에서 '의' 자를 잘라내고 나머지를 이어붙여 '시정(詩亭)'이라는 현판이 되었다.

추사는 고창을 떠나면서, 귀양살이 풀려 돌아오게 되면 고창에 다시 들러 백파스님을 만나겠다는 약속을 했다. 정작 귀양에서 풀려 서울로 돌아가는 길에는 고창에 들르지를 못했다. 그리고 백파스님이 입적했다는 소식을 들은 것은 과천에서였다. 인간의 만나고 못 만남이 뜻대로 되지 않음을 알고, 추사는 홀로 해 기우는 관악산 봉우리를 바라보며 시린 코를 풀었다.

설두(雪竇)와 백암(白巖) 두 스님이 백파선사 비문을 부탁하느라고 와서 인사를 올린 지 닷새가 지났다. 추사는 찬물로 세수를 하고 경상 앞에 앉아 비문 초를 잡았다. 코끝에 콧물이 방울졌다.

"어르신 뱃속의 얼음이 녹는 모양입니다." 설두가 농을 했다.

추사는 문을 열어제쳤다. 장독대 옆에 수선이 창끝 같은 잎을 내밀고 있었다.

윤종성이 성원지와 선운사 주차장에 차를 댔을 때는 열한 시가 조금 넘은 시각이었다. 봄 햇살이 밝게 비추는 골짜기는 숲이 어우러져 아늑한 분위기가 감돌았다. 맹상수가 전화를 했다. 선운사 부도전으로 오라는 것이었다.

부도전으로 가기 전에 윤종성은 잠시 주변을 둘러보았다. 일주문에 걸린 현판에는 '도솔산선운사(兜率山禪雲寺)'라고 되어 있었다. 일중(一中) 김충현(金忠顯)의 글씨로 단아하기는 하나 힘이 좀 달린다는 느낌이 들었다. 주차장 건너편 돌벼랑에는 겨울을 지난 송악이 퍼렇게 살아서 숲으로 기운을 뻗치고 올라가는 중이었다.

부도전에 들어갈 때마다 윤종성은 인간 정신이 어떻게 이어져 나가는가를 생각했다. 그것은 금산사에 있을 때, 빈공(牝空)이란 법명을 쓰는 스님의 이야기를 들은 후였다.

"공수래 공수거라고들 허는디, 세속적 발상이라. 인간은 이야기를 남기는 존재야. 몸뚱이로만 보면 허무하지. 어린애가 손에 수표 들고 뱃속에서 나올 까닭도 없고, 죽은 놈에게 딸라 뭉텅이를 쥐여주어도 저승에는 은행이 없는 게야. 그런데 인간은 말을, 이야기를 남기지." 그러면서 윤종성을 부도전으로 이끌어가곤 했다. 부도전에 서 있는 부도는 물론 비석들은 이야기를 기록하고 있었다. 그 이야기 읽는 과정에서 윤종성은 한문 읽는 법을 익혔다.

"비석에는 영광만 기록하지만 죄는 입에서 입으로 전하는 이야기를 통해, 또 자신의 내면에 흘러가는 이야기를 가지고 속죄가 된다네. 선업을 쌓으란 말이지."

그 후로 선업과 악업이 갈리는 지점이 어디인가를 생각하는 버릇이 생겼다. 인간은 어떤 형식으로든지 자취를 남겼다. 그런 점에서는 금산사에서 지낸 시간이 헛되지만은 않았다는 생각이 들었다. 고창에 와서 선운사 드나드는 것도 인간 존재를 이해하는 데 하나의 코드를 부여할 수 있지 않나, 그런 생각이 들었다.

인간은 기록을 남기는 존재라는 생각을 하는 중에 발길이 부도전에 이르렀다. 맹상수와 젊은 여자 둘이 비석 탁본(拓本) 작업을 하고 있었다. 정꽃소리와 라포레였다. 먹 묻은 솔로 비면(碑面)을 덮은 화선지를 두드리는 중이었다. 오랜만에 보는 탁본 장면이었다.

정꽃소리와 라포레가 달려와 윤종성을 동시에 끌어안았다. 맹상수와 성원지는 머주하니 서서, 윤종성에게 달려들어 끌어안고 인사하는 여자들을 쳐다보았다. 그리고 둘이는 서로 건너보다가 크음 헛기침을 하고 돌아섰다.

"야아, 그림 좋은데……." 맹상수가 빈정거리는 투로 말했다.

"백파스님 비석은 아직 나도 제대로 못 읽은 건데…… 라포레가 한국에 와서 공부 제대로 하느만."

라포레는 별다른 대답 없이 탁본 작업을 계속했다. 웃음 띤 얼굴을 돌리더니 한마디 했다.

"돌비석에 온기가 묻어 있어요." 하아, 윤종성은 속으로 감탄했다.

탁본 작업이 끝나고, 일행은 선운사 경내를 돌아보았다. 대웅보전(大雄寶殿) 편액을 한참 올려다보던 라포레가 맹상수를 쳐다보며 물었다. "선운사가 무슨 뜻이지요?"

"참선와운이란 말이 있어요. 구름 속에서 참선 수도하여 큰 뜻을 터득하다는 의미인데……."

사실 참선와운보다는 '도솔산'이라는 산 이름이 더욱 실제에 가까운 것이다. 참선와운(參禪臥雲)은 도교적 냄새가 나기도 하지만, 도솔천은 불교적 상상력이 만들어낸 별세계인 것이다. 고창은 선운사 하나를 지니고 있는 것만으로도 정신적 높이의 정수리를 점하는 영광을 누리는 셈이었다. 산은 높아서 이름이 나는 게 아니라 큰 가람을 품고 있어서 이름이 높은 법이다.

"동백숲 구경하고 점심 먹으러 가요." 한 발짝 뒤에서 걷고 있던 정꽃소리가 말했다.

봄으로 다가가는 동백숲은 생명의 기운을 활기차게 발산하고 있었다.

"이상하다. 내가 고창을 두루 다녀서 알아요. 근처 다른 데는 동백숲이 없는데 왜 여기 선운사 뒤 산비탈에만 동백숲이 있을까요?"

라포레가 고개를 깨닥거리면서 물었다. 맹상수가 나서서 설명했다.

본래 동백이 자라는 등고선은 전라남도 해남까지였다. 그런데 선운사 사세(寺勢)가 극점에 이르렀을 때, 선운사에서 소요되는 기름이 대폭 부족했다. 법당에 불을 밝힌다든지, 식용으로 쓸 기름이 모자랐다. 어떤 스님인지 발의해서 해남 대흥사에 있는 동백나무를 옮겨 심자는 안이 나왔다. 처음에는 많은 승려들이 과연 도솔산의 추위를 이기고 숲이 조성될 것인가 의문을 표했다. 주지스님은 생각이 달랐다. 실패하더라도 여러 차례 시도해보자는 것이었다. 실패를 두려워할 게 아니라 일단 먹은 마음을 실천으로 밀고 나가는 '정정진'의 기백이 필요하다고 설득했다.

동백숲 조성 계획은 처음 세 해는 실패했다. 네 해째가 되어서야 겨우 뿌리가 잡히기 시작하고, 잎이 피어나 햇살을 반짝이며 동백 열매가 열렸다. 동박새들이 날아들어 깃을 얽고 숲에 깃들기 시작했다. 열매가 열려 숲의 번식이 해마다 왕성해졌다. 해를 거듭할수록 동백숲은 기름기를 반들거리면서 무성해져갔다.

"숲도 외로움을 타요."

맹상수는 그 간단한 한마디에 이어 이야기를 이어갔다. 나무들이 왕성하게 자라서 뿌리를 내리고 뿌리와 뿌리끼리 얽혀야 서로 기를 나누면서 잘 자란다는 것이었다. 들판에 홀로 선 나무는 사실 외로워서 겨우 고독을 견디며 연명한다는 것이었다. 사람도 마찬가지라서 어울려 살아야 하는 법이었다. 사람은 사람의 숲에 살아야 한다는 것이었다. 말하자면 우리도 지금 숲을 향해 가고 있는 중이라면서 웃었다.

"장덕수 교수 예비수업은 잘 되어가나?"

“짱짱해. 그러고 보니 여기 멤버들이 거의 다 모였네.” 정꽃소리가 주위를 둘러보며 말했다.

도솔산 산봉을 스쳐가는 구름을 쳐다보던 라포레가 물었다.

“불교의 스님은 가족 친지 다 떠나 홀로 산에 기거하는데, 그 뜻이 무엇입니까?”

“어떤 스님이 그러는데, 사람이 독해야 중질도 하는 거랍디다.” 숲을 이루는 나무들은 독한 놈이 따로 없다는 뜻인 듯했다. 백파는 독한 스님이었을까. 윤종성은 지금 자신이 외롭게 벌판에 서 있는 한 그루 나무라는 생각을 했다.

맹상수는 사무실에 정리할 일이 있다면서 먼저 자리를 떴다. 정꽃소리와 라포레는 맹상수에게 달려가 고맙다는 이야기를 거듭했다. 이들이 벌써 이렇게 친해진 것인가, 의문이 까치독사 모양으로 고개를 들었다. 이런 무덤덤한 일을 위해 선운사로 사람을 불러댄 것이 의심쩍었다.

맹상수가 떠나고, 넷이는 선운사 입구로 옮겨 풍천장어에다가 복분자주를 마셨다. 장어 꼬리 먹으면 그거 벌떡 선다던데, 복분자 먹으면 요강 뚜껑이 벌컥 뒤집힐 정도로 남자들 오줌 줄기가 요란해진다면서……. 정꽃소리가 윤종성에게 눈웃음을 지으면서 놀림말을 했다. 소리판에서 걸쭉한 입담이 몸에 밴 모양이었다.

“복분자가 뭔지, 라포레 아시나?”

“프레즈 누아르, 검정 딸기?” 윤종성이 컥컥 웃었다. 그러고는 설명했다. 복분자(覆盆子)는 글자 그대로 그릇이 엎어진다는 뜻인데, 그게 요강 뚜껑 아닌가…….

“내가 쓴 신데 누가 한번 읽어볼래?” 정꽃소리가 나서서 윤종성에게서 파일 노트를 받아들었다.

“요강 뚜껑, 웃긴다, 이런 것도 시가 돼?” 빈정거리는 정꽃소리의 눈은 라포레를 꼬나보고 있었다. 정꽃소리가 시를 읽었다.

요강이란 것이 참으로 묘한 것이여.
우리 누나 요강에 오래 앉아 있으면
할머니 말씀 ‘요강 타고 호강 간단다.’

불두덩에 거웃 검어지기 시작하면
요강도 내외를 갈라 타게 하는지라
사내애들은 찬바람 쏟아져 내리는 한데 서서
고추 세우고 별도 헤곤 했었지.

고추라는 게 찬바람 쐬어주어야
참나무 방맹이처럼 딴딴해지는 법인데
거기다가 복분자 술 한잔 걸치고 나면
오줌발에 요강 뚜껑도 뒤집힌다는 것이여

헌데, 썩을노무 가수내 하나 없어서

요강 뚜껑 선운사 대웅전 기왓장이 되야버렸어라.

"고창 오더니 시인 입이, 얼쑤, 제법 걸어졌어야." 성원지가 눈살을 찌푸리면서 웃었다.

"가수내 그거 아가씨지? 아가씨가 왜 썩어야 해? 너의 시를 위해서! 여성 비하 언어 아닌가?" 리포레가 바르르했다. 윤종성은, 시는 역시 어렵다고 잠시 고개를 숙이고 있었다. 아무리 잘 다듬어 써도 비유를 직설로 들이받는 언어는 거칠었다.

"워메 원 젊은이들이 이렇고롬 떠들고 난리다냐! 요강 뚜껑 뒤집히는 줄 알았네." 식당 주인아주머니가 문을 열고 고개를 내밀고 투덜거렸다. 얼굴은 웃음을 담고 있었다.

"풍각쟁이 오니까요, 요강 뚜껑 뒤집히고 난리난리 났구만요." 주인아주머니가 아직 윤종성의 손에 들려 있는 파일을 낚아채듯이 잡아 들었다. 눈으로 훑어 읽으면서 혼자 키들거렸다.

"복분자주 그것이사 내가 내주지. 요강 뚜껑 뒤집어볼 참이여?" 주인아주머니가 복분자주 두 병을 들고 와서 한 잔씩 따라주었다. 윤종성이 아주 풍각쟁이로 나서지……. 얼쑤! 성원지가 거들었다.

판이 잦아들면서 윤종성이 나섰다.

"백파율사 비석 탁본은 누가 필요한 거야?" 윤종성이 물었다.

"무슈 윤 지도교수 오인준 박사가 현장을 가보래. 역사를 제대로 이해하려면 말야." 라포레는 가방에서 『추사 김정희 평전』, 그 목침만 한 책을 내놓았다. 그것은 윤종성이 지도교수 부탁으로 국악과 교수에게 전달했던 책이었다.

"희한하네, 그 책이 왜 거기서 나와?"

"희한하긴……. 추사 김정희를 두고 난리들을 치잖아, 이 책 부제에 '예술과 학문을 넘나든 천재'라고 할 정도로 붐을 타는 인물이야. 그래서 오인준 교수한테 물었더니, 선운사에 가서 비석을 탁본해 오라는 거잖아. 추사 김정희 글씨의 진수를 만지고 볼 수 있다고. 그것만은 아닌 듯한데……. 이 일은 말야, 실은 한국정신사 강의 과제이기 때문에 하는 거야."

"대단하다. 그런데 라포레는 그 한문 읽을 수 있어?" 윤종성이 물었다.

"한국의 기록문화가 이렇게 어렵고 복잡할 줄 몰랐지. 무슈 윤이 도와줄래? 지도교수한테 번역해달래서 읽어볼 생각이긴 하지만……."

"내가 아는 분이 고창에 사시는데, 허건보라는 한학자거든, 그분한테 해석을 부탁하면 좋겠네. 자료는 내가 만들어줄 테니 이용은 라포레가 하시라구."

윤종성은 인터넷에 올라 있는 백파율사 비문을 한학자 허건보 선생에게 메일로 전달했다. 정확한 번역을 부탁한다는 한 줄도 써 넣었다.

"한학자가 번역한 해석문 받으면 내가 라포레 메일로 보내줄까?"

"위 메르씨 비앙. 그래, 고마워."

"라포레, 한국에 온 진짜 이유가 뭐야?" 윤종성이 물었다.

"나 한국에 퓨전, 아니 퍼지라고 해야 하나, 그 사고방식 배우러 왔걸랑. 비빔밥처럼 음식 재료가 뒤섞인 속에 거기 들어간 부속물이 하나하나 제맛을 유지하는 건 다른 나라에서는 예가 없어요. 판소리도 그래요." 윤종성은 판소리의 무엇이 그렇다는 것인지 궁금했다.

정꽃소리가 라포레를 쳐다보며 실실 웃었다. 제법이라는 듯.

"그거 관광공사 홍보자료에 나오는 거 아냐?" 듣고 보니 그럴 법한 이야기였다. 옆에서 시종 이야기를 듣고 있던 성원지가 하품을 했다. 윤종성이 한마디 거들었다.

"정꽃소리, 요새 소리는 잘 되는가?"

"소리는 늘었는데 고수 장단이 영 아니라서, 냉담 중."

"하긴 일고수 이명창이라지. 북이 안 따라주면 소린 자릴 못 잡아. 김영랑의 시에도 자네 소리하게 내가 북을 치제, 하면서 북장단을 앞세우지 않던가."

"그거 나도 알아요. 김영랑, 「모란이 피기까지는」 그 시 쓴 시인. 내가 읊어볼까요?" 정꽃소리가 앞으로 나섰다. 쉿소리 섞인 목소리로 시를 읽어나갔다. '북 김영랑' 하고 낭독을 시작했다.

"자네 소리하게 내 북을 치제……. 소리를 떠나서야 북은 오직 가죽일 뿐……. 떡떡궁! 동중정(動中靜)이요 소란 속에 고요 있어, 인생은 가을같이 익어가오."

"조오타, 얼씨구!" 성원지가 추임새를 넣었다. 그러나 어딘지 힘이 빠져 보였다.

"인생은 가을같이 익어가오, 그 구절 정말 맘에 들어요. 노사연이 부른 노래 가운데, 우리는 늙어가는 것이 아니라 익어가는 것이라고 하는데, 익어가는 인생을 추구하는 한국인의 심성 정말 멋져요. 그런데 왜 노사연의 노래 제목은 바람이 아니고 '바램'이래?"

윤종성이 간단히 설명을 달았다. '바라다'의 명사형 '바람'이, 공기의 소용돌이나 불어가는 '바람'과 혼동할까 우려해서 그렇게들 쓴다는 것이었다. 윤종성은 그건 인공적으로 만든 시어라는 생각을 했다.

다음 주, 윤종성이 서울에 올라가면 같이 만나기로 했다. 정꽃소리와 라포레는 자기들이 가지고 온 차를 몰고 서울로 올라가고, 윤종성은 성원지와 척서암으로 길을 잡았다.

척서암 입구에는 '하차정(下車亭)'이라는 현판이 달린 초막이 하나 서 있었다. 윤종성이 차를 가지고 오면 거기 대고 암자까지는 걸어 올라오라는 뜻인 모양이었다. 말하자면 하마비(下馬碑) 같은 표지물이었다. 척서암 근처에 쇠붙이 들이지 않고, 석윳내 풍기지 않는다는 게 김대성의 생활준칙인 모양이었다. 지금 한창 전개되고 있는 공사를 어떻게 마무리할 수 있을지, 자기도 모르게 고개가 옆으로 저어졌다. 척서암에 도착한 윤종성과 성원지를 구시떡이 달려 나와 반갑게 맞아주었다.

"이히히, 워어매 총각이 둘이나 왔네." 구시떡은 소맷자락으로 입을 훔쳤다.

그저 어정어정 대청마루로 들어서는 윤종성을 향해 구시떡이 흰자위 드러낸 눈을 흘겼다. 사람이 반가운 표시를 할 줄 알아야지, 하면서 다가와 윤종성의 가방을 받아주었다. 친구가 운전해 내려온 걸 보니 손이 많이 아픈 모양이라고 걱정도 해주었다. 인정과 논리가 각노는 모양이었다. "저래도 지 할 일은 다 하니까 염려 놓으라고……." 김대성은 믿음 실린 이야기를 했다.

7

참나무

관운산(冠雲山) 산자락
바위너덜 사이사이
굴참나무 졸참나무
상수리랑 도토리까지
벙거지 쓰고 돋아나 귀두 닮은 그 열매들

등판이 참나무처럼 탄탄한 젊은이들
그들이 내뿜는 빛은 참나무 잎을 뒤치며
산등을 기어올라, 산정의 바위로 치달리거니

숲과 나무를 갈라보는 버릇으로는
달을 가리켰는데 손가락만 본다고 탓하는 어리석음
숲에 이는 바람에 향기 일어나듯은 천하에 못하리.

관운산 산자락 참나무 가운데는
키가 우뚝한 대왕참나무라는 게 있느니
그게 왈, 핀 오크 북아메리카 참나무인 셈인데

머리에 구름을 쓰고 숲을 거느리는 산은
동서와 남북을 가로질러
숲이란 숲이 늘 평화 가운데
약동하는 생명 가득하길 염원하거니
아, 참나무들의 뿌리깊음이여.

다른 해보다 봄이 빨리 왔다. 지구 온난화로 인한 재앙이 닥칠 거라고 종말론적 예언이 쏟아져 나왔다. 고목나무는 속이 벌레가 먹어 썩어도 껍질과 목질부 겉이 튼튼하면 물을 빨아올려 잎을 피우고 꽃이 피어나고 열매가 맺혔다. 그러나 지구는 늙은 나무가 아니었다. 의식 있는 이들의 걱정과 우려는 컸다. 계절의 순환은 아직 건전한 편이었다. 그나마 다행이었다.

송림산은 서해에서 불어오는 해풍을 맞아 산자락이 나무들로 무성했다. 소나무와 참나무가 숲의 주종이었다. 오리나무, 단풍나무, 붉나무, 신갈나무, 감태나무, 때죽나무, 쪽동백, 싸리나무, 화살나무 그런 잡목들이 숲을 울창하게 버텨주었다. 소나무만 있는 숲은 사실 숲이 망가진 증거일 수도 있었다. 산의 흙에 수분이 말라버려 활엽수가 자랄 수 없어서, 물기 없는 흙에서 자랄 수 있는 소나무가 주종을 이루기 때문이다. 그러나 크게 보면 솔숲과 잡목 숲이 거리를 두고 엇갈려야 숲의 건강성은 유지될 게 아닌가 싶기도 했다.

높이 자라는 교목 밑으로 싸리나무, 조팝나무, 산딸기 같은 관목들이 빽빽하게 들어차 있었다. 김대성이 심은 목백합(튤립나무)이 골짜기 소로길을 따라 줄지어 서 있고, 응달진 데 조성한 백양나무 숲은 벌써 잎이 돋아 바람을 따라 잎들이 뒤집히면서 은빛깔 물결을 이루었다. 밤나무도 드문드문 심어놓았고, 살구, 자두, 개복숭아 그런 나무들이 잡목 사이에 적당한 거리를 두고 심겨 있었다. 꾸지뽕나무는 억센 기상을 발하는 잎이 햇살을 반사해서 눈이 부셨다. 자연적으로 생긴 숲과 인공으로 조성한 숲이 적절히 어울려 숲은 수종의 다양성을 보여주고 있었다. 벚꽃 망울이 유두처럼 부풀어 오르고, 산목련은 잎이 먼저 돋아나기 시작했다.

뜰 앞에 흰 목련이 흐드러지게 피어 우아한 향기를 뿜어냈다. 목련은 향기가 없는 꽃인 것처럼 지내왔는데, 고창에 내려온 이후 목련을 가까이 대하면서 목련의 향기도 맡게 되었다. 그러고 보니 숲은 각종 풀과 나무와 꽃들의 향기가 서로 가로질러 가면서 배어들고 묻어나 깊고도 아득한 향기를 뿜어낸다는 것을 알았다. 그리하여 숲은 향기로 다가와 가슴에 안기는 것이었다.

송림산 척서암에 와서 한 주일이 지나서였다. 접지 시술을 위해 잘린 손가락 뼈에다가 접지용 연결나사를 박고 온 뒤여서 온몸이 통증으로 들썩거릴 무렵이었다. 김대성이 윤종성을 불렀다.

“윤 선생 우리 말이네, 일을 쪼깨 서둘러야 쓰지 않을랑가, 히서 허는 말인디……?”

“하기는 저도 언제 부르시나 기다리고 있던 참이었습니다.”

“손가락 나노 접지술 시술 과정은 강형강 교수한테 직접 들어서 대강은 알고 있네. 고통이 심할 것 같다고 하던만, 어쩌 전딜 만은 헌가?” 윤종성은 조용히 고개를 끄덕여 보였다.

“무어랄까, 내 생애를 기록하려면 나를 알아야 하지 않겄어라? 윤 선생이 나를 이해하는 방법이 어떤 것일까 궁금하이.”

사실 윤종성에게도 그건 하나의 과제였다. 한 인간이 다른 인간의 내면을 얼마나 알 수 있는가. 알 수 있다면 그 표현 방법은 무엇인가. 기억이란 것은 기실 부실하기 짝이 없는 인간의 정신현상이다. 과거를 완벽하게 재현할 수 없을 뿐만 아니라, 재현한다 해도 언어가 매개로 끼어드는 순간 정확도는 떨어지게 마련이다. 더구나 과거 행적을 재구성하는 일은 ‘현재’ 시점에서 과거의 일을 해석하는 것에 불과하다.

노래가사대로 “즐거웠던 그날이 올 수 있다면” 그런 가정과 전제에 의미가 걸려 있었다. ‘즐거웠던’은 현재 시점에서 이루어지는 과거의 해석이다. ‘과거를 묻지 마세요’란 노래의 한 구절, ‘한 많고 설움 많은 과거를 묻지 마세요’ 하는 구절에서 ‘한’과 ‘설움’은 지금 이 자리에서 돌아보니 그렇다는 것이다. 당시는 그게 한인지 설움인지 갈라보지 못한 상태에서 그 정황에 빠져 허우적거렸을 뿐이었다. 주체와 주체

사이의 소통과 이해가 가능하기나 한 것인가 그런 근원적 의문이 들기도 했다. 하물며 다른 인간의 과거를 서술한다는 것은 가능성이 희박했다. 그것은 막연한 이론틀일 뿐이었다.

"어르신과 이야기하는 내용을 녹음해도 되겠습니까?"

"녹음? 물론, 녹화, 촬영, 뭐라도 머언 상관이겠나. 윤 선생이 필요하다면 내 일기장도 내놓을 작정이란게."

"어르신께서 저더러 이력서 가지고 와서 면접하자고 하셨잖아요? 팔씨름에서 제가 졌지만." 김대성은 입이 뺑해서 턱을 떨구고 윤종성을 쳐다봤다. 이어서 장눈썹 난 눈끝을 피끗 끌어올렸다.

"그라지……. 남자는 힘이 있어야 하느니. 삼밭의 쑥대 모양으로, 곧기는 히도 몸에 시마리 읎넌 글쟁이들은, 결국 글을 못 쓰는 벱이여."

"살아온 내력을 이야기하자면, 이야기하는 시간이 필요한데, 시간이 만만치 않을 겁니다. 그러니까 어르신 살아온 내력을 몇 개 장으로 나누어서 제목을 달아주시고, 거기 따라 이야기를 간략하게 해주시면 제가 글로 쓰는, 그런 절차를 거치는 건 어떨까요." 윤종성의 말씨가 사뭇 조심스러웠다. 속셈이 있어서였다.

"말허자면 뭐시더냐, 나더러 이력서 작성히서 내놓아라, 그런 제안인 게여?"

"어르신 생애에서 중요하고 중요하지 않은 사항을 제가 맘대로 판단하고 서술할 수 있는 일이 아닌 것 같습니다. 그러니 어르신 판단에 이 이야기는 꼭 해야겠다 싶은 내용을 메모해주십사 하는 겁니다."

"이 나이에 이력서를 쓴다? 생각해보니 하기는 그럴듯한 제안 같기는 하오." 김대성은 두 손으로 머리를 쓸어올리면서, 윤종성을 지그시 쳐다보았다. 일 시키려고 머슴 들였더니, 머슴이 주인 일 시키는 꼴이란 생각이 불끈거리며 올라왔다. 그러나 그 이야기는 입을 다물었다. 김대성은 시간 말미를 며칠이나 줄 거냐고 물었다. 그거야 어르신이 알아서 하실 일이라고, 책임 소재를 돌려놓으려는 속셈을 은근히 내비쳤다.

"늙은이 별시런 일 다 시키느만. 좋아요, 늦었다고 허넌 오늘이 젤 젊은 날이람서…… 글씨." 김대성은 한참 말없이 앉아 있었다. 윤종성이 말을 이을까 하다가 멈칫했다. 김대성이 먼저 입을 열었기 때문이었다.

"저어그, 내가 탑을 하나 지으려고 허는디 말이시, 전국의 대학에서 돌을 모아다가 돌탑을 만들 생각이구만. 윤 선생은 어찌 생각하시오?"

"석가탑이나 다보탑 그런 건 불교 사찰에 세우는 거 아닙니까?"

"그기 아니라, 공부하는 젊은이들의 생생한 정신이 깃든 그런 탑을 세우려 하오. 그러니 젤로 먼첨 관산대학교 골짜기에서 돌덩이 몇 개만 구해오시시오." 김대성은 진안 마이산 탑사를 이야기하면서 심력을 다한 탑이면 그게 종교와 상관없다는 이야기를 달았다. 그리고 관산대학교에는 발전기금을 내면서 돌을 받아 가기로 양해를 구해놓았다는 이야기도 했다. 김대성의 인간관계의 반경이 어디까지인지 짐작하기 어려웠다.

"이건 어쩔랑가 모르겠소만, 윤 선생이 나한테 주문하고 싶은 게 있으면 말해보소." 윤종성은 김대성의 속뜻이 뭔지 안에서 의문이 일었다. 아주 눌러앉아 살아라 하는 것일까, 아니면 사람 떠보는 것은 아닌가, 의문이 의문을 물고 나왔다.

"손가락 문제나 해결하고 다음에 말씀드리면 어떨지요?"

"그라지라. 신중한 것도 좋기는 하겠지만, 모든 일은 준비가 필요한 법이네." 준비 없이 사는 인간이라고 질책하는 느낌이 들었다. 김대성이 자서전을 쓰겠다는 것은 일종의 속죄 행위이고, 윤종성 자신이 김대성의 일을 하겠다고 나서는 것 또한 자신의 속죄와 관계가 있었다.

"제가 여기 자주 들르고, 어르신과 같이 생활하게 될 거라면……."

"그기야 마땅히 그래야제."

"큼지막한 범종 하나 달아주세요." 윤종성의 왼손이 부르르 떨렸다.

"범종루도 세워야겠지?" '불감청이나 고소원'이란 말은 하지 못했다. 김대성은 후우 한숨을 내쉬었다. 알았다, 그렇게 하라는 답을 기대하고 있었는데, 그게 아니었다.

"쩌어그, 범종 실어다 매달라면 척서암에 자동차나 중장비도 들어와야 하지 않을랑가?"

윤종성은 아차 싶었다. 송림산 쇠붙이 안 들이고, 기름 냄새 피우지 않겠다는 김대성의 속을 잘못 읽었다는 생각이 들었다.

"저는 자연치유의 이치를 믿는 편입니다. 자연은 얼마간 도와주면 자기치유를 해갑니다."

고개를 주억거리고 있던 김대성이 윤종성의 왼손을 이끌어다가 쓸어주었다. 손끝으로 화끈한 불기가 지나갔다.

"쩌어그 뭐시냐, 충청북도 진천에 가면 비천범종사라는 범종주조회사가 있느니. 거기 주철장을 내가 알고 지내는 사이네. 들러서 범종 주문하소." 그렇게 이야기하고는 김대성은 자리에서 일어났다. 윤종성은 자기 요청을 너무 수월수월 들어주는 게 오히려 진의를 의심하게 할 지경이었다.

윤종성은 손의 통증이 우선해지자, 차를 운전해서 서울로 올라갔다. 성원지를 만나 관운산에서 돌 나를 사람 동원할 방법을 상의할 셈이었다. 그런데 성원지는 계획에 없던 정꽃소리를 대동하고 나왔다. 정꽃소리는 윤종성을 보자마자 다짜고짜 달려들어 끌어안고 입술을 더듬었다.

"얼씨구, 잘 헌다, 잘들 해."

"꽃소리, 이 친구 노상 그렇다니까." 윤종성은 헤픈 웃음을 입가에 흘렸다. 윤종성은 그러거나 말거나 자기 할 이야기를 하기로 했다.

"관운산 골짜기 말야, 지난해 여름 폭우로 굴러온 돌이 골짜기에 널려 있잖아. 거기서 돌 몇 개만 옮겨다 주면 되는 일인데, 애들 좀 몰아와보라구."

"관운산 돌은 관산대학교 재산 이전에 나라의 돌 아닌가?"

성원지의 얼굴이 일그러졌다. 윤종성은 입을 다물고 성원지의 말을 기다렸다.

"그렇지? 그거 공공재산 탈취에 해당하는 거야. 처벌 대상이라구."

"뜻이 좋으면, 타당성은 추후에 확보되는 거야. 관산대학교 당국에 발전기금도 냈다고 알고 있는데……, 좋게 생각하고 도와줬으면 하네. 우정으로다가…….”

“발전기금 냈다고, 그게 관운산 돌 주워 가는 조건이 돼?” 따지고 보면 그럴 만했다. 사실 윤종성으로서도 그렇게 당당한 일은 아니었다. 어느 집단에 고용되었다고 해도 고용주의 부당한 요구는 거절할 수 있어야 하는 법이었다. 시술 중인 손가락이 화끈거리며 아파왔다.

“잘못을 알았으면 멈칫거리지 말고 고쳐야지.” 관산대학교 당국과 협의하기로 하고 관운산 골짜기 돌 주워가는 일은 일단 접어두었다.

“분위기 꿀꿀이네. 바꾸어야 하겠지. 내가 요새 ‘성주풀이’ 공부하는데, 우리 선생님이 공연을 하거든. 같이 가볼까?” 예술의전당에서 정꽃소리의 소리선생 임이랑 명창의 공연이 예정되어 있다는 것이었다.

“판소리나 잘하지 뭔 성주풀이야?”

“거 몰라서 하는 소리야, 판소리는 판에 들어오는 모든 노래를 다 포용하거든. 프랑스 애들은 한국 음악이 자기들 음악보다 유연성이 있다고 세계 음악 가운데 최고라는 거야. 뭐라더라 퍼지스타일 음악이래. 그러면서 판소리 공부한 이들이 대중가요 부르면 예술성이 높아질 텐데.” 정꽃소리가 제법 아는 체를 했다. 아는 체보다는 음악을 대하는 안목이 트이고 있다는 느낌이 들었다.

“프랑스 애들이라, 혹시 라포레…… 그 친구는 안 나오나?”

“왜, 보고 싶어?” 성원지가 윤종성을 흘긋하면서 질러보듯이 말했다.

“내가 전화해줄게.” 정꽃소리가 주머니에서 핸드폰을 꺼내어 자판을 눌렀다.

“금방 온대. 예술의전당으로 온다나.” 윤종성은 ‘예술의전당’을 향해 차를 몰았다.

윤종성이 주차장에 차를 대고 공연장으로 나왔을 때, 먼저 와서 기다리고 라포레가 윤종성과 성원지 양쪽에 비주 인사를 했다. 그저 풍속이거나 인사법이라 하기는 느끼하고 짙은 애정이 묻어나는 행동이었다. 윤종성의 볼에 와닿는 라포레의 포슬한 얼굴의 촉감이 온몸으로 자르르 흘렀다.

사회자가 성주풀이에 대해 설명했다. 같은 ‘성주풀이’라도 하나는 성주의 탄생을 읊어가며 사설을 늘어놓는 서사무가이고, 다른 하나는 남도민요의 하나라는 설명이었다. 정꽃소리가 선생으로 모시고 공부한다는 명창 임이랑이 단원 셋을 데리고 나와 소리를 했다. 장구 장단에 맞춰 소리가 이어졌다.

에라 만수(萬壽) 에라 대신(大神)이야
성주(城主)야 성주로구나 성주 근본이 어디메뇨
경상도 안동땅에 제비원에 솔씨 받어 먼 동산에 던졌더니마는
그 솔이 점점 자라나서 황장목(黃腸木)이 되었구나 도리기둥이 되었네
낙락장송(落落長松)이 쩍 벌어졌구나
대활연(大活靈)으로 설설이 나리소서

"질문 있어요." 라포레가 윤종성에게 낮은 목소리로 다가왔다.

"한국 사람들 왜 소나무를 그렇게 환장해서 좋아해요? 노래에 나오는 솔씨니 낙락장송이니 그게 다 소나무잖아?"

"한국인에게 이념화된 나무 가운데 하나가 소나무라고 해야 할 거야. 프랑스 사람들이 마로니에 좋아하는 거나 독일 사람들이 보리수, 린덴바움 사랑하는 그런 취향, 아니 성향이래야나 그와 비슷하지 않을까. 그리스 사람들 올리브나무 사랑은 유난스럽지 않나. 한국 소나무도 그렇게 의미화가 된 셈이지. 일종의 나무 문화라고나 할까, 숲의 문화라 해야나……." 윤종성이 약간 긴 설명을 달았다. 숲의 문화……, 라포레는 혼자 중얼거렸다.

정꽃소리가 윤종성을 흘긋 바라보다가 한마디 달고 나왔다.

"오빠는 별걸 다 아네. 아는 거 많아서 골치 아프겠다. 그러면 황장목은 뭐야?" 윤종성은 설명을 이어갔다.

"경북 문경에 있는 황장산의 금강송을, 조선 시대 조정에서 적송 서식지에다가 옮겨 심었대지. 그래서 황장산 나무라고 해서 '황장목'으로 불린대. 목질이 좋아 궁궐의 건축이나 장례에 쓰는 관을 만드는 데 썼다는 거라. 적송, 즉 황장목 베지 말라고 황장금표를 만들어 세우고, 소나무를 보호했다는데, 지금도 치악산 같은 데는 황장목 벌목 금하는 황장금표라는 돌 푯말이 서 있어." 윤종성은 중학교 다닐 때 교정에서 있던 오백 년 되었다는 소나무를 생각하고 있었다.

사실 윤종성은 소나무 이야기를 더 이어가고 싶었다. 낙락장송은 가지가 축축 늘어진 품위 있게 자란 소나무다. 그런데 일반적으로 금강송이라 하는 소나무는 쭈뼛하게 자라 올라가는 게 특징이다. 백두산의 미인송이나 경북 춘양에 자생하는 금강송, 즉 춘양목(春陽木)은 낙락장송과는 수형에 차이가 있다. 관산대학교 앞 로터리에 쭈쩍하니 자라 올라간 소나무 옮겨 심었잖아? 거 웃기는 거야. 그리고 관산대학교 캠퍼스에 소나무들은 봉글봉글 다듬어놓는데 조경 개념이 잘못된 것 같아. 하품을 하던 정꽃소리가 라포레의 옆구리를 슬쩍 건드렸다.

"질문, 대활연은 뭐야?" 라포레가 물었다.

"어떤 자료에 보니까 한자로 대활령(大活靈)이라고 나와 있던데, 뭐랄까 일종의 관용 표현, 아님 관용구로 봐야겠지. 낱낱의 문자에 구애받지 않고 노래가 술술 나오는 거라서 그렇게 배우고 그렇게 부르지. 으음, 예술가는 정신을 몸으로 실현해 보여주는 게 아닌가 몰라."

앞자리에 앉은 노인네가 뒤를 돌아보는 바람에 윤종성은 머쓱해서 입을 다물었다. 무대에서는 성주풀이에 이어 진도 씻김굿이 진행되고 있었다. 윤종성은 척서암의 집 짓는 일들이 끝나고 나면, 이 소리꾼들을 불러 척서암에서 성주풀이도 듣고 씻김굿도 한판 해야겠다는 속생각을 굴리고 있었다. 물론 김대성과 상의한 일은 아니었다.

공연이 끝나고 정꽃소리와 성원지는 소리 선생을 만난다고 무대 뒤로 들어갔다. 윤종성은 손을 흔들어 인사를 하고, 라포레와 자기가 가지고 온 차로 예술의전당을 나와 관산대학교 야외카페를 찾아갔다.

관운산 자락에 자리 잡은 야외카페는 조명을 바꾸어 아늑하고 온화한 분위기를 자아냈다. 밤공기는 싸늘했지만 물기가 배어 있어 신선하게 가슴으로 몰려 들어왔다. 야외카페 주변으로 대왕참나무들이 줄지어 서 있었다. 마치 무성한 단풍나무 잎처럼 잎끝이 갈라져 있고, 짙은 녹색으로 피어나는 잎은 생기로 가득했다. 대왕참나무는 물론 북아메리카에서 수입해 심어 번식했다는 점은 알고 있지만, 나무의 위의가 유달라 기억에 남는 나무였다.

"무슈 윤, 왜 하늘만 쳐다봐?"

"하늘이 아니라 저 참나무 쳐다보는 거야. 나무가 참 잘생겼지. 가을에 단풍이 핏빛 갈색으로 물들고 겨울까지 떨어지지 않아 살랑살랑 바람을 타기도 해서 그 소리가 사랑을 속삭여오는 그런 감각을 불러낸다구. 나무 치고는 아주 선정적이야." 윤종성은 대왕참나무가 마라톤 선수 손기정과 연관이 있다는 이야기도 했다.

손기정 선수는, 당시 한국이 일본 식민지여서 일장기를 달고 올림픽에 참여하여 마라톤에서 우승을 했다. 마라톤 시상식에서 금메달과 월계관이 수여되고, 당시 히틀러 총통은 손기정에게 부상으로 화분에 담은 대왕참나무 묘목을 전해준다. 그게 1936년 8월 7일이었다. 나무는 이념이 없다. 그런데 나무가 인간의 숨결이 스며들어 이념화되면 나무의 위상은 달라진다.

"무슈 윤한테 물어볼 게 있어요." 라포레가 생맥주 두 잔과 구운 치킨을 들고 와 탁자에 놓으면서 말했다. 라포레의 의문은 그런 것이었다. 자기는 겉으로는 판소리에 대한 관심을 내세우지만, 말이 너무 어려워 텍스트 독해부터 막힌다는 것이었다.

"프랑스 말로 번역한 판소리 대본이나 창극 대본 없을까?"

"내가 알아볼까. 국립극장에서 만든 불어판 창극 대본이 있을 거야."

"그거 구해줄 수 있을까? 한국어 텍스트 읽는 데 참고하게."

라포레는 판소리에서 한국 근대사로 관심이 바뀌고 있다면서, 근대사 가운데 농민혁명에 특별히 호기심이 일어난다고 했다. 손화중이라는 인물에 흥미가 가는데, 자료를 얻고 무장기포 현지를 안내해줄 수 있는가 물었다. 그리고 프랑스의 시민혁명에서 '시민'과 한국의 동학농민혁명에서 '농민'을 대비하면 어떨까 물었다. 윤종성은 멈칫거리면서 대답을 즉시 내놓을 수가 없었다. 그런 일이라면 자기보다는 맹상수에게 묻는 게 낫다고 생각되었다. 윤종성이 망설이고 있는 걸 눈치채기라도 하듯, 라포레는 윤종성이 꺼냈던 참나무로 관심을 돌렸다.

"대왕참나무를 핀 오크라 하는 것은 나뭇잎 끝에 가시가 달려 그런 이름이 붙은 건 알겠는데, 한국에서 왜 그 나무를 대왕참나무라고 하지?"

"글쎄……, 잎이 갈라져 들어간 모양이 한자 임금 왕(王) 자를 닮아서 그런 이름이 붙은 걸로 짐작되는데 정확히는 모르겠어. 아무튼 관산대학에서 내가 라포레 만난 건 행운이야." 라포레는 입을 비쭉해 보이며 히죽 웃었다.

"내게도 실속이 따라야 행운이지. 자기만 행운이면 그게 뭐야?"

"실속이라니……?"

"관산대학교 학생들이 참나무같이 실팍하다면서……?" 눈이 새초롬히 돌아갔다. 윤종성은 라포레와 처음 관계를 하던 날을 떠올렸다.

"뿌세 꼼므 엉 쉔느, 엉 쉔느, 뿌세……." 참나무처럼 억세게 밀어 넣어달라는 뜻이었다. 윤종성은 그런 생각을 지속하고 싶지 않았다. 잔을 들어, 쌍떼(건강!)를 외치면서 라포레의 잔에다가 자기 잔을 부딪쳤다.

둘이는 주차장에 차를 그대로 둔 채 게스트하우스로 들어갔다. 객실 창밖에 대왕참나무가 우뚝 자라 올라가 바람에 흔들리는 통에 그림자가 커튼 자락에 어룽졌다. 둘이는 참나무 그림자가 출렁거릴 정도로 끌어안고 몸을 뒹굴렸다.

"내가 한국 애기 낳으면 어떨까?" 윤종성은 움칠했다. 사랑에서 종족 번식은 사실 부차적이라는 게 라포레의 주장이었다. 육체의 요구를 들어주는 게 자연스럽고, 인간적이라는 거였다. 종족 번식은? 그건 하느님의 몫이지, 알아듣기 힘든 이야기였다.

라포레는 '에라 만수 에라 대신이야'를 외치면서 키득거리고 웃었다. 윤종성은 라포레의 오목한 배꼽에 고인 땀을, 티슈를 뽑아 정성스레 묻혀내 주었다.

창밖의 대왕참나무 그림자가 거세게 흔들렸다.

"무슈 윤, 등이 참나무 닮은 거 같아."

윤종성이 라포레를 거세게 끌어안고 다시 침대로 굴러 들어갔다. 라포레의 입에서 치즈 냄새가 났다. 그게 어떤 나무 냄새 같기는 한데 얼른 떠오르지는 않았다. 멀리서 꾹꾹이 우는 소리가 들렸다. 관운산 호국사에서 범종 소리가 들려왔다. 윤종성은 왼손 '의지'를 떼어놓고 라포레를 힘껏 끌어안았다. 관운산에 봄이 무르익어가고 있었다.

8

보리 팰 때

보리는 보리라서 억세기가
동학군 나갔던 할아버지 수염을 닮았다.

할머니, 보리이삭 나오는 걸 보면서
장작 패듯이 껍질 쩍 가르고 나온다 했지.

하늘이 사람이라 했다고 옥에 갇혔던 할아버지
옥문을 부수고 나와 참나무 장작을 팼다지.

선운사 골짜기 보리 키워내는 입이 건 사람들
개 뭐에 보리알 낀다고 했던 할매들, 어매들…….

세상 이치 기막히게 알았던개벼

저어 거시기, 애가 어매 거기 패고 나오며 우는,

그 울음이 세상 혼돈 패고 나오는 소리 아니겄남
어매사, 하늘과 땅이 쩍 붙었다 떨어지는 줄 알았을 게고.

관산대학교 시설과를 다녀 나온 윤종성은 난감한 기분에 빠졌다. 학교 발전기금을 낸 분이라도 국가 재산인 돌을 임의로 내줄 수 없다는 것이었다. 정 필요하다면 공식적인 서류를 통해 요구하라고 했다. 윤종성은 그렇게 하겠다고 대답하고 사무실을 나섰다. 그런데 척서암이 공적 집단인가는 의문스러웠다.

관운산 골짜기는 벚꽃이 흐드러지게 피어, 마치 빙하가 흘러내리는 모습으로 골짜기를 밀어내렸다. 한꺼번에 우아악 피어나는 벚꽃, 그것은 아우성이었다. 벚꽃 사이로 오리나무가 발갛게 열이 올라, 버러지 같은 꽃을 주렁주렁 달고, 새싹이 돋아났다. 그 뒤로는 바위가 듬성듬성 섞인 속에 참나무들이 금빛 윤기를 내면서 새잎을 피워 올리는 중이었다. 전화가 울렸다. 정꽃소리의 이름이 떴다.

"종성이 형, 어제 라포레랑 좋았어?" 윤종성은 아차 여자의 눈치, 아니 감각이라는 게 이렇구나, 전화기를 든 오른손이 오그라드는 것 같았다.

"외국인이라고 너무 널널하게 대하면 나중에 씹힐 수 있어, 알지?" 그러면서 청보리 축제는 자기하고만 가자고 다짐 받듯 말했다. 정꽃소리는 윤종성의 손가락에 대해 꽤 신경을 쓰는 편이었다. 같이 앉아 있을 때면 흰 장갑 낀 손을 탁자 아래로 내려달라 하곤 했다. 그러나 라포레는 무연하고 대범한 태도였다. 오히려 한번 만져보자 하기도 하고, 매만지면서 어떤 느낌이 드는가 묻기도 했다.

"청보리밭 축제 판소리전승연구회 회원들과 내려갈 예정인데, 나는 성원지 오빠랑 간다아. 라포레는 오빠가 불러서 데리고 가든지." 윤종성은 누구와 참여한다는 데는 그다지 관심이 없었다. 다만 성원지와 라포레를 엮어넣는 데는 아삼한 의문이 서려 있을 뿐이었다. 몸을 맡겨오기로는 라포레가 더 믿음이 갔지만 정서적으로는 아무래도 정꽃소리가 안으로 감겨들었다.

청보리밭 축제는 대개 4월 말에서 5월 중순까지 진행되기 때문에 아직 시간이 남아 있었다. 그사이 정꽃소리는 판소리 연습을 할 것이고, 라포레는 소리보다는 역사 쪽으로 관심이 바뀌는 중이었다. 한국에 왔던 선교사들의 희생에 대한 책을 읽고 자료를 모으고 할 것이었다. 성원지는 언어인류학 강의를 들으면서 언어의 인류학적 본질을 새로 알아가는 재미로 시간이 영글 터였다. 그러면 나는 무엇인가, 윤종성은 고창 척서암에서 김대성의 전기를 집필해주기로 한 것이, 과연 최선의 선택이었는가 의문이 들어 생각이 자꾸 흔들렸다. 윤종성은 차를 몰고 관산대학교 병원을 찾아갔다. 가는 중에 차가 밀려 시간이 지체되었다.

먹고사는 문제 그건 차라리 허접한 유행가였다. 얼마간 생각을 다듬는다면, 인간에게 몸이란 무엇인가 하는 화두가 되는 셈이었다. 육두문자를 서슴지 않던 금산사의 지덕(遲德)스님은 "잘 먹고 죽은 놈 송장 때깔도 좋다."고 스님답지 않게 이야기하곤 했다. 먹고살 만한 재산이 있어야 마음 또한 굳건한 믿음을 지닌다는 말을 뒤집으면, '무항산이면 무항심'이라는 맹자의 사상과 연결되었다. 그리고 임금은 백성을 하늘처럼 섬겨야 하고 백성은 풍성한 먹을거리를 하늘로 여긴다는 '군은 이민위천하고 민은 이식위천한다'는 사마천의 『사기(史記)』가 주장하는 실용주의와 연관되는 맥락이었다.

그런데 환장할 일이었다. 먹을 게 없었다. 기도를 하고자 해도 몸이 있어야 한다. 손이 있어야 손을 비비지. 손이 있어야 목탁을 치지. 그러니 죄를 회개한다고 손가락을 날려버린 것은 잘못이라는 질책이었고, 그것은 돌이킬 수 없는 죄라면서 가능하면 어떻게든지 손가락을 복원하라고 일렀다. 그리고 가급적이면 빨리 절을 벗어나라고 충고했다. 사찰을 도피처로 삼는 행위는 비겁하다는 것이었다. 손이 없든 다리가 끊겼든 네 먹을거리는 스스로 챙겨야 한다는 말이었다. 논리는 간단했다.

"자네 몸의 주인은 자네야." 그러면서 불살생(不殺生)의 계율을 뒤집으면, 네 몸은 스스로 살려야 한다는 이야기였다. 자신의 몸에 대해 존양(存養)과 성찰(省察)을 계속하면서 세속에 살아도, 밭 잘 갈고 논 부지런히 매면 그의 무릎뼈에 사리가 생긴다고 했다. 그러면서 엉덩이를 걷어찼다. 꼬리뼈에서 일어난 불기운이 등골을 타고 찌릿하게 목줄기로 올라왔다.

사실 따지고 보면 절에서 공밥을 먹은 것은 아니었다. 크고 작은 잔심부름을 부지런히 했고, 스님들을 따라 밭도 매고 채전의 벌레도 잡았다. 지덕스님에게는 그게 다 가짜라는 것이었다. 똥을 닦으려면 해우소에 가서 해야지, 공양간에서 그 짓을 해서는 안 된다고 타일렀다. 내 몸의 주인으로 자신의 몸을 간수하는 일이 그렇게 어려운 줄은 참으로 상상 밖이었다.

아무튼 자신이 가지고 있는 뼛속의 기름이라도 빼내서 태워 몸을 살려야 했다. 절에서 지내는 동안 스님들 따라 연습해두었던 시를 쓰는 재주, 학원에 몸을 의탁하고 지내는 동안 책 읽은 것, 그리고 관산대학교에서 배운 글쓰기 그게 주먹에 쥐어지는 세상살이를 위한 자본이라면 자본의 전부였다. 자신이 가진 것이라면 몸이 살기 위해서는 부끄러워하지 말고 내놓아야 할 일이었다.

차가 대학로로 접어들고 있었다. 좌회전이 안 되어 대학로를 거쳐 가서 로터리에서 유턴을 해야 하는 길이었다. 길가에 은행나무가 줄지어 서 있었다. 앰뷸런스가 경적을 울리며 차 뒤꽁무니에 달라붙는 바람에 오른편 길옆으로 차를 바짝 붙여 세웠다. 차를 멈췄다가 다시 출발해서 병원으로 들어갔다.

정문 옆에 나 있는 차도를 따라 들어가다가 오른편 노거수(老巨樹)가 된 은행나무들이 짙은 그늘을 드리우고 서 있었다. 장의자와 야외 의자들이 드문드문 놓여 있고, 야외 탁자도 알맞은 간격으로 놓여 있었다. 옥잠화와 비비추가 은행나무 그늘 아래 반들반들한 잎을 널찍하게 펼치고 있었다. 보도블록을 깐 인도 옆으로는 맥문동을 심어 야생

난을 닮은 이파리를 하늘거렸다. 그늘을 잘 견디는 식물들, 그늘에서도 자랄 수 있다는 것은 강인한 생명력을 보여주었다. 양지식물과 음지식물을 어울리게 심어놓은 것은 빛과 그늘이 서로 배반하지 않고 어우러지는 묘리를 암시하는 것 같기도 했다. 라포레가 말하던 '퍼지스타일 사고'가 떠올랐다.

커피잔을 앞에 놓고 앉아 있던 늙은이가 쿨럭쿨럭 기침을 시작했다. 윤종성은 전에 금산사에서 구십 노승의 통변(通便) 수발을 든 적이 있었다. 노승은 천식 환자였다.

"몸을 괴롭히는 건 죄이니라. 내가 이 죄 헤치지 못하고 죽으면 어쩐다냐."

무슨 일로 몸을 괴롭혔고, 그게 어떤 죄인지 노승은 이야길 하지 않았다. 죄 쿨럭, 죄 쿨럭 노승은 기침으로 괴로워하며 윤종성에게 등을 쓸어달라고 했다. 윤종성은 뼈가 만져지는 등을 쓸면서 자신도 나중에 저런 기침을 할까 숨이 막혔다. 윤종성은 병원에 들어가 오른편 주차장 쪽으로 차를 돌려세웠다.

"여보시오. 눈이 안 보여서……." 기침하던 노인이 핸드폰을 들고 윤종성을 불렀다. 장사익의 노래 〈기침〉을 찾아달라는 것이었다. 유튜브에서 그 노래를 찾았다. 듣고 있다가 중간에 끈 것인지, 노래가 중간에 걸려 있었다. 재생 버튼을 눌렀다.

"밥그릇의 천길 낭떠러지 속으로, 비굴한 내 한 몸 던져버린 오늘, 삶은 언제나 가시 박힌 손톱의 아픔이라고, 아무리 다짐을 놓고 놓아봐도……."

노래는 그렇게 흘러가고 있었다. 윤종성은 숨이 턱 막혔다. '밥그릇의 천 길 낭떠러지' 그 구절이 가슴을 친 까닭이었다.

수리를 해서 새로 세운 듯한 시계탑 앞에는 커다란 참나무가 잎을 피워내고 있었다. 참나무 아래 이런 문구가 적힌 팻말이 서 있었다. '숲의 여왕 참나무(Quercus, regina silvae)', 관운산 참나무는 젊은 사내를 환기하는데, 여기서는 참나무가 '여왕' 대접을 받았다. 시계탑 옆으로 나무 둥지가 미끈하게 자라 올라간 향나무가 서 있었다. 할아버지는 제삿날이면 향나무 토막을 칼로 저며내서 향을 피웠다. 맑고 서늘한 향이 방 안을 감돌았다. 작은 팻말에 '백향나무(柏香木, Cědrus)'라고 써 있고, 지석영 선생 식목이라는 안내 문구가 보였다. 지석영은 종두법을 들여온 한국 의학의 아버지로 불리는 선구자였다.

성형외과 안내판에는 윤종성의 이름이 떠 있었다. 윤종성은 주머니에서 시계를 꺼내 보았다. 왼손에 신경 쓰기 싫어 시계를 주머니에 넣고 다녔다. 시계는 12 : 00에 껌벅이고 있었다. 속이 쌀쌀 쓰려왔다. 몸이 뭔가 먹어야 한다고 신호를 보내는 중이었다. 간호사가 윤종성의 이름을 불렀다.

"그간 통증이 심했을 텐데, 견딜 만은 하던가?" 강형강 교수가 왼손에서 거즈를 풀어내며 물었다.

"왼손에 뭔가 무거운 게 매달리는 느낌이라 불편하긴 했습니다. 통증은 별로……."

"세포 생성력이 왕성하네. 뼈 형성이 많이 진전되었군. 이 주 후면 칩을 심을 수 있을 것 같아요."

"그 칩이라는 걸 지금 볼 수 있을까요? 궁금해서……."

"녹두 알 정도 크기 키트에다가, 머리털 같은 연결선이 붙어 있으니까, 수술도 그렇게 힘들지 않을 거고, 걱정 말아요." 강형강 박사는 윤종성을 안출러주었다. 윤종성은 비용이 얼마나 드는지 하는 게 궁금하기 짝이 없었다. 그걸 미리 알아챈 건지, 강형강 박사는 나노 접지술이 스터디 케이스라 부수되는 몇 가지 약값 말고는 크게 돈이 들지 않을 것이니 염려하지 말라고 설명해주었다.

"제반 비용은 김 처사께서 다 알아서 처리할 겁니다." 김대성을 '김 처사'라고 지칭하는 게 낯설었다. 처사라면 일종의 재가승을 뜻하는데, 김대성이 재가승인지는 알기 어려웠다.

차를 몰고 고창 척서암으로 내려오는 윤종성은 마음이 가벼웠다. 논산 인터체인지를 지나 호남고속도로로 들어서자 주변에 논보리밭이 퍼렇게 펼쳐져 보였다. 고창에도 들판과 언덕에 보리가 바람을 타면서 물결을 이루어 일렁이고 있을 터였다. 보리밭축제에 정꽃소리와 라포레가 함께 와서 자기를 가운데 두고 춤이라도 출 것 같은 영상이 떠올랐다.

척서암 입구 주차장에 차를 대었을 때는 오후 네 시 무렵이었다. 불과 이삼 일 사이인데, 주차장에서부터 척서암 입구까지 피튜니아를 줄지어 심어놓았다. 이상한 것은 길 가운데에도 한 줄을 내어 세 줄로 꽃을 심어놓은 것이었다. 아마 차량이 드나드는 걸 원천적으로 막으려고 하는 모양이었다. 공사를 완성하자면 어차피 자동차가 드나들어야 할 판이라, 꽃을 중장비로 밀어버리거나 뽑아내야 할 터였다. 윤종성이 자동차나 중장비를 염두에 두는 데는 까닭이 있었다. 척서암 영내에다가 범종루를 세우고 '범종'을 하나 달고 싶은 소망이 이루어지는 중이었다. 범종의 맥놀이를 따라 산자락을 타고 멀리 퍼져 나가 바다로 흘러가 마음속의 응어리가 수증기로 흩어지는 영상을 보고 싶었다.

주방에서 생닭을 손질하던 구시떡이 나와 윤종성의 백팩을 받아들었다. 이마에 땀이 흐른 것을 보고는 자기 방에 들어가 수납장에 개어 넣었던 수건을 내주었다. 옷자락에서 비릿한 어성초 냄새가 물큿 풍겼다. 구시떡은 불만 섞인 어투로 중얼거렸다.

"지금이 어느 시댄데, 숲에 쇠붙이 들이면 안 된다는 게라야. 세상은, 철물로 그득하지 않남. 철로, 철교, 철탑…… 자동차, 비행기, 그런 거 다 쇠붙이 아닌감? 그라면 쇠솥은 왜 쓰고, 쇠 냄비는 뭐야……. 극성지패란 말도 모르는 모양인겨." 극성지패(極盛之敗)라는 성어가 윤종성의 귀에 또렷이 들렸다. 극성지패라니, 극성을 부리면 결국 망한다는 뜻이었다.

"우리 총각 닭도리탕 좋아하나? 내가, 이히히, 윤 총각 생각하고 준비하고 있구먼." 총각이라는 호칭이 낯설었다. 그러나 따뜻한 온기가 배어 나오는 음성이었다. 어머니 얼굴이 떠올랐다가 사라졌다. 어느 사이 김대성이 옆에 와 있었다.

"강형강 교수와 통화를 히었넌디, 윤 선생 접지술이 성공할 게라면서 희희낙락하더만. 그래 뭐라 하던가?"

"두 주일 후에 칩을 삽입해도 될 것 같다는 소견이었습니다."

"그래야? 잘되얐다. 어디 손 좀 내놓아보더라구잉." 윤종성이 장갑을 벗고 김대성 앞에 손을 내밀었다. 김대성은 윤종성의 손가락이 이어져 있는 어름매를 매만지면서 주물러보기도 하고, 문질러보기도 했다. 손가락에서 아릿한 감각이 살아나는 듯했다. 손끝으로는 따뜻한 온기가 서리는 것 같기도 했다. 그러나 손가락은 구부정한 채로 맘대로 움직여주지는 않았다. 수술이든 시술이든 통증이 사라지기까지는 고통스럽게 기다려야 하는 일인 듯했다. 그것은 한 번 지은 죄가 일시에 씻어지지 않는 것과 비슷한 이치로 생각되었다.

김대성이 한참 망설이는 듯 주춤거리다가 말을 꺼냈다.

"윤 선생이 쪄어그, 나한테 부여한 과젠데, 한번 봐주시겄소?" 글이라고 써본 지가 오십 년이 넘는 모양이라, 말이고 글이고 무정해서 손 놓으면 남의 일이 된다면서 밭은기침을 했다. 편선지에다가 쓴 문건은 분량이 제법 두툼해 보였다. 『보리가 자라는 땅』이라는 제목이 붙어 있었다. 보리가 자라는 땅은 척박한 박토를 뜻한다고, '황토현'이란 지명을 설명하던 교수는 무슨 생각을 하는지 진저리를 쳤다.

생애를, 연대를 따라가면서 정리한 내용이었다. 작은 제목을 달고 해당 내용을 간단히 밝히는 방식으로 서술되어 있었다. 첫 줄부터 눈을 파고드는 느낌이었다. '반역'이라는 낱말이 눈에 모래알처럼 박혔다. 첫 단락의 제목은 "나는 반역자의 집안에서 태어났다"는 것이었다. 윤종성은 주의를 기울여 내용을 더터보았다.

조부 이전의 가족사에 대해서는 아는 바가 거의 없다. 조부는 방장산 아래 가난한 농사꾼 집안 출신이었다. 선대에 중인 출신 계층에 들어서 전주감영에 나가 아전으로 일했다. 직무에 충실했다. 당시 서양 선교사들이 조선에 들어와 선교를 시작했다. 조부는 직접 천주교에 입교하지는 않았다. 천주교를 믿는 이들을 이해하고 존경하기까지 했다. 의식상으로는 천주교에 동조하는 편이었다. 혹심한 수탈에 시달리는 백성들에게 '성은(聖恩)'은 미치지 않았다. 성은은 '사랑'이 아니었다. 조부는 직책상 천주교에 입교하지 못했다. 대신 선교사들의 생활비를 뒤로 부담해주었다. 자기 돈으로는 모자라 신임을 받고 있는 이웃에서 돈을 구해 선교사를 도왔다. 그게 과욕이었다. 돈을 갚지 못하자 지주는 조부를 관에 고발했고, 조부는 붙들려 서울로 압송되어 갔다. 조부는 감옥에서 서양 선교사를 만났다고도 전한다. 조부는 형장을 맞고 옥사하고 말았다.

'반역'이라는 말의 의미는 명료하지 않았다. 다만 반역자의 집안이라는 가계에는 조부의 옥살이와 당시 형정(刑政)의 무자비함이 내비쳤다. 또한 그의 행적에는 천주교가 희미한 그림자처럼 음영을 드리우고 있었다. 윤종성은 김대성의 '자서전'에 깊이 개입할 게 아니라는 생각이 머리를 쳤다. 공감과 이해를 빌미로 '타자'에게 깊이 관여하는 것은 윤리적으로 정당하지 못한 짓일지도 몰랐다. 방법을 달리해야 할 듯했다.

윤종성은 자료의 목차만 죽 읽어 내려갔다. 목차만으로는 이야기가 제대로 구성되지 않았다. 윤종성이 소재를 재구성해야 했다. 윤종성은 목차와 내용을 간단하게 압축해보았다.

김대성의 부친은 1894년 이전에 동학에 입교했다. '인내천(人乃天)' 사람이 곧 하늘이라고 믿는 게 집안의 가통이 되었다. 부친은 한학과 양학을 함께 공부했다. 세상 돌아가는 것을 나름대로 간파하고 있었다.

부친은 정의감이 남달랐다. 눈빛이 화등잔 모양으로 이글거렸다. 스승의 외도를 참지 못하고 직언했다. 학병 나가라는 선생의 연설을 듣고, 부친이 달려가 선생의 면전에 대고 고향을 떠나라고 위협했다. 선생은 자염(煮鹽) 소금막 뒤 웅덩이에서 시신으로 떠올랐다. 부친은 선생의 시체를 건져내어 송림산에 묻었다. 그 일로 해서 평생 죄인이라고 자책하며 살았다.

부친은 새로 개발되는 염전 사업에 투신했다. 아는 것도 많고 몸도 그만하면 덕대감이니 총책을 맡아달라는 염막주의 당부를 따라 총책을 맡아 일했다. 광산의 덕대제도를 원용한 염전 개발 사업이 추진되었다. 염전의 일정 단위를 책임지게 하고, 염주들끼리 서로 경쟁하도록 유도하는 운영 방식이었다. 각처에서 모여든 염전꾼들은 가난의 밑바닥을 헤매다 도망쳐온 이들이 대부분이었다. 그 억센 사람들을 다루어나가기는 실로 목숨을 걸어야 하는 모험이고 천역이었다.

부친의 사업을 물려받은 김대성은 염전 개발을 계속했다. 염전 개발 사업에 분규가 일어나고 이들이 이념분자들의 책동으로 결사(結社)

하여 집단 간의 싸움으로 번졌다. 조정이 결렬되고, 중간 책임자들이 결속하여 항거하기 시작했다. 김대성이 중간 책임자 강충구와 담판을 하다가 결렬되었다. 강충구는 김대성과 형 아우 하는 사이였다. 강충구가 김대성에게 반기를 들었다. 김대성은 강충구를 처치해버렸다. 그의 가족은 동네에서 자취를 감추었다. 그 과정은 자세하지 않았다.

김대성이 준 자료를 이야기로 얽어나가는 중에, 김대성 부친과 김대성의 염전 사업 하나만으로도, 잘 정리하기만 하면 자신이 알지 못하던 다른 세계의 체험이 되겠다는 생각이 들었다. 그것은 고창의 역사에 기록될 중요한 국가적 사업이었다. 그러나 염전에 대한 자세한 소개는 김대성이 요구하는 바는 아니었다. 아무튼 처음 생각했던 것처럼 자신이 전담해서 김대성의 '생애'를 기록하는 것은 적절해 보이지 않았다. 어떻게 해서든지 김대성 스스로 말하고, 자기 손으로 쓰고, 쓴 걸 읽어보면서 생애를 음미하는 중에 통렬한 반성을 하는 과정을 거쳐야 하리라는 생각이 들었다. 그것은 지도교수가 가르쳐준 교훈이기도 했다. 글을 쓴다는 게 사람의 인식과 성장에 직접적인 영향을 준다면, 남이 해줄 수 있는 일이 아니었다. 남은 글쓰기를 조금 도와줄 수 있을 뿐이었다. 그것은 인간의 소통이란 문제와 직접 연관되는 사항이었다.

"쩌어그, 약 먹어야 하는 시간이라서 나갈 테니, 가지고 가서 읽어보고, 뒤에 야그하는 게 좋겠소." 김대성은 쿨럭거리면서 방을 나갔다.

염전 일로 살인을 하게 되었고, 그 죄 때문에 김대성이 괴로워한다면, 구체적으로 어떤 일들이 어떻게 진행된 것인지가 궁금했다. 회개는 말로만 되는 일이 아니지 않은가. 윤종성은 글의 나머지 부분을 훑어보았다. 대강 이런 내용이었다.

사람을 죽인 죄를 회개하는 뜻에서 염전에서 손을 떼고 은둔 생활을 시작했다. 그런 중에 자염 생산에 몰두하고, 생활이 좀 나아진 사람들이 건강에 대한 관심이 높아지면서 자염으로 죽염을 만들어 국내외에 보급하면서 돈을 모으게 되었다.

익명으로 학회, 문화단체 등에 희사하기를 지속했는데, 그게 참회의 한 방법이라 생각했다. 교육과 연관된 단체에도 익명으로 지원했다.

득죄와 속죄 사이를 오가면서 살아온 인생이다. 자신의 생애를 글로 써서 그게 내 죄를 씻는 일이 된다면, 나는 내 생애를 소상하게 밝혀 나를 드러내고자 한다. 내 생애를 기록하는 글이 내가 용서받는 일이 된다면, 나는 나의 가장 부끄러운 치부(恥部)를 낱낱이 드러낼 작정이다. 윤종성은 자료를 읽어내려가다가, 이건 책의 머리말로 가야 하는 내용이라는 생각이 들었다.

윤종성은 김대성의 앞날이 걱정되었다. 그 걱정은 자신에 대한 고충이기도 했다. 김대성의 죄과를 자신이 겪어야 하는 정황이었다. 윤종성은 그런 일을 가끔 보기도 했다. 집안일 제쳐놓고 연구에 매진하다가 가정이 파탄 나는 교수들 이야기는 윤종성이 겪는 현실이었다. 속죄를 한다는 게 본인을 파멸로 이끌어가는 행로로 사람을 몰아가는 것은 아닌가, 그런 인간의 생애를 글로 쓴다는 게 어떤 의미인가를 거듭 되뇌어보았다. 자신이 글 쓰는 자아를 경험 주체로 전환하는 일이 과연 가능한가 그런 의문이 들었다.

"윤 선생, 내가 쓴 걸 본게, 거어 뭐어시냐, 책이 될 가망성이 보이나?"

"물론입니다. 그만하면 전적으로 어르신이 쓰시고 제가 맞춤법이나 보아드리는 걸로 하면 어떨까 싶습니다."

"워어메, 그기 무신 소리랑가? 내가 사람을 잘못 보았는갑네." 김대성은 윤종성을 향해 눈을 흘겼다. 김대성은 혼잣말을 하듯이 말을 터놓았다.

"내가 야그 쪼매 하리다."

죄에는 대죄와 소죄가 있다. 소죄야 거짓말하기, 남 속이기, 야바위 그런 것들이다. 상대방이 지혜가 모자라 넘어가는 그런 죄다. 그런데 대죄는 성격이 다르다. 대죄는 사람 죽이는 일, 자기 스스로 자신의 목숨을 처단하는 자살, 인간이 목숨 부여받고 목숨 부지하면서 사는 땅을 훼손하는 일, 지구가 인간 때문에 망한다는 이야기가 돌아가는데 그것도 말하자면 하느님에게 죄를 짓는 대죄인 셈이다. 이런 죄를 말끔히 벗어던지는 방법 가운데, 죽는 것 말고 다른 방법이 무엇인가를 우리는 알아야 할 것이 아닌가. 그런 깨달음과 실천에 이르지 못하면 속죄는 주관적 망상 혹은 자기 위로에 불과할 뿐이다. 이 주관적 망상에서 벗어나는 일이 무엇인가.

"말하자면 세상을, 세상을 바라보는 눈이 달라져야 할 것이야."

"예를 들면 뭐랄까. 심층생태학의 관점 같은 거가 됩니까?"

"나는 어려운 이야기는 잘 몰라. 그러니 윤 선생이 내 생각을 쉽게, 감동 있게 풀어서 글로 써달라는 것이 아니겠소."

괴롭게 살아 죄를 씻고, 죄가 씻어지지 않더라도 길이야 그 길로 가야 할 게 당연지사였다. 윤종성은 알겠다는 듯이 고개를 주억거렸다. 어떤 작정이 서 있는 것은 아니었다. 다만 흥미를 돋우는 것은 희한하게도, 윤종성 자신과 김대성이 '살인죄'를 거멀못으로 하여 대들보에 걸린 연목처럼 붙박혀 있다는 점이었다. 윤종성의 생애에 걸린 죄를 미리 알고, 자기를 김대성의 생애 울타리 안으로 불러들인 것인지도 모를 일이었다.

"쩌어그, 사람에게 이름이 중요하드끼, 책도 이름이 중요할 긴데, '보리가 자라는 땅' 그 이름 어쩧겄소?"

"글쎄요."

"쩌어그 말이시, 갯바람 불어닥치는 박토 언덕에서 보리가 자라자면, 그게 얼마나 아리고 쓰라린 날들을 지나야 허는지, 여그 이 땅에 사는 사람들은 알지라. 딴 동네 사람들은 모르리. 이 고장에서 태어나 일하고, 사랑하고, 죄짓고, 지은 죄 씻느라고 또 죄를 쌓고 그렇게 사는 중에 한 줌 깨달음이 왔을 때 회한이 되어 가슴을 파고드는 이 쓸쓸함, 아니 절망감……. 윤 선생 그대가 그걸 찾아 써주었으면 쓰겄어서…… 나를 이해하는 이승의 친구 하나 만났다는 심정으루다가 하는 부탁이요."

"알았습니다. 다만 일을 쉽게 하려면 어르신 쓰실 수 있는 데까지는 어르신 손으로 쓰세요. 그러면 제가 정리해드리지요."

김대성은 윤종성의 손을 당겨 어루만졌다. 윤종성의 아버지도 윤종성이 신통한 행동을 하면 손을 끌어다가 손등을 어루만지고 등도 두드려주었다.

"쩌그, 그 야그를 했던가, 청보리밭 축제에 서울서 사람들이 올겐디 그들 대접 잘 하소. 나 죽으면 와서 소리해줄 사람들인 기야." 윤종성은 고갤 들어 김대성의 얼굴을 살폈다. 수심기가 서려 보였다. 당신 죽으면 와서 소리해줄 사람들이라니. 고개가 갸웃해졌다. 서울서 손님들이 온다는 게 바로 다음 날이었다.

척서암에서 공음면 '청보리체험농장'까지는 차로 삼십 분 정도 걸리는 거리였다. 척서암에서는 남동쪽으로 대략 십여 킬로미터 치우친 지역이었다. 그런데 주변 야산 사이로 난 꼬부랑길을 가야 하기 때문에 시간이 제법 걸렸다.

서울에서 내려오는 팀은 차를 대절해 온다고 했다. 청보리밭 축제에 보리밭 두둑을 타고 걸어다니고, 그리고 판소리와 민요, 가곡 등 장르를 가로지르는 노래판을 펼친다는 것이었다. 윤종성은 마음이 심란해지기 시작했다. 윤종성의 마음을 불편하게 하는 것 가운데는 감정의 갈등이 끼어 있었다. 정꽃소리와 라포레가 함께 온다면 어떤 자세를 취해야 하는가 머리가 내둘렸다. 정꽃소리가 라포레를 소개했고, 이것저것 물어볼 것을 핑계로 만남이 잦아졌다. 둘이 만날 때마다 정꽃소리는 어떻게 알아챘는지, 기분이 어땠느냐, 둘이 얼마나 깊이 접근하게 되었는가, 밤은 어떻게 보냈나 그런 생뚱맞은 소리를 해댔다. 라포레는 배우였고 정꽃소리는 심술궂은 관객이었다.

어디선가 가곡 〈보리밭〉을 연주하는 바이올린 소리가 가늘게 바람에 흘러가듯 들렸다. 윤종성은 속으로 노래를 따라 불렀다. 보리밭 사잇길로 걸어가면……. 보리씨를 뿌린다든지, 보리밭을 맨다든지, 수확을 노래하는 것이 아니라 보리밭 사잇길로 걸어가는 낭만을 강조하는 가사였다. 노래는 고통에서 나오는 게 아니라 낭만에서 나온다는 생각이 들었다. 남들의 고통을 자기의 낭만으로 전환하는 게 노래인지도 모를 일이었다. 그것은 현실과 동떨어진 다분히 주관적인 정서 표출 방식이었다. 콘크리트로 사방이 둘러쳐진 감방에서도 '고향의 푸른 잔디'를 노래하는 게 인간이었다.

주차장에 버스가 도착했다. 차에서 알록달록 외출복을 입은 사람들이 내리기 시작했다. 보리밭으로 바람을 쐬고 노래하고 춤추러 오는 이들이었다. 어느 가수의 노래처럼, 배 꺼진다고 아이들더러 뛰지 말라고 하던 그 보릿고개, 추억을 음미할 여가도 없이 그 사이를 걸어 다니면서 재깔대고 사진이나 찍고 하는 그 '낭만', 그걸 두고 풍경의 왜곡이라는 이야기를 하고 싶지는 않았다. 아무튼 고창 사람들의 생업인 '보리 재배'가 관광으로 전환되는 것은 쓴웃음을 자아냈다. 농사꾼들 살아가는 삶의 진수는 관광에 있지 않았다.

"오빠야, 잘 있었어?" 정꽃소리가 다가와 윤종성을 끌어안았다. 윤종성은 고개를 돌렸다. 저쪽에서 라포레가 손을 흔들어 인사를 하면서 달려왔기 때문이었다.

그 사잇길로 사람들이 줄지어 걸어가는 보리밭은 사람들로 해서 색색으로 살아나고 있었다. 재깔대며 떠들다가 잠시 멈칫하면, 보리밭 고랑에서 사진들을 찍고 찍어주면서 물결 져 흘러가는 무리들이었다. 윤종성은 '빼앗긴 들'과 '되찾은 들'의 차이가 무엇인지를 생각하고 있었다. 이상화의 「빼앗긴 들에도 봄은 오는가」라는 시가 머릿속을 오갔다. 자신은 지금 위험한 장난을 하고 있는 게 아닌가 싶었다. 강가에 나와 돌아다니는 아이와 같이.

삶에 대한 무작정의 열정. 그것은 어쩌면 봄 신령인지도 몰랐다. 초여름, 그것은 물론 사람에게 풋내가 나는 계절이었다. 기쁨과 슬픔 둘 다 푸른 빛깔로 젖어들었다. 그런데 걸음은 다리를 저는 절름발이 걸음이었다. 그건 안타깝게 슬픈 봄 신령이었다. 윤종성은 다른 한 단락을 읊었다. "아마도 봄 신령이 지폈나 보다." 그것은 실감이었다. 귀에 박혀 있는 구절이었다.

모든 감각이 몸 안에서 혼란스럽게 휘돌아가는 이런 체험은 윤종성의 생애 처음이었다. 아우성치며 일어서는 보리밭의 기운이 몸에 흘러들어 요동하는 것이었다. 윤종성은 패티김이 부른 〈초우〉라는 노래를 떠올렸다. 사실 초우는 녹우보다 깊은 상징성이 있는 듯도 했다. 사람들은 초우를 푸른 숲에 내리는 비로 알고들 있었다. 그런데 그런 비를 뜻하는 단초는 사실 부실했다. 사랑하는 임을 문득 잃은 후 장례를 치르고 지내는 초우(初虞) 아닌가 싶기도 했다.

아무튼 청보리 축제는 기쁨도 슬픔도 푸른 빛깔로 묻어나는 생의 약동이었다. 그것은 고창의 역동적 생명력을 상징하는 축제였다. 그러나 모순은 가시지 않았다.

하고많은 축제가 있지만, '청보리밭 축제'는 고창의 지역문화를 널리 알리는 데 제격이었다. 보리 모(牟) 자를 쓰는 모양성(牟陽城)은 공식 명칭으로는 '고창읍성'으로 되어 있다. 모양현이란 명칭은 백제 때 모양부리현(毛良夫里縣)이라는 데 유래한다는 것이다. 마한의 소국인 모로비리국(牟盧卑離國)을 백제가 점령하여 강제로 편입하였을 때 명칭이 모양부리현인데, 이것의 앞 글자만 따서 '모양'이란 말이 되었고, 그 이름을 성에다 붙여 '모양성'이 되었다고, 자료에는 나와 있었다.

지명에 보리 모 자가 들어갔다고 해서, 동아시아 보편으로 재배하는 '보리'를 이끌어 쓰는 것은 합리성이 떨어진다. 아무튼 고창은 보리 재배에 토질과 기후가 잘 어울리는 지역으로 인식하게 되었다. 청보리밭 축제에 참여하는 사람 치고, '모양성'을 그저 스치고 지나는 이들은 없을 듯했다. 읍의 중심에 있기도 하고, 축성술이 뛰어남은 물론 호국의 정신이 깃들어 있으며, 민속자료가 풍부하고, 역사가 아로새겨진 유적이기 때문에 사람들의 관심 대상이 된다. 일행은 모양성을 잠시 들러 돌아보고 동리 신재효 기념관 앞의 청보리식당에서 점심을 먹었다. 보리를 중심으로 개발한 음식들이 꽤 기름졌다. 보리 막걸리와 찰보리전, 보리싹 가루를 넣은 보리밥, 구시포에서 난다는 노랑모시조개와 보리쌀을 넣어 만든 막된장국은 별미라고들 칭찬했다. '구시포 노랑 모시조개'는 진정언 시인의 시로 인해 세간에 널리 알려진 식재료이기도 했다.

"청보리밭 다녀와서 보리술까지 마셨으니 〈보리밭〉 노래 한 자락 해보더라고." 일행과 함께 온 관산대학교에서 언어인류학을 가르치는 탁월훈 교수의 제안이었다. 탁월훈은 성원지의 지도교수였고, 고창 지역의 언어 현지조사를 하기도 했다. 성원지가 정꽃소리를 쳐다보고 고개를 까닥했다. 네가 나설 때가 되었다는 듯.

"고창에 와서 판소리 대신 가곡 부르는 게 좀 거시기합니다만……." 은근히 자기는 판소리 전문가라는 뜻을 내비쳤다. 근간 민요에 관심이 있는 걸로는 실감이 적은 얘기였다.

청보리밭을 기억하는 의미라면서 정꽃소리는 가곡 〈보리밭〉을 불렀다. 일행들은 판소리로 단련한 목청이라 가곡을 불러도 쩡쩡 울린다면서 추켜올려주었다. 하기는 판소리 목청 그 이상 웅숭깊고 인간의 존재를 초월적 경지로 이끌어올리는 소리는 세계 어디서도 예를 찾을 수 없다고들, 자부심 가득한 이야기를 하곤 했다. 라포레는 고개를 끄덕이면서 공감을 표했다.

그런데 '저녁놀 빈 하늘'이란 구절이 문제를 일으켰다. 고창군청 맹상수의 사수(상급자)라 하는 기도한(奇道漢) 팀장이 의문을 제기했다. 기도한 팀장이 손을 쳐들었다.

"말이시, 저녁놀이 하늘에 가득한데 그게 왜 빈 하늘이랍니까?"

"가사에 그렇게 되어 있어요." 정꽃소리가 대답했고, 탁 교수는 핸드폰에서 그 가사를 찾아보고 있었다. 혹시 저녁놀조차 사라져버린 하늘은 아닐까 하는 생각을 하는 중이었다.

'저녁놀 빈 하늘만 눈에 차누나' 하는 구절은 와전된 게 분명한데 노래하는 이들이 도무지 의식이 없어서 그걸 모른다는 것이었다. 그의 말에 따르면 저녁놀이 가득한데 그게 어떻게 '빈 하늘'일 수 있느냐는 것이었다. 본래 저녁놀을 들어부은 것처럼 짙은 노을이라서, 저녁놀 '부은', 그게 줄어서 '뷘'인데, 다시 '뷘'이 음전되어 저녁놀 '뷘'이 되었다가, 의식 없는 작자들이 저녁놀 '빈'으로 바꾸어놓았다는 것이었다. 그러면서 〈그리운 금강산〉을 예로 들기도 했다.

"그리운 금강산 첫 소절 기억하시오? 누구의 주제런가……. 그렇게 나가지요?"

정꽃소리가 '그러지라' 전라도 말을 흉내 내어 누그러진 목소리로 대답했다.

"영문도 모르고 영문과 가고, 주제도 모르는 것들이 국문학 한다고 하니 그리 되는 겁니다." 조물주가 세상을 창조하는 그 일은 '주제' 그 테마가 아니라 일을 책임지고 도맡아서 마름질한다는 '주재(主宰)'라는 것이었다. 정꽃소리는 그런 이야기를 탁 교수한테 들었던 기억이 떠올랐다.

"청보리밭 구경도 그렇습니다. 남 농사짓는 거 구경해서 뭐 합니까?" 구경도 나름 체험 아닌가, 윤종성은 혼자 군시렁거렸다.

그리고 보리밭에 인간들이 떼 지어 돌아다니면서 '보리밭' 본래의 이미지를 훼손한다면서, 자기 고장 일이지만 개인적으로는 불편하다는 것이었다. 보리밭이 축제 속에 들어감으로써, 보리밭은 본래의 의미를 상실하고 장바닥이 되었다는 불평이었다.

"허어, 저 인간 고창군청에 근무하는 거 맞아?" 윤종성 옆에 앉아 있던 성원지가 중얼거렸다. 목소리가 커서 그의 귀에 들어간 모양이었다.

“츠츳, 내 귀 화이브지(5G)요. 맞소, 고창군청 공무원이요. 공무원이라고 무식 깽깽이 같은 얼충이들이란 법이 어느 법전에 있답디여?”

“좋아요. 한데 그거 누워서 침 뱉는 수작 아니요?” 기도한 팀장이 달려들어 성원지의 멱살을 꼬나쥐었다.

“이러지 맙시다. 나 당신 형님 기이도 씨 친구요.” 기이도(奇利道)란 친구가 있었다. 한문학을 한다는 친구였는데, 관산대학교에서는 한문학 하는 교수가 없다면서 ‘공자대학’으로 학교를 옮긴 친구였다. 라포레는 그게 ‘공짜대학’이라고 우스개를 했다. 스승 찾아간다는데 누가 나서서 말릴 것인가 하면서였다.

“이따 다시 보아야는데 결례했습니다.”

“내가 미안하이.” 탁 교수가 손을 내밀었다. 싱거운 결판이었다. 윤종성은 통증이 일어나는 왼손을 마사지하면서 자리에서 일어났다. 눈앞에 노을이 출렁, 지나갔다. 현기증과 함께였다.

오후에는 고창문화연구회에서 주최하는 ‘고창문화의 전통성과 발전 전망’이라는 세미나가 있었다. 청보리밭 축제에 참여한 회원들을 초청했기 때문에, 윤종성도 세미나에 참여해주는 것이 예의이기도 하고 의무이기도 했다. 이미 고창에서 하는 일에는 의무감을 가지고 참여했다.

‘보릿대춤전승협회’ 회원들의 보릿대춤 공연이 있었다. 공연에서 해설 겸하여 리드해가는 사람은 공교롭게도 기도한 팀장이었다. 일행은 사람 뒷일 모른다는 식으로, 상황이 어떻게 전개되는가 숨죽이며 지켜보았다.

“지가 승질이 꼭 보리꺼럭 같습니다요. 말이 거칠고 세련되지 않아도 그게 다 보리 고장에서 보리밥 먹고 살다 보니 보리방구 꾸니라고 그리 되었다 이해해주시길 바랍니다. 여러분 가운데 보리쌀 골짜기에서 태어나지 않은 분 있을랑가. 좌우간 보리는 여성 상징이란 게요. 오해는 마시고, 여자란 게 그렇듯이 보리란 물건의 속성이 좀 지랄 같잖습디요? 그 지랄 같은 보리에 목숨이 달려 있은게, 보리농사 지으면서 울고불고하는 가운데 보릿대춤이라는 게 생겨났지 않겄어라? 밀짚으로 잠자리 만들어서 움직여 보여주면서 ‘질라래비 훨훨’, 아이 달래던 할아버지가 기억나네요. 밀짚이 그런데 보릿짚, 보릿대라고 뭔가 안 될랍뎌? 내 말은 보리 가운데 인간 삶이 다 들어 있다는 말씀이오. 예를 들자면 이런 것이 아닐지 모르겄소.” 기도한 팀장의 이야기는 걸판진 육두문자를 들이대면서 진행되었다.

보릿대춤은 현장의 즉흥성이 두드러지는 일종의 ‘막춤’이지라. 보리밥 곱삶이라는 게 있지 않겄소. 보리방아 찧기가 천하에 그역시러워 여자들 허리 휘게 했던 도정 노동이 아니었스까 싶소. 절구에다가 겉보리를 넣고 물 찌끄려 절굿대로 툭툭 찧기 시작해서 손바닥 부르트게 찧어야 겨우 겉껍질이 벗겨집니다요. 절굿대 팽개치고 주저앉아 쪼매 쉬다가는, 사는 게 원수인지라, 또 찧기를 계속하지요. 그러면 보리 속겨가 나오는데 이놈은 겨개떡 감이라, 눈이 번해서 또 찧고 찧고

하다가, 지쳐빠져서는 속겨 털어내고 보리쌀을, 보리쌀은 쌀이 아닌 게요, 보리쌀을 솥에 넣고 삶아야 저녁이 될 게 아니겠소. 한 번 삶아 가지고는 입안에서 우글우글 보리알이 굴러다녀 먹기가 고약하니 한 번 삶은 걸 가지고 다시 밥을 안쳐, 보릿대를 때서 뜸을 들여야 겨우 곱삶이 보리밥이 되는 겁니다요.

보릿대는 누가 갖다줄까요? 무슨 팔자가 늘어져 서방이 보릿대 갖다주면서 불이라도 때주겠냐만, 서방은 동네 과수댁네에 가 있던 터라. 가난이 솥바닥에 눌어붙으면 집안 사내들의 윤리니 애정이니 다 누룽지 되고 말아요. 식민지 시대 왜 그렇게 많은 첩들이, 여학생 첩까지 사내놈들 사이 휘젓고 다녔겠소. 그게 다아 가난 때문이요. 그 진절머리 식민지 수탈 뒤에 따라오는 가난. 으흠……!

아무튼, 이웃집 서방놈이 과수댁 불때는 거 도와준답시고, 옆에 앉아 치맛말기 붙들고 쏘삭쏘삭 이야기를 거들다가, 솥에 든 보리쌀로 이야기가 옮겨갔지 않겠소. 보릿대 때서 곱삶이 하는 과수댁 허리가 허옇게 드러나고, 아짐씨 쪼깨 엎디려보소, 푹 엎디리면 안 될랑가, 좋지라, 이웃집 서방놈이 참나무 방맹이를 과수댁 보리골에 들이밀자, 과수댁 무쇠 솥단지가 부르르 넘치면서, 지랄이 난 게라. 쪼깨 있다 하소, 밥솥의 밥 물은 넘치고 이웃집 서방놈은 보리짚처럼 허리가 꺾여 귓말 추스르고는, 얼씨구 좋기는 보리가 좋다, 좋기는 보리다 함서 춤을 추었다잖소.

"야아 꽃소리, 저거 성희롱 아냐?" 라포레가 정꽃소리에게 들이댔다. 사회자가 눈을 끔적했다.

"쪼매 짜릿하게 시작하려구 입이 걸어졌습니다만, 보리농사 전체 과정이 보릿대춤의 기본 구조를 이루고 있습니다. 가을에 보리 파종을 할 밭을 가느라고, 좌우로 부라질을 하면서 소를 모는 장면은 느린 춤이 되고, 겨우내 서릿발이 서서 보리가 싹이 부욱 뜨면 봄에 보리밭을 밟아주어야 하지 않겠소. 어정정 어정정 밭을 밟는 동작도 보릿대춤의 한 과정입니다. 이런 설명으로는 안 됩니다. 여러분이 일어나 같이 추어보세요."

일행이 함께 일어나 보리밭 매는 일, 보리를 베는 과정, 보리 찧는 절구질, 보리밥을 열무김치 올려 푸짐하게 먹는 동작까지 춤사위를 입혀 동작을 해 보였다.

"캬바레에 돈장이나 갖다 바른 분들 같습니다."

"음악과 예술이 이분들 전문입니다. 캬바레가 아니라 대학에 돈을 들였다우." 옳지, 사회자는 손가락을 딱 튀긴 다음 어투를 바꾸어 이야기를 이어갔다.

"보리농사 그 힘든 일을 춤으로 달래면서, 가수 진성의 노래처럼 냉수 한 그릇으로 줄인 배 달래며 보릿고개를 넘겼습니다. 예술에서 형식이 완벽하면 할수록 생활에서는 멀어집니다. 생활에 너무 밀착하면 완벽성을 추구하는 예술정신에서 이반됩니다. 그 모순을 해결하려면 번번이 실패할 수밖에 없습니다." 사설이 이론으로 뒤바뀌는 순간이었다.

"혹시 말인데요, 보릿대춤 그거, 보리농사 안 하면 없어지지 않겠습니까?" 탁월훈 교수가 물었다.

"그럴지도 모르지요." 기도한 팀장의 목소리는 낮게 가라앉아 있었다.

"그러면, 보릿대춤 전수를 도모하는 특별한 이유가 있습니까?"

"아직까지는 우리가 보리농사 짓고, 보리밥 먹으면서 살고 있으니까 얼마간은 효용이 있을 겁니다. 사물이 사라져도 언어는 얼마간 명맥을 유지하는 것처럼, 보리농사가 생활에서 멀어진다 해도, 보리를 이용하는 방법은 달라져도, 보리의 이미지는 그냥 남을 것입니다. 사물에서 언어로 이어지는 게 아니라, 언어에서 층위가 다른 언어로 이어지는 거겠지요." 윤종성은 고개를 주억거렸다. 옆에서 듣고 있던 맹상수도 자기 상사가 하는 이야기에 귀를 기울였다.

"나는 먹는 데 관심이 많걸랑요. 보리굴비는 뭐지요?" 라포레가 눈을 반짝이면서 물었다.

"고창 저어 아래, 영광이란 데가 굴비 본고장 아닙니까? 굴비 엄청 비싸지요. 그런데도 사람들이 선호하는 이유는 맛이 독특한 데도 있지만, 우리 농경문화와도 연관이 있을 겁니다. 겨울이 춥고 긴 우리나라에서는 겨울에 생선 먹기가 쉽지 않지요. 그래서 소금에 절인 염적 건어물이 널리 이용되었는데, 안동의 간고등어라든지 영광의 굴비 그런 게 비근한 예가 아닐까 싶습니다. 쌀밥 찻물에 말아서 보리굴비 찢어 올려 먹는 맛은……." 말을 멈추고 있던 기도한 팀장은 보리굴비 만드는 방법을 간단하게 설명했다.

보리굴비의 맛은 일종의 '쩐맛'이다. 조기를 소금에 절여 말린 것을 굴비라 하는데, 굴비 만드는 과정에서, 굴비를 보릿겨에 묻어 발효시

킨 게 보리굴비라는 것이었다. 그런데 그 재료가 정확히 말하자면 굴비가 아니라 '부세'라서 이름과 실질이 같지 않다는 이야기도 덧달았다. 말하자면 염소젖으로 만든 치즈, 사람들은 그 괴상한 맛을 즐기잖아요? 로크포르라고 하던가, 그 치즈 말입니다. 한국에서는 몇 가지 발효식품이 있는데, 요거가 요상한 냄새를 풍기지요. 팀장은 라포레를 짯짯이 꼬나보았다.

"프랑스에서 오신갑만." 라포레가 고개를 크게 끄덕였다.

"팀장님은 굉장히 유식하세요." 라포레가 기도한 팀장에게 다가앉으면서 말했다.

"군청 문화부서에 일하기 위해 공부 쪼깨 했지라." 공부하는 공무원 멋있다는 이야기는 하지 않았다.

윤종성은 식사비 계산을 하고 나서 자리로 돌아와 청보리식당 마당을 무연히 바라보고 있었다. 식당 마당에 큼직한 보리자나무(보리수나무)가 서 있었다. 전에 변산 내소사(來蘇寺)에 들렀다가 무성하게 자라는 보리수나무를 본 적이 있었다. 윤종성은 건너편에 앉은 스님을 쳐다보았다.

"오늘 보릿대춤이 화제인데, 사실 다른 보리, 보리는 내 몫이라오." 선운사에서 왔다는 해월(海月)스님이 운을 떼었다.

"다들 아는 이야기를 하기는 염치없는 일이나, 나처럼 먹장삼 입고 지내는 사람들은 상구보리 하화중생을 추구합니다." 안으로는 지혜를 구하고, 다른 사람들을 위해서는 중생을 구제한다는 이념이라는 것이었다. 이는 지혜와 자비로 요약되는데 이 둘을 다 갖춘 사람을 보살이라고 한다는 설명을 달았다.

"한국에서는 여자 스님만을 보살이라고 하지 않습니까?" 라포레가 물었다.

"유럽 어디서 온 분 같은데……. 한국어를 잘 아시는군요. 선운사에 한번 오세요." 스님이 외국인 여자를 만나서 뭘 할까, 윤종성은 그런 엉뚱한 생각을 하고 있었다. 그러고 보니 선운사에서 탁본하는 정꽃소리와 라포레를 도와주던 스님 같았다.

"그런데 보리 이삭이 나오는 걸 왜 팬다고 해요?" 라포레가 눈을 반짝이며 탁월훈 교수를 바라보고 물었다.

"외국어를 공부하는 데 동음이의어는 꽤 골을 패게 하지요. 호기심은 지식의 원천이라지 않아요? 부지런히 공부하세요." 핵심을 벗어난 대답 같았다.

"고창은 보리처럼 억세게 살아가는 사람들의 고장인 것 같아요."

"억세다는 건 고생을 많이 했다는 뜻일지도 몰라요." 기도한 팀장은 눅진한 목소리로 말했다. 그 고생의 디테일은 윤종성이 김대성의 생애를 서술하는 중에 확인해야 할 사항이기도 했다.

여흥이 밤늦게까지 이어졌다. 술 마시고 노래하고……. 노래하고 춤추고…… 윤종성은 일행의 자리를 벗어나 뜰에 나가 거닐었다. 모양성은 어둠에 잠겨 있었다. 떡갈나무 숲에서 꾹꾹이 우는 소리가 음산하게 들려왔다. 이따금 소쩍새와 뻐꾸기 우는 소리도 섞여 들렸다. 이런 밤을 김대성은 어떻게 보냈을까, 생각이 차츰 김대성의 생애를 기록하는 쪽으로 기울었다. 어느 사이에 왔는지 정꽃소리가 윤종성의 뒤에 와서 허리를 감아 잡았다.

"모양성호텔에 방 잡아놓았는데……."

"누구랑?"

"누구는, 윤종성 오빠 아니면……." 정꽃소리는 '저녁에 우는 새'가 되어 윤종성에게 다가들었다. 이상하게도 구시떡의 얼굴이 떠올라 눈앞에 아릿거렸다. 윤종성은 잠시 멈칫거리다가 정꽃소리의 등을 밀어 혼자 가라는 뜻을 표시했다. 사실 모양성호텔은 일행 전체를 위해 잡아두었던 숙소였다. 윤종성은 더는 흔들리지 말아야 한다고 다짐을 두었다.

9

몸풀기

강물이 갯고랑 타고 바다로 흘러드는 일
그기 말이시,
총각이 처녀 만나 혼몽 가운데 흘러드는 그것 모양인 게라.

뇌성벽력 지나고 미끈둥 갈라져 돌아눕는 자리
주책도 없이 꾹꾹이가 울어
지도 어미가 될 일이 우물 속 같은지 서럽게 울어

"하느님도 인간 빚고서는 꺼이꺼이 울었답디다."

소당 같은 손으로
처녀의 등이며 엉덩이 어루만져 돌려눕히고
울보야, 울보야 당신 울보야 배꼽 더듬는 사이

처녀는 총각의 가슴 더듬으며 울음 그치고
'죽었던 게 다시 살았소' 희한하요.
참나무 방망이 끌어안으며 할할, 숨길에 열달았다지.

5월로 들어서자 숲은 무섭게 푸르러갔다. 녹음이 진군해 온다는 말이 실감이 갔다. 산벚꽃이 산봉을 향해 치올라가는 중이었다. 산록의 산벚꽃은 자취를 감추고 연녹색 눈엽(嫩葉)에 자리를 내어주는 중이었다. 황금빛을 띠던 참나무는 잎이 녹색으로 깊이를 더해갔다.

모양성 뒤쪽 대밭에는 창끝 같은 죽순(竹筍)이 올라와 어떤 놈은 이미 한 해 커야 하는 자기 키에 이르러 있었다. 죽순은 살기를 띠고 자라 올라갔다. 지난겨울 추위 때문에 말라버린 누런 잎 사이로 새싹이 돋아나기도 했다. 지상에 대나무가 가득하다면, 대뿌리로 땅을 결어 지진이 나도 아무런 흔들림이 없을 듯했다. 이제까지 식물이 얼마나 억세게 생명력을 일궈내는지 관념적으로만 알았다는 생각이 들었다. 땅은 자기 몸에다가 식물을 길러 자신의 몸체를 유지하는 유기체였다. 땅과 식물의 뒤얽힘 그것은 시적 경이감을 불러냈다.

인간의 숲, 그 이야기를 잘하는 방법이 무엇인가, 윤종성은 갈피를 잡기 어려웠다. 남의 생애를 기록해주겠노라고 나선 것은 참으로 어설픈 시도였다. 그러나 세상에 하고많은 이야기 가운데 '전기(傳記)'라는 양식은 보편적인 언어행위라는 생각이 들었다. 따라서 자기라고 하지 말라는 법이 없었다. 윤종성은 주먹을 부르쥐었다.

김대성이 넘겨준 자료를 한참 들여다보았다. 전기라고 해서 꼭 출생부터 써야 한다는 규칙은 없었다. 그러나 자기 태어난 집안 이야기를 맨 앞에 내놓은 것은 그 나름 중요성이 있기 때문일 거라고 짐작이 되었다. 반역자? 윤종성은 머리가 뒤엉켰다. 김대성이 '반역자의 집안에서 태어났다'는 내용을 확인해야 했다. 윤종성은 김대성과 산책에 나섰다. 김대성은 아침에 일어나자마자 송림산에 자기가 조성한 산책길을 한 바퀴 도는 걸로 일과를 시작했다.

"오늘은 말입니다, 저도 어르신 따라가도 되겠습니까?" 윤종성이 조심스럽게 물었다.

"그리 하소." 그 한마디를 하고, 김대성은 뒤도 돌아보지 않고 마당을 나섰다.

집 뒤로 이어지는 산길을 조금 돌아가자 옥수수밭이 나왔다. 어느 사이 그렇게 자랐는지 옥수수수수염이 나오기 시작했다.

"이거 구시떡이 심은 거라네." 묻지 않은 이야기였다. 윤종성은 옥수수밭을 우두커니 쳐다보았다.

"크음, 옥수수 자루를 보면, 윤 선생은 뭘 생각하나?"

"옥수수 자루에 하모니카 들었다, 어려서 그런 노래를 불렀던 것 같습니다."

"덜 익은 옥수수를 베어 물면 젖 냄새가 난다네." 이어서, 옥수수 자루를 틀어쥐는 느낌은 농사꾼을 흐뭇하게 한다고 덧붙였다. 옥수수뿐이겠냐만, 가지, 오이, 마디호박 그런 것들은 성적 상징성을 지닌다네. 과수댁 텃밭에 가지 남아나지 않는다는 말도 있느니. 윤종성도 그런 이야기 들은 기억이 났다.

"손아귀에 폭 쥐어지는 느낌, 아마 그 여자가 그런 느끼한 생각을 하면서, 쿨럭……." 기침 때문에 이야기가 멈췄다. 옥수수 속껍질의 깔깔한 촉감은 마른방석으로 제격이었다. 향긋하고 달콤한 풋옥수수 냄새, 생명을 가진 것들은 한참 기세가 좋을 때 비린내를 풍긴다네.

"이런 노래가 있느니, 백마는 가자 울고 날은 저문데……. 옥수수 익어가는 가을 벌판에 또다시 고향 생각 엉키는구나……." 명국환이 부른 〈백마야 울지 마라〉 하는 노래였다. 그 노래를 윤종성의 아버지는 술이 얼근해져 부르곤 했다.

"옥수수가 지금, 5월이면 익는데 가을과는 계절이 안 맞는 거 같습니다." 늦게 심은 옥수수인지도 모르지, 별로 흥미 있는 대답이 아니었다. 노래는 노래지, 노래 가사가 실제와 딱 들어맞아야 하는 것은 아니라는 생각 같았다. 첫물인데 한번 흐벅지게 먹어보자고 옥수수 자루를 따서 한 아름 안겨주는 바람에 '역적' 이야기는 할 기회가 없었다.

"옥수수, 강내이 물도 다 안 들었을 거구만, 워쩌자구 이렇게 홈빡 따왔습뎌? 강내이에 기갈이 들렸는갑다." 김대성은 아무 대꾸를 하지 않았다. 기침이 나오는 것을 억지로 참는 눈치였다. 큼큼 헛기침을 하다가 입을 손으로 틀어막고는 얼굴이 벌겋게 달아올랐다. 구시떡이 다가와 김대성의 등을 쓸어주었다.

"검진 날짜는 쪼매 남았는데, 오늘 의사 만나러 가야 쓰겄소." 그러면서 산전밭에 가서 도라지 캐다 놓으라는 부탁을 했다. 윤종성이 무슨 뜻인지 몰라 김대성을 빤히 올려다보았다.

"제가 모셔다드릴까요?"

"나 데려다줄 차가 시간 맞춰 올 거구만."

"병원을 어디로 가시는데요?"

"나이 먹으니까, 병원 갈 일이 잦아서, 서울은 너무 멀어서, 기침은 전라대학교 병원으로 댕기네."

"전주에 있는 전라대학교 병원 말씀인가요."

"암마 그라제."

"길에 차를 통행하도록 하고, 필요할 때만 쓰시면 안 되겠습니까?"

윤종성을 흘긋 쳐다본 김대성이 쿨럭거리면서 기침을 하기 시작했다. 구시떡이 또 다가와 등을 쓸어주었다. 기침은 곧 멈추었다. 김대성은 도라지나 캐서 달여놓으라 이르고는 자리에서 일어났다, 김대성은 인사 챙길 짬도 없이 휑하니 마당을 가로질러 나갔다.

"눈 빠지게시리 뭘 그리 읽어댄댜? 잠깐잠깐 먼 산도 바라보고, 구름 흘러가는 것도 완상하고 그래야 쓰지 않겄어라? 손가락이야 기술 좋으니까 이어서 쓰기도 하고 그런다고 치자구. 헌디 눈은 안 그라제. 한번 베리면 영 끝이여. 안구 이식? 그게 어디 쉰 일이랴. 눈 쉴 겸 해서 나랑 도라지 캐러 가더라구이." 이히히 하는 감탄사는 달지 않았다. 마음이 놓였다.

"도라지를 어디서 캐는데요?"

"어디서 캐긴, 도라지밭에서 캐지. 가보면 알아." 구시떡은 작업용 모자를 찾아 쓰고 앞섰다. 자디잔 꽃무늬가 놓인 모자는 챙이 널찍해서 햇빛이 잘 가려질 것 같았다. 모자 아래 구시떡은 입가에 보조개를 집으면서 윤종성을 돌아보고, 생끗생끗 웃었다. 조금 가꾸면 제법 고운 얼굴이 되겠다 싶었다.

"귀부인 모시고 산책 나가는 기분이 어떠까이?" 윤종성은 대답을 하지 않았다.

"아참, 내 정신 좀 봐. 벌집 하나 딸 게 있는디, 그 벌집이 예술적으루다가 아주 잘생겨버렸어라. 어느 놈이 따가기 전에……." 구시떡은 모자며 얼굴 가리는 망이며, 그런 걸 챙겨 내놓으면서, 잘되얐다 잘되얐다를 거듭 되뇌었다. 무엇이 잘되었다는 것인지, 벌집 딸 남정네가 있어서 마음이 푸근한 모양이었다.

아침에 김대성과 함께 나섰던 길을 한참 올라갔다. 옥수수밭에서 왼편으로 틀어 한 고패를 지나면서 널찍한 밭이 나왔다. 밭 옆으로 언덕바지에 고사리 순이 도르르 말리면서 피어나는 중이었다. 구시떡은 고사리를 꺾어 앞치마를 걷어올려 만든 치마자루에 넣었다.

"총각이 고사리 꺾는다고 벌금 나오지 않으니 같이 꺾으면 쓰겠어라." 구시떡은 굵직한 고사리를 꺾어서는 대궁을 부러뜨려 코에 대고 냄새를 킁킁 맡았다. 윤종성도 굵직한 놈으로 꺾어서 냄새를 맡아보았다. 느끼하고 짙은 비린내가 코로 파고들었다. 날옥수수 씹을 때의 그 냄새와 닮아 보였다.

"도라지 먼저 캐지요."

"밭에 나오면 앞뒤가 없어." 구시떡은 그 이야기를 하면서 낄낄거리고 웃었다. 무슨 이야긴지 구태여 물으려 들지는 않았다. 그런데 구시떡이 앞치마에 담았던 고사리를 바구니로 옮겨 담고 나서 엉덩이를 뒤로 쑤욱 내밀고는 앞뒤로 흔들어 보였다. 윤종성은 '춤 잘 추시네요' 하면서 구시떡을 따라 웃었다.

"그건 잔대야. 도라지는 이 고랑부터랑게." 구시떡이 하얗게 흘긴 눈으로 윤종성을 쳐다봤다.

"썩을, 이러코름 주책이랑게. 총각은 아직 손이 성하지 않을 텐데 괭이질 어렵겠고만이라. 허니 저기 장대 들고 벌집이나 따보소." 구시떡은 팔을 걷어붙이고 도라지를 캐기 시작했다. 도라지 새잎이 햇살을 반사해서 도라지밭은 온통 햇살의 물결이 물고기 비늘처럼 뒤집혔다.

윤종성은 관산대학교 캠퍼스에서 벌들이 잉잉대며 꽃 사이로 돌아다니는 풍경이 얼마나 아름다운가를 자주 보았다. 꽃에 모여드는 벌들은 사람에게 달려들지 않았다. 영시를 가르치던 김영문 교수는 예이츠의「이니스프리 호수섬」에서 '꿀벌 한 통'을 마련해두는 심성이 얼마나 아름다운가 감탄을 거듭했다. 꿀을 먹자 함이 아니라 벌 잉잉대는 소리를 듣는 운치는 우리 옛 선비들이 매화를 아끼는 것과 별반 다르지 않다고 했다.

"장구를 잘 갖춰야 벌한테 안 쏘이는 기여." 작업모 위에다 벌레망을 씌워주고는 구시떡이 윤종성의 등을 투덕여주었다. 등판이 참나무 떡판 같다면서였다.

윤종성은 허리를 굽히고 발걸음을 조용조용 옮기면서 벌집을 향해

다가갔다. 호박등처럼 생긴 벌집은 옅은 갈색 위에다가 짙은 밤 빛깔의 무늬가 층을 이루면서 놓여 있었다. 구시떡이 '예술적'이라고 하던 게 실감으로 다가왔다.

드나드는 벌들이 안 보였다. 왼손으로 장대 끝을 받치고 오른손으로 장대를 쥐고 벌집을 향해 뻗어보았다. 장대는 한 자 정도 길이가 모자랐다. 받침대가 아쉬웠다. 사다리 어디 없겠나 물었다.

"그게 왜 없을라고?"

구시떡은 초막처럼 지어놓은 농막 창고로 가서 작은 사다리 하나를 들고 왔다. 여기저기 흩어져 있기는 하지만 농사를 할 만한 준비는 착실히 갖추어져 있었다. 윤종성은 사다리를 옮겨다가 나무에 기대놓고 장대로 벌집을 겨냥해 대보았다. 날아나는 벌들은 보이지 않았다. 어디서 날아왔는지 왕벌 한 마리가 윤종성의 머리를 향해 달려들 기세로 윙윙 맴을 돌았다. 윤종성은 모자를 벗어 흔들었다. 방충망까지 벗겨져 사다리 아래로 떨어졌다. 벌은 집요하고 억세게 윤종성의 등을 향해 달려들었고, 윤종성은 모자를 흔들어 벌을 쫓았다. 잠시 잠잠했다.

예술작품 같은 벌집을 망가뜨리기는 너무 아까웠다. 윤종성은 장대를 들어 벌집 위, 나뭇가지에 붙은 꼭지를 향해 들이댔다. 장대가 빗나가면서 벌들이 우아악 공격을 하면서 달려들었다. 윤종성은 오른손을 마구 휘저었다. 벌들이 우웅웅 소리와 함께 윤종성의 머리로, 등으로 달려들어 쏘아댔다. 윤종성은 그 자리에 쓰러지고 말았다. 머리며 등, 팔뚝이 왈왈 아파오기 시작했다. 눈가가 찍어당기고 얼얼하게 쓰려왔다.

"워어매 워매나, 이를 어짠다냐!" 구시떡이 윤종성을 흔들어 일으켰다. 윤종성은 구시떡의 부축을 받아 일어나 앉기는 했지만, 통증이 몰려들어 정신을 차릴 수 없었다. 구시떡은 캐던 도라지를 마저 캐서 수레에 실었다. 윤종성이 발이 헛놓이는 걸 보고 구시떡은 윤종성을 수레에 태웠다.

"우선 머시냐 비눗물로 씻으랑게. 약을 발라도 그리야 효험이 난디야."

벌에 쏘인 얼굴이 부어 뿌덕뿌덕 손에 잡혔다. 등은 쓰리고 아팠다. 그리고 피부인지 근육인지 땡겨서 감각이 남의 살 붙여놓은 것만 같았다.

"웃도리 벗소. 손 땜시로 비누질 못 하잖는가." 윤종성은 앞자락을 풀고 러닝셔츠까지 벗었다. 구시떡은 윤종성을 엎드리게 하고 등판에 비누칠을 해서 문질러 닦아주었다.

"머리 좀 봐주세요. 등에도 벌침이 박힌 모양입니다. 환장하게 아프네요." 구시떡은 아무 대답도 없이 방으로 들어가 수건과 함께 족집게를 들고 나왔다.

"어쩌꺼나. 등판에 벌침이 밤가시처럼 박혔당게. 안 아퍼? 붓기 시작하너먼……." 구시떡은 간이의자를 끌어다 놓고 윤종성이 그 위에 앉게 했다. 등 뒤에서는 방향이 맞지 않아 벌침이 잘 안 보였다. 구시떡은 윤종성의 앞으로 돌아가 머리를 숙이라고 하고는 바짝 다가서서 등판에 박힌 벌침을 뽑기 시작했다. 구시떡의 젖가슴이 윤종성의 이마를 쓸듯이 스쳤다. 윤종성의 오른손이 슬그머니 구시떡의 젖가슴을 더듬었다.

"지금이 어쩐 정황이라고, 그게 살아서 벌떡거린다냐. 가시 빼구 보더라구이." 구시떡이 대강 뺄 만한 벌침은 빼냈다고 하면서 윤종성의 옷가지를 당겨주었다. 눈두덩이 너무 부어올라 앞이 보이질 않았다. 구시떡이 윤종성의 손을 잡고 방으로 이끌어 침대에 눕혔다.

"공연히 손장난이나 해싸코 그러지 말구 내가 해결해줌세." 구시떡은 윤종성의 아래 옷가지를 벗겨냈다. 그리고는 윤종성의 위에 올라가 몸을 농란하게 놀렸다. 머릿속에서 숲에 바람이 지났다. 구시떡은 능란한 솜씨로 윤종성의 몸을 얼러가면서 자기 스스로 즐기는 교성을 질렀다. 윤종성이 자지러질 만해서는 정액을 뿜어내고 나가자빠지게 했다. 라포레의 어설픈 몸짓에 비하면, 구시떡은 황홀할 지경으로 몸을 놀릴 줄 알았다.

"이왕지사 젖도 빨아봐." 윤종성은 조심스럽게 구시떡의 유두를 핥다가 혀로 돌려가면서 빨았다. 구시떡이 몸을 뒤틀었다. 왼손 마디가 아파왔다. 이게 책임질 수 있는 일인가, 의식이 찔러왔다.

"죄송합니다."

"이것두 보시랑게, 보시 치구는 찰진 보시여." 윤종성은 그 보시가 누가 누구에게 베푸는 보시인지를 잠시 생각했다.

"어쪄, 생각을 놓으니까 몸이 달아올라 소리를 하는 거 같지 않은감? 이런 일 자주 하면 안 되겄지야?" 아쉽다는 눈치였다.

윤종성은 구시떡에게서 애라도 생기면 어떻게 할 것인가 겁이 더럭 났다.

"무식이 걱정을 불러온다니. 걱정하지 마소. 단산하고 나니께 이자는 정도 외도 따로 없어. 내 몸에 책임질 일이 하나 줄어든 게여. 쪼개 누워서 쉬더라구." 윤종성은 생각이 어지러웠다. 그리고 구시떡이 겁나는 여자란 생각이 들었다. 하복부가 팽팽하게 부풀어 올랐다. 사실 이제껏 오줌을 참고 견뎠다.

"화장실 가야는데……."

"가야면 가야지…… 일어나 보소. 눈이 아주 두루주머니가 되얐네. 이거 언제 풀린다냐……."

구시떡은 윤종성의 성기를 잡고 변기에다가 겨냥해 대주었다. 오줌이 안 나왔다. 구시떡의 손을 물리고 자기 손으로 성기를 잡고 겨우 오줌을 누었다.

"벌침 맞았으니 내일은 아마 더 딴딴하게 뻗치리. 그렇다고 너무 자주 하면 못써, 이히히."

윤종성은 구시떡의 손에 이끌려 방으로 돌아가 침대에 눕혀졌다. 밖에서 뻐꾸기 우는 소리가 들렸다. 꾹꾹이가 이따금 구슬픈 소리로 울었다. 금산사에 있을 때, 젊은 스님은 꾹꾹이 소리가 들리면, 환장하겠네 하면서 찬물을 둘러쓰곤 했다.

"처사님, 나 구시떡이구만이라. 윤 총각이 벌에 쐬어 도솔산 미륵처럼 부었는데, 주사약 하나 사가지고 오셔야 쓰겄소." 주사를 누가 놓느냐고 묻는 모양이었다. 거야 내가 놓으면 된다니까 그러시오. 그런 이야기가 들렸다. 윤종성은 눈을 감고 있다가 설풋이 밀려오는 잠에 빠졌다.

숲에서는 새들이 날아들어 짝짓기를 하고 있었다. 수천, 수만 수를 헤아릴 수 없는 새들이 자기 짝을 만나 꽁지를 맞대고 짹짹대며 교성을 질렀다. 그 소리에 숲은 너울너울 춤을 추었다. 꿀물이 밴 바람이 숲을 지쳐 지나갔다. 소나기가 쏟아져 숲이 바닷물처럼 파도를 쳤다. 소나기 지난 숲에서 물기운이 피어올라 산봉을 휘감아 용틀임했다. 잠시 조용한 햇살이 번지다가 동쪽 하늘에 쌍무지개를 피워올렸다.

"윤 총각 주사 맞으소" 윤종성은 눈을 번쩍 떴다. 몸이 일어나지지 않았다. 김대성이 윤종성을 내려다보다가, 죄를 씻기가 그렇고름 어려운 법이여, 한마디를 하고는 밖으로 나갔다.

10

추락의 추억

돌과 나무를 대신해서
철이 등장하면서
인간의 욕망은 높이를 더해갔다.

높이 올라가려는 인간의 꿈을
높이 올라가 멀리 바라보려는 욕망을
높이 올라서서 아랫것들 굽어보려는 탐욕을
합리화하고 논리화해서 마침내 신으로 모시면서

철근 엮어 철탑을 세우고
첨탑 끝에 환락의 오색 등을 달아
문명의 유곽(遊廓), 욕망의 정액은 탁류로 쓸려가
숲으로 달려드는 격류 앞에서 지진은 도를 더해간다.

여름으로 다가들면서 기온이 급작스레 높아졌다. 그런데도 비가 잦았다. 밤에 비가 내리고 아침에 개면, 숲은 개벽을 했다. 늦은 꽃까지 다 지고 난 후라서 산자락은 날로 짙게 녹색 단색으로 다가가는 중이었다. 새벽이면 꿩이 죽비소리처럼 아침을 깨웠다. 정꽃소리는 〈새타령〉을 잘 불렀다.

빗속에서 고라니가 꺄악꺄악 샛된 소리로 울어댔다. 노루처럼 밭 사이를 뛰어다니는 고라니 모습은 송림산을 낙원 이미지로 채색했다. 사슴이나 노루처럼 귀엽고 사랑스런 유선형 몸매, 또랑또랑한 눈으로 앞을 응시하다가 잽싸게 달아나는 뒷모습은 잃어버린 추억처럼 안타까운 정을 불러왔다. 〈언덕 위의 집〉에 나오는 '노루 사슴 뛰어노는 곳'이 이상향일 수 없다는 걸 증명이라도 하듯, 고라니 무리는 숲의 훼방꾼이었다.

근간에는 고라니와 함께 멧돼지가 기승을 부렸다. 잎이 무성하게 자라난 고구마밭을 중장비로 갈아엎듯이 파헤치고, 심지어는 묘지를 들쑤셔놓기도 했다. 엽사(獵師)를 동원해서 멧돼지를 사살하는 마을도 심심치 않게 나타났다. 멧돼지들은 태연하게 송림산 골짜기로 내려와 흙을 파헤치고 뒹굴면서 '흙찜질'을 했다.

척서암이라고 예외일 수 없었다. 감자밭을 파헤쳐 절딴을 냈다. 고라니나 멧돼지는 감자, 토마토, 들깨 같은 냄새나는 작물은 안 건드리는 편인데, 수분이 많은 감자밭을 뒤엎어놓은 것이었다. 흙 속의 굼벵이나 지렁이 같은 땅속 벌레를 잡아먹기 위해 흙을 뒤집어놓는다는 논밭 주인들의 증언이었다. 농약 전혀 안 하는 김대성의 밭에는 굼벵이가 많았다. 아무튼 멧돼지는 숲의 최상위 포식자로 군림하는 중이었다. 멧돼지한테 받혀 죽을 수도 있었다. 팔뚝에 소름이 돋았다.

손가락 접지 시술을 위해 칩을 심는 데는 한 주일이 걸렸다. 왼팔 삼두박근 사이에다가 콩알보다 작은 칩을 심고, 머리털 같은 연결선을 손등으로 이어서 손가락을 움직일 수 있게 한다는 것이었다. 윤종성은 우선 접지가 되어 있는 손을 책상 위에 올리고 한참 맥 놓고 바라보았다. 죄를 저지른 손은 오른손이었다. 왼손은 속죄를 한다는 셈으로, 범종 당좌에 들이대어 깨져나갔던 터였다. 정당한 속죄라기보다는 어설픈 충동이었다. 이성적 성찰에 따르는 결기 있는 행동이 아니었다. 죄는 다시 죄를 낳고 세상을 증오 가득한 눈으로 바라보게 했다. 그렇게 여덟 해가 지나갔다.

"처음에는 통증이 심할 것이니 이 악물고 참아요. 통증이 가라앉으면서 남의 손처럼 자신의 의지대로 안 움직여줄 겁니다. 왼손이 오른손을 따라 움직일지도 몰라요. 곧 좌우 분간이 될 겁니다. 대뇌에서 신경을 컨트롤하는 회로가 정상화되어야 하기 때문에 시간이 좀 걸립니다."

윤종성은 김대성의 얼굴을 떠올리고 있었다. 김대성의 책상에는 불경, 성경, 사서삼경은 물론 노자, 장자, 쿠란, 심지어는 모르몬경, 동경대전까지 놓여 있었다. 그런 경전들을 언제 읽는지는 윤종성이 알기 어려웠다. 『동경대전』은 구시떡도 안경을 끼고 이따금 읽는 눈치였다.

구시떡은 김대성을 아는 것은 많지만 뼛속이 무식꾼이라고 흉을 잡았다. 아는 건 많은데 현실 생활에는 별 쓸모가 없는 헛지식으로 머리가 가득 찼다는 것이었다. 그 헛지식 가운데 하나가 "오른손이 하는 일을 왼손이 모르게 하라."는 성경 마태복음 6장에 나오는 구절이었다. 오른손으로 죄를 짓고 왼손으로 회개하는 그런 인간이 어디 있느냐는 것이었다.

"비유니까, 빗대어 하는 말이니까 그렇지요. 떠벌리면서 남에게 베풀지 말라는 거잖습니까?"

"얼굴 없는 천사 말이제? 신문에 자기 기사 나오면 혼자 흐뭇해서 빙긋이 웃지 않겠어라?"

"그 자선가가 신문에 자기 이름 나왔나 안 나왔나 확인하는 거 보셨어요?"

"구밀복검(口蜜腹劍)이라고 하지만, 그 인간도 순망치한(脣亡齒寒)은 알겄제?" 놀라운 일이었다. 구시떡은 한자성어에 꽤 익숙했다. 도무지 혼란스러웠다. 이히히 웃으며 치맛자락 들쳐올리고 달려드는 구시떡과 『사략』과 『춘추』를 거들어대는 구시떡, 어느 게 진짜 구시떡인지 분간이 안 되었다. 아무튼, 한마디로 인간 유기체는, 쇠고기 부위별로 갈라 파는 것처럼, 그렇게 조각낼 수 없다는 것이었다. 몸은 온전히 하나라서, 발가락 아픈 걸 손이 알고 등에 가시 찔리면 머리가 아프다는 것이었다. 윤종성은 흐흐흐 웃었다. 등을 벌이 쏘면 거시기가 발기한다? 그런 생각이 들어서였다.

"어쩌, 왼손 손가락 잘리니까 오른손이 쩌릿쩌릿하지 않던가?" 사실이 그랬다. 그러나 사람과 사람 사이에는 그런 유기성이 떨어지는 게 현실이었다. 송백이 교감을 하더라도, 사람과 사람 사이의 완벽한 소통은 희망 사항일 뿐이었다.

“송무백열이랍니다.” 송무백열(松茂栢悅)은 전부터 윤종성이 항용 입에 올리던 말이었다.

“그리여, 혜분난비란 말도 있느니…….” 윤종성의 판정패였다. 혜분난비(蕙焚蘭悲), 지란지교를 이야기하는 이들이 흔히 인용하는 대목이었다.

아무튼 속에다가 세상사 다 꿰고 있는 듯한 오십 대 여자, 구시떡이 윤종성에게 부득부득 성관계를 요구하는 것은 무어란 말인가? 윤종성은 머리가 엉클어졌다. 그게 인간관계인지 아니면 다른 뭐가 있는지 알기 어려웠다.

윤종성이 병원에 입원하고 있는 동안, 구시떡과는 거리를 유지하고 지내야 하겠다는 생각을 거듭했다. 그러나 같은 집에서 생활하는 한은 거리 유지가 쉽지 않을 터였다. 마침 맹상수가 서울 출장을 오는 길이라면서 병원에 들렀다. 성원지가 문병을 와 있을 때였다. 친부 살해 충동으로 시달리던 성원지가 어떻게 그 분만(憤懣)을 해소하고 있는지 자못 궁금했다.

“고창보다는 서울이 편한갑만. 얼굴이 번하게 피었잖여.” 맹상수의 어투에는 약간 비아냥끼가 섞여 있었다.

“만고 땡이네, 통증만 없다면 말지이.”

사실 척서암에서 지내는 일은 여간 불편한 게 아니었다. 김대성에게는, 어르신 어르신 하고 존경을 바치는 것처럼 지내지만, 정신적으로 시달렸다. 연원을 알 수 없는 돈을 건사하는 것은 비굴감을 들쑤셔 내곤 했다. 아무리 김대성이 넉넉한 품성으로 모든 걸 맡긴다고 해도 자신이 그걸 받아들일 자격이 있는가, 자신을 돌아보게 했다.

그에 비하면 구시떡은 자분자분 다독여주면서 몸으로 덮쳐왔다. 윤리적으로 아무런 부담이 없다고 하기는 하지만, 남녀의 육체관계가 공기놀이하듯 끝나고 툭툭 털고 일어나면 그만일 수 없었다. 맹상수는 그런 맥락을 아는 듯이 말했다.

"머시냐 말하자면, 척서암 김 처사가, 깊은 꿍꿍이속이 있었는지도 모르제."

"그건 또 무슨 억측이야?" 맹상수는 머리를 저었다. 억측이 아니라는 것이었다. 이야기가 심각한 분위기로 기울기 시작하자 성원지가 자리에서 일어났다. 정꽃소리와 연습을 해야 할 시간이라고 했다. 소리하는 정꽃소리와 북을 잡고 박을 넣는 고수 성원지의 그림이 머릿속에 떠올랐다.

맹상수 말로는, 김대성이 윤종성을 친자식처럼 믿고 있다고 했다. 한마디로 의지가지없는 인생 마지막에 가진 재산 넘겨줄 누군가 있어야 하지 않겠냐는 것이었다. 나노의학을 이용해 손을 치료해주는 것도 다 그런 뜻이 있어서라고 했다. 부담을 느끼지 않을 수 없었다.

"진정언 시인 만나게 해주면 좋겠는데……."

"그기야 어려울 게 없소만, 왜 그러나 물어도 될랑가?"

"선배 시인 모시고 살아보면 어떨까 해서……."

"그 양반도 만만치 않어. 시야 곰살궂지만 나무만 아는 양반이라,

둘이 매일 산판을 헤매게 될지도 몰라." 요새 들어 나무에 대한 집착이 하늘을 찔러 수불(樹佛)이라는 호를 붙이고, 만나는 사람마다 자기는 '나무꾼'이라면서, 나무가, 그 자체가 시인데 문자 희롱하는 말장난은 그만두어야 하겠다고 나선다는 것이었다. 진정언 시인의 집은 목재는 튼튼하지만 벽이 헐고 지붕이 부실한 데다가, 창호지 바르던 문을 그대로 쓰는 바람에 빛이 잘 안 들어 겨울이면 냉기로 무릎이 시릴 지경이었다. 자식들이 그러한 사정을 알고, 현대식으로 집을 하나 다시 지어주었다고 했다.

"그러면 공간이 넉넉하겠군."

"그 집 자손들이 말이시, 윤종성 들이자퍼서 건축했가니?" 알아는 보마 하면서 덧붙이는 소리였다.

맹상수가 돌아가고 한잠 눈을 붙였다. 비몽사몽간이지만 남은 영상은 뚜렷했다. 진정언 시인과 산자락을 감돌아 난 오솔길을 산책하면서 시를 이야기했다. 시라는 게, 노래에 이야기가 올라타야 제대로 된 시가 아니겄어라? 노래에 이야기가 어떻게 올라탑니까? 아직 올라타는 거 모르는갑만. 덩치가 거판진 황구가 암캐 검둥이 등에 올라타고 몸을 바들거리면서 절정에 이르기 직전, 근육을 떨고 있었다. 윤종성 자기는 황구고 검은 암캐는 구시떡이었다.

문을 두드리는 소리가 연달아 들렸다. 윤종성은 벌떡 일어나, 예에 대답을 했다. 라포레가 책을 몇 권 들고 문 앞에 서서 코를 킁킁거렸다. 윤종성의 코에도 밤꽃 냄새가 어른거렸다. 라포레가 창가로 다가가 유리창을 열었다. 밤꽃 냄새 같기도 하고 오동꽃 향기를 닮은 듯한 공기가 실내로 밀려들어왔다.

"한국이라는 나라, 아니 조선이라는 나라에 실망이 커. 데구떼." 진절머리 난다는 뜻이었다.

"무얼 보고 실망이라는 거야?"

"끔찍해. 보라구!" 라포레는 전에 윤종성이 전해준 책을 내놓았다. 『고종치하 서학수난의 연구』라는 책이었다. 라포레는 자기가 읽은 내용을 요약해서 말했다.

프랑스에서 당시 조선에 온 선교사는 모두 스물한 명이었다. 아시아 전체에 오백 명이 왔는데, 그게 파리외방전교회에서 파견한 선교사의 사 퍼센트라고 했다. 전체적으로 이만 명에 달하는 선교사가 파견되었다. 한국에서 제대로 선교를 한 사람은 많지 않다. 순교한 신부가 열두 명, 병으로 죽은 신부가 여섯 명, 한국을 떠나 다른 데로 가서 생을 마친 선교사는 세 명뿐이다. 리델 주교는 병인박해(1866)를 피해 중국을 거쳐 프랑스로 돌아갔다. 그 사이 『한불자전』 『한어문법』 같은 책을 만들어 일본에서 출판했다. 프랑스에 돌아가서는 서울에서 겪은 감옥 생활을 기록해서 책을 내기도 했다.

"선교사도 사람인데, 사람을 그렇게 무참하게 죽일 수 있는 거야? 천주교, 가톨릭 교리가 풍속을 교란하는 것도 아니고, 하느님의 선한 의지를 믿고 이웃을 사랑하며 살라고, 그래야 천국에 간다고 가르치는 것인데, 야만적인 조선 정부에서 하느님의 사제를 목 잘라 죽이는 일을 자행한 것은 인류 역사상 엄청난 죄야." 라포레는 분을 참지 못하고 식식거렸다.

"침착해, 깔므…… 아베크 상 프루아……!(침착해!)" 책상머리를 짚고 서 있는 라포레를 올려다보는 윤종성을 향해 라포레는 피식 웃었다. 외국어 함부로 내뱉지 말라는 투였다. 자기한테는 '상 프루아'가 냉혈로 들린다는 것이었다.

"한국은 천주교를 수용한 방식이 다른 나라와 달라. 다른 나라에서는 제국주의적 침략의 방편으로, 천주교가 앞장을 섰다면 한국은 자발적으로 천주교를 받아들인 거야. 정부 차원에서야 박해를 했지만, 한국의 교인들은 스스로 수난을 감수하면서 선교사들을 모셨어."

"아무리 그래도, 야만적이고 천박하고 무지한 대신들이었지 뭐야, 안 그래?" 문병을 온 것인지 항의 방문을 한 것인지 헷갈릴 지경이었다.

"선교 지역으로 파견하는 것은 돌아오지 않는다는 무서운 서약이었어." 라포레는 입을 다물었다. 그러고는 성호를 그었다. 한참 침묵이 흘렀다.

"이 책 읽어봤어?" 라포레가 도톰한 책을 윤종성의 앞에 내밀었다. 『나의 서울 감옥생활 1878』이라는 제목이 눈에 들어왔다. 지은이가 펠릭스 리델로 되어 있었다. 리델은 한국 이름으로 이복명(李福明)이라고 썼는데 이는 프랑스 이름 Felix-Clair Ridel(1830~1884)에서 복받았다는 펠릭스와 밝다는 클레르를 한자어로 옮긴 것이었다. 그러고 보니, 라포레도 펠릭스 라포레라고 하던 게 생각났다.

"리델 신부가 그런 책도 썼나?"

"그냥 신부가 아니라 주교였다니까. 암튼 무슨 일이든지 기록해야 역사에 남아, 안 그래?" 말끝마다 안 그런가 하고 박아 넣는 말투가 라포레의 다부진 성격을 돋보이게 했다. 라포레는 리델이 자기 고향 브르타뉴 출신이라는 것을 강조해서 말하곤 했다.

"거기 170페이지부터 그 장 끝까지, 전주에서 붙들려온 아전 이야기가 나오는데, 한번 읽어보라구. 아무래도 그 사람이 김 처사라는 분의 할아버지 아닐까, 그런 생각이 드는 거야. 참말, 인연의 줄은 인간적 이해의 범위를 넘어서는 것 같아." 윤종성은 귀가 번하게 틔었다. 김대성이 준 약력 가운데, 자기는 역적 집안에서 태어났다는 내용이 확인되면 다른 것들은 어떻게든지 써나갈 수 있겠다는 생각이 들었다. 나라에 진 빚을 갚지 못한 게 '역적 집안'으로 치부될 일까진 아니었다. 무자비한 시대, 환자(還子) 갚지 못하면 감옥에 갔다가 죽기가 항다반이었다. 김대성의 할아버지가 그렇게 죽고, 집안은 역적의 집이 됐을 법했다.

"고창은 언제 내려가?"

"이번 주말에 퇴원할 건데, 왜?"

"전에 탁본한 백파율사 비문에서 확인할 게 있어서. 한학자한테 번역해달라고 부탁하겠다고 해서 기다리는 중이거든. 그래서 고창에 직접 갈까 하는데."

"꼭 가봐야 하나?"

"왜 싫어? 내가 퇴원 기념으로 풍천장어 사주고 싶어서." 라포레는 깻자국 박힌 콧등에 주름을 잡으면서 웃었다. 장어 꼬리 이야기가 생각나는 모양이었다. 라포레는 고창에 내려가면 미리 연락하고 가겠다

하고는 별다른 인사 없이 병실을 나갔다. 리델의 책을 협탁 위에 그대로 둔 채였다.

병실에서 내다보이는 풍경은 이전에 못 보던 서울의 모습이었다. 도심 고층건물 사이로 숲이 여기저기 산재되어 있었다. 서울에도 숲이 살아 있다는 생각이 들었다. 탑골공원 근처로 짐작되는 데에 건축 공사가 한창이었다. 고층건물을 올리는 모양이었다. 노란색 크레인이 자재를 싣고 공중을 빙잉 돌았다. 공사장에서 일하는 인부들의 모습은 건물에 가려 보이지 않았다. 윤종성은 발 뒷굽을 들어 올려 밖을 내다봤다.

"위험해요." 어느 사이에 왔는지 간호사가 소리를 질렀다. 윤종성은 주춤해서 뒤로 물러섰다. 허리에 찌릿한 통증이 지나갔다.

"자아, 따라 해보세요. 주먹, 보자기, 주먹, 보자기……." 양손을 쥐었다 폈다 하는 게 잘 되는지 확인하는 중이었다. 이어서 악력계를 가지고 악력을 측정했다. 악력계 바늘이 바르르 떨다가 손을 놓자 제로 지점으로 돌아왔다.

"많이 좋아졌어요. 그런데 바깥 내다보다가 떨어지면 끝나요, 간다고요." 어디로 간다느냐고 물으려다 말았다. 간다는 건 끔찍한 일이었다. 공사장 감독은 주의하라는 이야기를 할라치면 잘못하다가 '간다니까' 그렇게 박아 넣었다. 공사장에서는 '죽는다'는 직설 어법을 금기시하고 피하는 눈치였다.

지난해 여름이었다. 첫 학기를 겨우 마치고 방학에 들어갔다. 다른 친구들은 해외여행을 계획하고, 휴가 갈 채비에 즐거워 홀짝홀짝 뛸 지경이었다. 윤종성은 2학기 학자금을 벌기 위해 아르바이트를 해야 했다. 공사장 아르바이트가 몸은 고되지만 수당이 높은 편이었다. 하루 일하면 십오만 원 정도를 받을 수 있었다. 인력시장을 거치지 않고 공사장을 찾아가 감독에게 직접 청을 넣었다. 수당의 십 퍼센트를 아끼기 위한 나름의 책략이었다. 인력시장을 거치면 중개 수수료를 내야 했다.

용산역 앞, 이전의 색시골목에 주상복합 건물을 세우는 공사장이었다. 철근은 겨우 조립해놓았는데 레미콘 차량이 들어가 작업할 수 없는 여건이었다. 차량을 이용한 콘크리트 타설이 불가능했다. 어쩔 수 없이 콘크리트 재료를 질통으로 져 날라야 했다. 윤종성은 땀을 흘리면서 삐걱거리는 비계 계단을 오르내렸다. 이 층에서 삼 층으로 올라가는 계단 옆에 정리가 안 된 철근이 삐죽하니 나와 있는 게 눈에 거슬렸다. 질통에 모래를 담아 지고 올라가다가 철근 끄트머리에 걸려 넘어지면서 비계목 사이로 떨어져내렸다. 아찔했다. 건물 틈새에 구겨박힌 채로 숨을 몰아쉬다가 눈을 떴다. 너저분한 공사자재 위에 몸이 널브러져 있었다. 건물 위층 꼭대기에 하늘 한 조각이 눈으로 떨어져내렸다. 병원에 실려가 응급실에서 눈을 떴을 때였다.

"딱하긴, 노동 그거 아무나 하는 게 아녀." 그래서 어쩌란 것인가. 처음부터 노동을 능숙하게 하는 사람이 있던가. 윤종성은 눈가를 훔쳤다. 짠 물이 묻어났다.

"허리에 철심 박지 않은 것만도 다행으로 생각하시오." 허리가 뜨끔

했다. 이후 시도 때도 없이 허리가 쑤시고 아팠다. 어쿠, 소리가 저절로 나왔다.

맹상수에게서 연락이 왔다. "윤종성 어딜 믿고 그러는지, 진 시인이 자기 집에 오라네. 같이 갈 필요가 있을랑가?"

조심하는 어투가 분명했다.

"같이 가면 더 좋지만……."

사실 진 시인과 사귐의 시간이 짧은 것은 물론, 그렇게 말 놓으며 트고 지낼 수 있는 연배도 아니었다.

"하나 조건을 달더구만, 그동안 쓴 시가 있으면 먼저 보내달라는 거야."

"그것도 면접인가? 설마 팔씨름하자고 나서지는 않겠지."

면접은 뭐고 팔씨름은 또 무엇인가, 맹상수는 맥락을 이해하지 못하는 눈치였다. 윤종성은 알았다 하고, 진정언 시인의 전화번호를 핸드폰으로 보내달라고 했다. 전화번호는 금방 전달되었다. 윤종성은 서슴없이 전화를 했다.

"시인의 집에 같이 지내면 내 시가 비약할까 해서 말씀드립니다." 윤종성은 마음에 없는 말을 꾸미고 있는 자신이 우스웠다. 시의 비약보다는 생계, 아니 불편한 인간관계를 벗어나 주어진 과제만 마무리해서 끝내고 싶었다.

"뭐시라, 우리 집에 와서 하숙하겠다는 거요, 아니면 자취라도 할 셈인가?" 목소리가 각이 져 있었다. 윤종성은 머주하니 대답을 못 하고 있었다. 겨우 시를 배우고 싶다는 이야기를 하는 중이었다.

"김 처사한테는 허락을 받았소?" 윤종성은, 어크, 하던 말을 멈췄다.

"그건 제가 해결할 문제고, 제 시 몇 편 보냅니다. 잘 봐주세요." 오기 전에 전화 넣으라는 이야기로 '흥정'은 끝이었다.

윤종성은 시 세 편을 진정언 시인에게 메일로 보냈다. 시작품을 보내고 나서는 오히려 마음이 편치 않았다. 내 작품을 누군가에게 맡겨 평을 듣는다는 것은 깊이 아문 상처를 도지게 하는 일이나 진배없었다. 윤종성은 자기가 쓴 시들을 소리 내어 읽어보았다. 시 속에다가 이야기를 가두고 있었다. 아니 이야기에다가 시적 아우라를 걸쳐 입히는 격이었다. 윤종성으로서는 시를 통해 자신을 명쾌하게 투시하면서 감성과 이성을 섞어 한 층 높은 정신의 탑을 구축하고 싶었다. 그것은 윤종성이 속죄를 실천하는 방법이 되리라고 기대하고 있었다. 명징하면서도 감성으로 일렁이는 그런 언어를 얻어 가질 수 있다면, 그것은 자아의 비상이 아닌가 싶었다. 윤종성이 범종 소리에 몰두하는 것도 같은 충동에 뿌리를 두고 있었다.

죄가 안에 쌓였다면 걷어내는 걸로 충분할 터였다. 그러나 기억에 물들어 있는 의식으로서의 죄는 냉큼 씻기지 않았다. 자신의 인간적 존재를 충실하게 길러내는 것, 그것이 속죄의 방법이라 생각하기로 했다. 윤종성은 자신을 훤칠하게 키워나가기로 마음먹었다. 감성, 이성, 윤리, 그리고 몸으로 실천하는 헌신 가운데 시와 인격은 성숙할 터였다. 관산대학교에서 공부한 한 해는 사실 시를 쓰는 시간의 연속이었다. 행위하는 존재로서 인간을 이해하는 데는 연극이 첩경이라는 생각을 하기도 했다. 그러나 아르바이트를 하면서 연극에 참여할 짬이 나질 않았다. 다른 거 다 내던지고 무대에 나선다면 몰라도 먹고사는 문제 해결하면서 지내는 한 무대는 무대일 뿐이었다.

윤종성이 자신의 시에 대해 깊은 생각에 빠져 있을 때였다. 김대성이 마당에서 서성거리다가 윤종성의 방 문고리를 흔들었다.

"쩌어그, 아무리 히여도 내 야그는 내 입으루다가 히야 쓰겄어서, 녹음을 했는데 이거 풀어서 들어보면 글 쓰는 데 도움이 되리."

"어르신께서 그러시면 저는 공으루 먹는 셈이 되는데, 염치가 없습니다."

"무신 야그를 그리 한다나. 어떤 인간을 만나 그 인간에게 시간을 내준다는 게 얼만데……. 누군가에게 시간을 내준다는 것은 그의 생애 전체를 바친다는 뜻일 게요. 말하자면 '시간 공양'이랄까, 중죄인을 독방에 가두는 것은 남과 시간을 나눌 수 없도록 하는 조치가 아니겠소?"

"비유가 적실한 것 같습니다."

"혼자 있는 천국보다 남들과 같이 고생하는 지옥이 낫다고 누군가 그런 이야길 하던데, 천국이고 지옥이고 그게 다 자기 마음속에 있는 공간이지라. 지은 업에 따라 갈라지는 거겠지." 아무 걱정 말고 나중에 정리나 잘 해달라고 하면서, 김대성은 자기 방으로 건너갔다.

윤종성은 여기 척서암에서 자신의 역할이라는 게 무언가를 생각하면서 소파에 등을 기대고 앉아 있었다. 김대성의 얼굴을 잠시 떠올려

보았다. 노인이되 노인이 아닌 인물이었다. 한편으로는 늙음을 자기 생의 몫으로 수용하는 인물이란 생각도 들었다. 얼마 전에 고창문화연구원 원장을 만나 이야기를 한 적이 있었다. 노인들을 대상으로 한문을 가르친다면서 노인들의 미덕을 정리한 구절들을 접객용 탁자 유리 바닥에 깔아놓은 것을 보여주었다.

노인은 인간의 숲 저 꼭대기이다.
노인이 저승으로 가면 물을 데가 없어진다.
노인은 벽에 기대고 앉아 있기만 해도 한몫을 한다.

문화원장은 노인들이 자기 강의를 듣고 나서, 이제는 향교에서 '전교(典校)' 역할을 하기도 한다면서 늙은 제자들이 수두룩하다는 자랑을 늘어놓았다. 그리고 이제는 자기한테 배운 노인들 가운데 강의를 하는 이도 있다고 자랑도 했다. 몸은 쇠약해져도 정신이 팽팽하면 늙지 않는다는 이야기를 반복했다. 윤종성이 노인이 인간의 숲 저 꼭대기라는 게 무슨 뜻인가 물었다. 시적 비유의 속뜻이 궁금해서였다.

"무어라고 물었소? 내가 요즈막 귀가 잘 안 들려……."

"안력은 괜찮으시고요?"

"안경 쓰고 그런대로 보기는 하오." 목소리에 힘이 빠져 들렸다.

원장은 잠시 윤종성을 쳐다보다가, 자네 예이츠라는 시인 알제? 하고 물었다. 윤종성은 흠칫 뒤로 물러앉았다. 고창에 와서 만나는 사람마다 지혜로 가득한 사람들뿐이었다. 세상은 노인을 위한 나라가 아닌 게라. 노인은 세상을 훼손되지 않는 정신의 기념비로 가득하도록 만들어야 하는 것이라네. 예이츠의 「비잔티움 항행」을 읊고 있는 중이었다. 한학을 공부한 분이 공자의 '인(仁)'을 이야기하거나 맹자의 '측은지심'을 이야기하는 게 아니라 아일랜드 시인의 시를 이야기하는 데는 놀라움을 금할 수 없었다. 생각해보면 김대성도 자기 수양에 철저한 '노인'의 표상쯤으로 생각되었다. 아무튼 고창은 지식과 지혜의 용광로 아닌가 싶을 지경이었다.

초여름 숲에 푸른 비가 내리고 있었다. 그야말로 녹색 비였다. 윤종성은 해남 윤선도 유적지의 '녹우당(綠雨堂)' 생각이 났다. 그것은 자기가 보았던 당호 가운데 가장 운치 있는 명품이었다. 더구나 현판 글씨는 윤선도의 증손 공재 윤두서의 절친 옥동(玉洞) 이서(李漵)가 썼다는데, 물굽이 치는 것 같은 필체가 눈을 돌리지 못하게 했다. 녹우에 비하면 초우는 너무 빛깔이 짙어 속기(俗氣)를 띠기도 한다는 생각이 들었다.

윤종성이 거처를 옮겨보려 한다는 이야기를 했을 때, 김대성은 다리를 개고 앉으면서 말했다.

"비가 오는데, 녹우가 내리는데 꼭 가야 쓰겄나……. 사람도, 날 개면 가기로 하소. 그리고 내가 죽으러 가면 그대는 날 지켜주어야 하네."

윤종성은 멈칫했다. 죽으러 간다든지 하는 이야기는 윤종성을 긴장하게 했다. 알았다 하고는 아무 이야기를 더 할 수 없었다. 뒷걸음쳐 방을 물러나왔다. 더 거칠어진 빗줄기가 바람과 함께 숲을 뒤눕게 했다.

11

평생도 앞에서

사람마다 가지가지 제 몫의 삶을
헉헉대며 껄껄대며 살게 마련이라지.

운명으로 주어진 가난,
나라도 구제를 못하는 가난.

갯물 끌어다가 소금이라도 구워서
줄인 배창사구 끌어안고 넘어지는 아이
그 노랗게 쇤 얼굴에 웃음 한 줌 담아주려고

손마디 하나씩 빼주면서 견뎌온 세월
사람이 하늘이 아니라 붉은 깃발이 하늘이라고
펄펄 뛰는 놈, 조선 낫으로 선뜩하게 엇깎은 죽창

간덩이에다 찔러 넣던 날,
그도 인간이라 피는 붉어, 붉은 죄로 생애 물들였어라.

팔자 좋은 사람의 평생도는 박물관으로 보내야 한다지.
죄짓지 않고 산 사람만 숲속에 묻어주어야 한다지.

잘생긴 소나무 세 그루가 척서암 건너편 언덕에 서 있었다. 그 소나무 밑으로는 단풍나무, 싸리나무, 붉나무, 보리수나무, 말채나무, 물싸리 등, 잡목들이 나지막한 숲을 이루었다. 솔은 단연 독야청청 높이 솟아 다른 나무들을 눌러놓았다. 소나무 바로 아래에는 다른 잡풀이나 나무들이 자라지 못했다. 겨우 맥문동 같은 음지식물이나 자랄 뿐이었다. 더구나 솔잎이 썩으면서 땅을 산성으로 만들어 맨땅을 드러내게 한다. 소나무의 모순된 생리다.

연일 폭염이 계속되었다. 폭염 속에서도 나무들은 청청한 위용으로 서서 태양을 흡수했다. 나무들이 아니라면 지구는 태양열로 달아올라 폭발하고 말 것만 같이 시글시글 끓어올랐다. 숲은 지구를 감싸서 열에 달아 폭발해 터지지 않고 견딜 수 있게 해주는 보호막이었다. 그러나 널리 보면 숲은 그 자체로서 완벽한 구조를 이루고 있는 것은 아니었다. 해, 달은 물론, 강과 바다 같은 물이 있어야 하고, 숲의 나무들이 기대고 버틸 산이 있어야 한다. 산은 흙과 바위를 품고 있어야 산답다. 이런 조화 가운데 비로소 숲은 자기 존재를 유지해가는 것이다.

우리 선조들은 그러한 완벽한 이상세계를 그림으로 그려 임금에게 바쳤다. 임금은 하늘이다. 그 하늘에 낮에는 태양이 밤에는 달이 지상을 비추면서 천지가 운행되기 마련이다. 보통 〈일월오봉도〉로 불리는 그림은 임금의 어탑(御榻) 뒤에 병풍으로 만들어 세웠다. 일렬로 펼쳐 그리기는 했지만 일월(日月)과 더불어 오악(五嶽)이 어우러진 세계에는 십장생을 그려넣었다. 소나무가 양편에서 그 세계를 감싸 안았다.

윤종성이 건너편 언덕의 소나무를 쳐다보며 김대성의 생애 가운데 '살인 모티프'를 어떻게 다루어야 하는지 생각을 다듬고 있을 때였다. 어느 사이 김대성이 다가와 옆에 섰다.

"쩌어그, 윤 선생, 이자 손은 통증 없이 제대로 움직이는가?"

"어르신 덕분에……, 정말 고맙습니다."

"손 쪼께 내보소." 김대성이 오른손을 내밀면서 말했다. 윤종성은 어설프게 김대성의 손에 자기 왼손을 얹었다. 김대성이 윤종성의 왼손 손가락을 하나하나 더듬어보면서, 쥐어보소, 펴보시오, 애들 잼잼하는 것 매키로 손을 움직여보더라고, 하면서 접지 시술을 한 손이 어떻게 움직이는가를 더터보았다. 윤종성은 속으로 '아버지'를 불렀다. 맥락은 없었다.

"손가락 끄트머리에 통증은 없는가?" 윤종성은 오른손으로 왼손 손가락을 톡톡 치면서 고개를 끄덕였다.

"그라믄 이제 본격적으로 작업에 들어갈 수 있을랑가." 메뚜기도 오뉴월이 한철이라는데, 여름 다 가면 가을 금방 닥친다는 이야기를 하다가, 쿨럭 기침을 뱉어냈다. 몇 차례 기침을 하다가 땅바닥에 쪼그려 앉았다. 윤종성이 다가가 등을 쓸어주었다. 등이 땀으로 젖어 눅진했다.

“윤 선생 시간이 쩌시기하면, 바닷가에 나가볼랑가. 날이 너무 찌네, 큰비 내릴 조짐이야.”

‘주차정’ 앞까지는 걸어서 내려갔다. 등에서 땀이 흘러내렸다. 둘이는 아무 말이 없었다. 발걸음만 터벅터벅 옮겼다.

“생각해보니 말이네, 윤 선생 말이 맞어.”

“무슨 말씀이신지요?”

“기도는 남을 대신할 수 없다고 어떤 목사님이 말씀하시던데, 적실히 맞어. 그와 매치로 글은 자기 손으로 써야 한다는 말도 빈틈없이 맞는당게.”

“글쎄요, 제가 알기로는 중보기도라는 것도 있던데요.”

친구 성원지는 메일 끝에다가 늘 그런 구절을 보내왔다. ‘밤이나 낮이나 내 기도할 때마다 그대를 기억한다오.’ 영어로 보내는 문구지만, 북을 치는 고수가 무릎 꿇고 기도하는 모양을 생각하면서, 윤종성은 조용히 웃곤 했다. 북장단은 소리꾼과 청중 사이를 매개하는 ‘중개자’이면서 동시에 소리판의 ‘감독’과 같은 존재였다. 소리꾼이 박이 틀리면 고수가 고쳐서 북을 쳐줄 수 있지만, 고수가 장단을 엇박으로 치면 소리는 망치고 만다. 그래서 일고수 이명창이라 하는 모양이었다. 비유하자면 김대성은 고수고, 윤종성 자신은 소리꾼인 셈이었다. 주객이 뒤바뀐 셈이 되고 말았다.

"하느님 믿는 예수교의 타력신앙과 인간 내면에 이미 존재하는 불성을 스스로 찾아내어 성불하기를 도모하는 자력신앙은 기본 논리가 다를 것이여."

윤종성은 이마에 흐르는 땀을 훔쳐내면서, 앞에 걸어가는 김대성의 뒷모습을 흘금 쳐다보았다. 등이 왼편으로 기울어 보였다. 폐 한쪽 잘라내거나 수술을 위해 갈비뼈를 떼어내면 몸이 한쪽으로 기운다고 하던 친구 아버지 말이 떠올랐다. 자기도 워낙 골초라서 일찍 폐암을 앓았는데 수술 후 몸이 한쪽으로 기울더라는 것이었다. 단지 노인들 걸리는 해수병은 아닌 듯싶었다. 폐를 잘라내는 고통을 이겨낸 뒤끝이 틀림없었다.

"신앙의 형태를 자력신앙과 타력신앙으로 나누는 것은 과도한 형식논리 아닌가 싶습니다. 타고난 본성과 그 본성을 잘 닦아 어느 높은 경지에 이르게 하는 데에도, 누군가의 도움이 필요하지 않을까요. 저는 그렇게 생각합니다."

"그기 말이시, 백파율사가 말한 대기대용 그 말씀인 것 같구만서두……. 한마디로, 내 죄는 내 기도로 해결해야 할 것이여. 말하자면 내 생애를 기록해서 남긴다는 게 욕심일시 분명하지만, 그 과정에서 나는 기도하듯이 내 죄를 속죄하는 참회의 과정을 겪는다는 말이지라." 윤종성은 자신도 모르게 김대성을 향해 두 손을 모았다. '대기대용(大機大用)'을 알고 있다면, '살활(殺活)'의 옹색한 논리는 넘어선 게 아닌가 하는 생각도 들었다.

"기도는 몸으로 실천하는 참회 가운데 능력이 발휘되는 것입니다.

간단히 말하자면 글로 생애를 기록하는 것은 문자행위를 넘어서서 인생의 새로운 경지를 활짝 열어젖히는 모험입니다. 자기 개벽인 셈이지요." 윤종성의 이야기에 응대해서 김대성이 고개를 주억거렸다. 김대성은 자신의 생애 절반은 글로 썼다는 이야기를 하면서 환하게 웃었다. 윤종성은 속으로 아, 일이 풀리는구나! 하면서 오른손으로 왼손 손가락을 주물러주었다. 관산대학교 병원 간호사가 가르쳐준 것이었다.

"꼭 오늘처럼 무덥고 등짝에 땀이 찐덕거리는 날이었다네." 둘이는 구시포를 지나 심원 근처 염전으로 다가가는 중이었다. 거리가 만만치 않은 길이었다. 김대성은 멀리 수평선 쪽 바다에 눈을 주고 바위에 걸터앉아 이야기를 시작했다.

"어르신 말씀하는 거 녹음해도 되겠습니까?"

"게야 이전에 말했드끼, 마음대로 하시랑게. 헌데, 그기 할아버지, 아버지 이야기라서 내가 얼마나 실감 있게 전할지는 모르겠네만, 소금이 사람을 잡아먹은 셈이지……."

"어르신 조부 때부터 염전 사업을 하셨습니까?"

"왜정 때니까, 요새는 일제강점기라 하는 그때부터 천일염 사업을 시작했다지 않소."

"전통적 제염 방식은, 제가 알기로는 자염이었던 걸로 알고 있습니다만, 천일염은 고창 삼양염전이 처음 아닌가, 그래서 여기 염전에 대해 알아보았습니다."

"그럼 되얐고, 이런 이야그는 짧게 히야 쓰는 것이제. 내 짧게 야그

하리다." 김대성을 마치 미리 준비를 하기라도 한 것처럼 이야기를 해 나갔다.

전주감영에서 아전으로 일하던 김대성의 증조부가 서울로 잡혀가 옥사한 이후, 집안은 겨우겨우 목숨을 이어가는 지경으로 쇠락했다. 김대성의 할아버지 김윤길은 이를 물고 살아내기 위해 방법을 가리지 않았다. 방장산에 올라가 나무를 하기도 하고, 구시포 같은 데 나가 뱃일을 돕기도 했다. 그나마 밭뙈기 조금 있는 게 생활의 기틀이었다. 젊은 나이에 장가를 든 김대성의 부친 김창혁은 장인을 도와 닥치는 대로 일을 했다.

가난에 찌들려 살던 집안에 샛바람 같은 소식이 전해졌다. 고창 심원에 염전이 새로 생긴다는 것이었다. 염전 사업에 뜻이 있고, 힘든 염전일을 할 만한 체력이 되는 이들을 모았다. 염전 일이 끝나서 소금이 나오기 시작하면 염전을 개인에게 분양하겠다는 조건이었다. 그것은 이제까지 가져보지 못한 솟아오르는 햇덩어리 같은 희망이었다.

"너 말이다, 나랑 같이 염전에 투자히보자는 게여." 김윤길이 아들 김창혁에게 낮은 소리로 말했다. 위험 부담이 큰 일이었다. 당장 투자할 현금이 없는 것은 물론, 가산을 정리해야 할 판이었다. 가산을 정리해서 염밭을 배정받았다. 자기가 배정받은 염밭을 일구면서 남의 집 일도 거들었다. 그래야 일당을 보탤 수 있었다.

땀에 젖어 돌아온 할아버지는 소주를 주발뚜껑으로 두어 잔 마시고는, 잠에 곯아떨어졌다. 김대성의 부친 김창혁은 장정 꼴이 나기 시작했다. 부자간에 밤낮을 가리지 않고 일했다. 염막을 설치하고 사람들을 모아 염전을 운영하는 데 골몰했다. 말로야 염전 운영이라고 하지만, 사람들을 모아 갯벌에 둑을 쌓아 염수 말릴 밭을 만드는 일이었다. 집안사람 몇몇이 해낼 수 있는 일이 아니었다. 일종의 조합이 결성되었고, 거기 투자를 하고 함께 일을 하기로 했다.

물려받은 땅을 처분했다. 그 돈으로 각처에서 모여든 이들에게 일차적으로 거처를 마련해주었다. 판잣집이나 다를 바 없지만 몸을 눕힐 방은 마련해주어야 일을 할 수 있었다. 남정네들이 종일 갯벌에 나가 흙을 파고 옮겨야 하는 노역에 몰두했다. 그러다 보니 식량을 마련할 길이 없었다. 식량을 대주지 않으면 사람들을 잡아둘 수 없었다. 일꾼 잘 먹여야 한다는 게 김대성 집안의 가훈이나 다름이 없었다. 염전 조성되면 소금으로 생애 이끌어가겠다는 이들에게 희망을 가지게 하는 일이 무엇보다 다급한 과제였다.

김대성은 할아버지 김윤길과 아버지가 김창혁이 사업을 밀어 나가는 과정을 보면서 자랐다. 일제강점기 말, 어린 소년은 갯둑에서 바람을 맞으며 땡볕을 견뎠다. 노을이 황홀하게 타오르는 저녁이면 긴 그림자를 끌고 집으로 돌아왔다. 집은 늘 비어 있었다. 김대성의 할머니 전주댁은 고창군청 군수댁 찬모로 들어갔다. 음식 솜씨가 인근 동네에 소문이 자자했다. 잔칫집마다 불려 다니며 일을 거들어주었다. 그렇게 발이 넓어 인근 동네는 물론 경성의 소식도 빠삭하게 알고 있었다. 남편 김윤길을 군청의 관리들과 연결해주기도 했다.

김대성의 어머니는 장삿길로 나섰다. 말하자면 일종의 방물장사인 셈이었다. 시어머니와 마찬가지로 바깥세상의 온갖 소식과 애들 놀잇감을 물어왔다. 김대성으로서는 할머니와 어머니 덕으로 호강을 하는 셈이었다. 할머니가 군수 댁에서 얻어 오는 음식은 기름졌다. 어머니가 얻어 오는 장난감으로 혼자 하루를 보내도 모자랄 지경이었다. 또 하나 그런 장난감을 친구들에게 나누어주기도 했다. 남자들은 바깥일을 하고, 여자들은 손발 놀려 살림을 지탱해 나갔다. 얼마 뒤부터는 집안이 군불에 아랫목 더워지는 것처럼 서서히 일어나기 시작했다. 농토 처분해서 소금밭에 투자했지만 밥을 거르지 않게끔 되었다.

김대성의 할아버지 김윤길과 아버지 김창혁 부자는 자기 몫은 줄이고 영입되어 온 일꾼들에게 몫을 매겨 분할하는 계획을 세웠다. 그것은 일꾼들이 생애를 걸고 염전 개발에 참여하게 하는 원동력이 되었다. 해방 전까지 자기 염밭을 넓혀가고 동료들의 협조로 소금 생산에 우등생 노릇을 할 수 있었다.

해방이 되자, 염전에 투자한 이들이 염전을 개인에게 분양해야 한다고 나서기 시작했다. 분양은 거저 나누어주는 게 아니었다. 흰 떡에도 고물이 든다고, 시가(時價)의 절반은 분양받을 사람이 내야 한다고 나왔다. 무상 분양이 아니라 땅을 매입하는 셈이었다. 허리 휘도록 개간 공사에 참여했고, 옹기점에 가서 사금파리를 져다가 바닥에 깔았다. 등짐을 져서 등창이 생길 지경으로 고생했다. 그렇게 몸이 부서지게 일해서 일군 소금밭이었다. 그런데 그 소금밭을 돈 내고 사라니, 경우가 아니라고들 들고일어났다.

김대성의 부친 김창혁은 유념해둔 돈이 있어서 자신이 예상했던 것 이상의 지분을 받을 수 있었다. 일을 주도한 덕도 있지만, 크게 보면 성실하게 일한 대가였다. 김윤길과 김창혁이 대염주에게 분양받은 염전이 말썽을 일으키기 시작했다. 분양이 불공평한 것은 물론, 소염주들의 땅을 헐값으로 돌려치기해서 자기가 몽땅 휘몰아 독차지했다고 불평이 들끓어 오르기 시작했다.

분규가 시작되었다. 김윤길과 김창혁 부자는 사람들을 모아 설득하고, 자기가 받은 염전을 다시 나누어주겠다고 제안했다. 그게 다시 말썽을 불러왔다. 떳떳하지 못하게 차지한 땅을 돌려준다는 핑계로 돈을 불려나가려는 꼼수를 부리고 있다는 것이었다. 피해자들이 대동단결 투쟁을 외치고 나왔다. 대동단결해서 염주를 타도하자는 목소리가 하늘을 찔렀다. 우선 억울했다. 배신감으로 치를 떨었다. 무리를 지어 달려드는 이들에게 꼼짝없이 당할 것만 같은 두려움에 편히 잠들 날이 없었다.

"아버지가 놈들의 음해에 맞설 방법은 무에였으까?" 김대성은 주먹을 부르쥐고 팔을 떨면서 윤종성에게 물었다. 쿨럭 기침을 내뱉었다. 안에서 분노가 치밀어 오르는 모양이었다.

"세월이라는 게, 그거이 흘러가면 세상은 바뀌는 법이지 않소?" 윤종성이 그렇다든 듯, 예에, 마지못해 응답했다.

"할아버지가 일당에게 타격을 입어 세상을 떴고, 아버지는 아무도 모르게 할아버지 시신을 지게에 지고 가서 뒷산에다 묻었소. 아버지가 할아버지한테 물려받은 염전은 황무지나 다름이 없었지. 겨우 열

살 되었던 때의 일이었지만, 눈앞에 보드끼 생생한 기억으로 남아 있지라. 뒤에 들은 얘기가 내 기억에 응집되기도 했을 것이기는 히여."

김대성의 부친 김창혁은 자신이 일해서 내려받은 땅이라 애착이 대단했다. 그는 이를 악물고 염전 일을 했다. 일꾼들 수당도 적잖게 챙겨주었다. 그러나 한번 뒤틀려 돌아간 인심은 되돌려놓을 가망이 거의 없었다. 김대성은 기억을 되살려 이야길 해나갔다.

"오늘처럼 펄펄 끓는 날이었는데, 그날 밤에 이웃 염전 패거리들과 한판 대결이 있었소. 이런 건 징그럽게 식상한 이야기지만, 이건 나이 어린 시절 맨눈으로 본 것을 이야기하는 것인게 나름대로 이해해주소. 당시 몇몇 염주 밑에는 적색분자들이 포진되어 있었제. 사람이 모이면 이해득실로 갈등이 생기게 마련 아닌가. 더구나 배고파 눈이 뒤집혀 하늘인지 땅인지 가리지 않는 이들에겐 손에 잡히는 것이 모두 병장기가 되는 법이라오."

낮에 찌는 듯이 더웠는데 밤이 들자 빗방울이 툭툭 떨어졌다. 그러나 비는 냉큼 쏟아지지 않고 비서리지를 해놓지 못한 일들 때문에 마음을 졸였다. 도솔산 숲에서는 꾹꾹이가 음산한 소리로 울어댔다. 김대성의 부친 김창혁이 염전에 나가봐야겠다고 옷을 챙겨입고 있을 때였다.

"방장떡 집에 있는가? 우리 시아버지가 곧 숨을 거둘 모양이여. 쇠돌이 아버지가 와서 쪼매 도와줘야 쓰겄는디……, 그 양반 안에 있당가?" 쇠돌이는 김대성의 아명이었다. 아무리 사람들이 무섭고 믿을 사람 없는 시절이라 해도, 사람이 죽어간다는데, 나 몰라라 하기는 인사가 아니었다. 김창혁이 대문을 열고 나가는데 아내 방장떡이 따라나와, 허리도 성치 않은 양반이 맨손으로 허적대며 가지 말고 지팽이 챙겨가지고 나가라고 떨리는 목소리로 말했다. 지팽이는 보신용 농장기나 죽창을 뜻하는 일종의 암호 같은 말이었다.

"대성이 너도 이거 가지고 따라가 봐라." 대성은 죽창을 받아들며 어머니를 쳐다봤다. 눈이 열기가 올라 이글거렸다. 김대성은 몸이 오그라드는 긴장감과 함께 어머니 뒤를 몇 걸음 떨어져 고양이 걸음으로 따라갔다.

아랫마을 검당리 입구에 이르렀을 때였다. 작은 동산처럼 가지가 우람하게 퍼진 팽나무 아래 시꺼먼 그림자들이 우중우중 서 있었다. 김창혁이 이쪽으로 오는 것을 본 염부 하나가 앞으로 나섰다.

"우리들 지분으루 받은 염밭을 우리들에게 돌려주어야 쓰겄소."

"그거 무신 개 풀 뜯어먹는 소리랑가? 지불 다아 끝났잖소."

"어허, 세상 무서운 줄 모르는 놈이고마. 개 풀은 너 같은 작자나 뜯어 처먹어, 썩을놈!"

무리들이 달려들어 김창혁에게 주먹을 들이댈 기세였다. 무리들 사이에는 김창혁이 믿고 함께 일을 도모하던 강충구의 모습도 보였다. 김창혁은 이런 날이 올 줄을 짐작하고 있었다.

"내 생애를 쓰는 글에서 윤 선생이 어떻게 다룰지 몰라두, 내가 당시 보고 들었던 이야기의 기억과 추리한 바에 따르면, 대개 이렇게 전개되었을 것 같소." 김대성은 대강 이야기를 이어갔고, 윤종성은 그것을 당시 상황대로 실감이 있게 재구성해서 기록해두었다.

"이노무 쌍녀리 자식들이 사람을 속여서 유인해 가지구설랑…… 그래 어쩔 겨?"

"꿇어앉아, 씨벌놈!"

"빨갱이들 앞에 내가 왜 무릎을 꿇는당가, 미쳤게."

옆에서 발길이 날아왔다. 김창혁은 몰려선 이들에게서 몸을 피해 나가기 위해 허리를 굽히고, 앞에 서 있는 놈의 배를 머리로 들이받았다. 상대방이 뒤로 나자빠지면서, 무리들이 우르르 몰려들어 김창혁에게 주먹을 날리고 발길질을 시작했다. 김창혁이 팽나무 옆으로 몸을 피하면서, 팽나무에 기대놓았던 죽창을 집어 들었다. 놈들이 멈칫멈칫 뒤로 물러났다.

친구 강충구로 짐작되는 한 놈만 주먹을 부르쥐고 김창혁에게 달려들었다. 김창혁은 상노무새끼, 이를 악물고 달려드는 상대방의 배에다가 죽창을 찔러 넣었다. 상대방은 억 소리와 함께 땅바닥에 나뒹굴었다. 그때 몸을 낮추고 있던 두 놈이 달려들어 김창혁의 옆구리를 머리로 들이받았다. 우둑 소리가 났다. 갈비가 부러진 모양이었다. 정신이 까뭇했다.

"꼬마야, 날 좀 살려다오."

"우리 아버지도 죽었어!" 김대성은 목구멍으로 올라오는 울음을 깨물었다.

"내가 네놈 낯짝 똑똑히 봤어." 피투성이가 된 몸을 뒤치면서 신음을 토해냈다. 김대성은 뒷짐에 숨기고 있던 죽창을 들어 상대의 목에다 찔러 넣었다. 피가 푹 솟아나면서 상대의 몸이 축 늘어져버렸다.

소나기가 세차게 쏟아지기 시작했다. 김창혁은 겨우 몸을 일으켜 쓰러진 놈이 죽었는지 확인하고는 끌고 가서 봇도랑에 던져 넣었다. 그러고는 꺽꺽 울면서 염전으로 달려가 사금파리 깔린 바닥에 사지를 뻗고 드러누워 소나기를 실컷 맞았다. 피울음을 토하면서였다. 김대성은 아버지의 피울음 소리를 듣고 덩달아 울었다. 김창혁은 집에 돌아와 자초지종을 아내에게 이야기했다. 김대성은 숨을 죽이고 아버지의 이야기를 다 들었다.

"오늘이 그놈, 아버지가 죽창을 찔러 넣어 죽은 놈의 제삿날잉게, 쇠주나 한잔 올려야 쓰겄구마. 그놈은 결국 내가 죽인 것이여."

"부친의 원수 제사를 지낸다는 말씀인가요?"

"원수지만, 아버지에게 살해당한 인간에 대한 회개에는, 아니 참회에는 말이시, 형식이라는 게 있어야 하느니. 그리고 그것은 부친이 세상을 뜨면서 내 손을 붙잡고 얘기한 것이라네. 당신이 죄를 다 씻지 못하고 가니 아들인 네가 죄업을 씻어달라는 부탁이었지라." 윤종성은 고갤 끄덕였다. 둘이는 한참 말이 없었다. 윤종성은 자신의 참회 형식을 생각했다. 떠오르는 게 없었다.

"그 이후, 자그마치 오십 년이나 되는 시간인데, 어떻게 사셨는지요?"

"윤 선생도 알겄제? 대를 이어 회개를 해야 허느니. 아무튼 부친이 물려준 염전은 나의 무덤인 셈이었지. 바다에서 소금 만들어내자면, 땅이 필요하고 인력을 동원해야 하는 작업인데, 그게 그리 호락호락한 일이 아니라네. 그러나 부친의 죄를 생각하면 염전을 떠날 수가 없었제."

"천일염을 계속하셨다는 뜻인가요?"

"천일염은 염질을 보장하기 어렵다는 한계가 있어요. 그래서 다시 시작한 게 자염이라는 천일염 이전의 전통적 방식으로 소금을 만들어 파는 것이었네."

윤종성은 자염 제조 방법을 알고 있었다. 그것은 김대성의 전기를 쓰는 데 필요할 걸로 짐작하고 공부한 결과였다.

천일염은 근대적인 제염법이었다. 그것은 한마디로 제국주의적인 생산 방식에 의존해야 했다. 토지와 자본을 중심으로 인력을 모으고, 그 인력을 관리하는 시스템을 동원해 운영한다. 한국처럼 식민지 치하에서 운영되는 제염업은 많은 갈등의 소지를 내포하고 있었다. 자본가와 노동자 사이의 갈등은 거의 필연적이었다. 더구나 이념분자들이 일으키는 쟁의에는 인간적인 윤리가 끼어들 틈이 없었다. 김대성의 부친 김창혁이 살인 죄인으로 둔세(遁世)의 삶을 살아야 하는 맥락에도 천일염 제염 방법이 인간을 배반한다는 생각이 깔려 있었다.

훗날 김대성이 전통적 제염법인 자염에 관심을 가지게 된 것도 그런 데 근거를 둔 셈이었다. 말하자면 전근대적 방식으로 근대적 제도의 무리수를 뒤집어엎는 전략이었다. 김대성이 그걸 알았는지 여부는 크게 문제 되지 않을 듯했다.

흔히 '소금을 굽는다'고 하는 말의 연원은 자염법에 있었다. 자염은 바닷물을 육지로 길어올려 거름장치가 된 지층을 인공적으로 조성하고, 그 위에다가 염수를 거듭 부어 농도를 높게 한 다음, 그 진한 소금물을 가마 얹은 쇠솥(철판을 구부려 용접해서 만든)에 붓고 불을 때서 소금꽃이 피게 하여 긁어모으는 방법으로 만들었다. 소금 만드는 장소를 염장이라 하고, 염장에는 공염장과 사염장이 있었다. 사염장은 물주에 해당하는 염막주와 경영자 염주로 구성되는 자본제적 생산구조를 갖추고 있었다. 제염 방법에 대한 자세한 이야기는 뒤로 미루기로 했다. 그것은 '전기'에 필수 요건이 아니었다. 고창의 소금 생산의 연원으로 거슬러 올라가는 것이 삶의 통합적 이해를 위해 필요한 조치로 생각되었다.

자염과 연관된 설화도 윤종성의 흥미를 돋우었다. 세상이 어수선하고 먹을 것 없는 백성이 삶의 희망을 잃게 되면 도둑으로 나선다. 굶주림에 시달린 나머지, 도둑이 떼로 일어나는 그런 과정은 세계적인 현상이었다. 방장산에 도둑 떼가 우글거렸다고 하지만, 도솔산 골짜기에도 사나운 도둑 떼가 진을 쳤다. 어느 골짜기에 도둑이 산채(山寨)를 구축하고 깃들이는 것은 주변에 먹고살 만한 사람들이 거드럭거리며 살고 있다는 뜻이었다. 이 두 집단의 갈등을 제대로 다스려야 사또의 명성이 높아진다. 사또가 그런 일을 잘 하지 못하면, 세상사 잇속과는 연을 끊고 살던 고승이나 대덕이 그런 일을 해냈다.

선운사는 백제 위덕왕 24년, 서력 577년 검당선사(黔黨禪師)와 신라의 의운국사가 창건하였다고 전한다. 신라 승려가 백제 땅에 와서 절을 세웠다는 것은 믿음이 덜 간다. 그러나 동양 보편문화로서 불교가 백제와 신라 양편에 함께 신앙되었다는 데는 의문이 없었다. 그리고 실제로 백제의 장인이 신라에 가서 가람을 일구고 탑을 세운 예가 있기도 했다.

아무튼 선운사 창건 당시 도솔산에는 토착 도둑들이 들끓었다. 백성을 괴롭히고 사찰에 침입해 기물을 부수고 물자를 절취했다. 얼굴이 숯덩이처럼 검다고 해서 '검뎅이'라는 별명을 가진 스님이 있었다. 스님은 육덕이 좋아 능히 도둑들 몇 놈과 맞서 이겨 도둑들을 굴복하게 했다. 도둑들을 회개하게 해서 양민으로 살아갈 수 있도록 방법을 마련한 게 바로 그 검당선사라고 한다. 회개한 도둑들이 살아갈 수 있는 방편으로 가르친 것이 소금을 굽는 일이었다. 선운사는 바다가 가깝고 주변에 숲이 울창한 산들이 펼쳐져 있어 자염에 필요한 땔감을 구하기 좋은 여건이었다. 검당선사가 제염법을 가르쳐 도둑을 속량(贖良)하게 했다는 점은 역사적으로 진위를 따질 일이 아니었다. 역사라기보다는 설화에 가까운 이야기였다. 도둑을 교화하여 소금이라도 구워 먹고살 수 있게 한 지도자의 표상으로 이해하면 그만이었다. 얼마 전까지만 해도 자염이 생산되면 선운사에 보은염(報恩鹽)을 시주했다고 한다. 아무튼 고창은 종교와 생업이 쌍전(雙全)을 이루는 역사가 살아 있는 고장이었다.

"말이 자염이지 말도 마소. 뼈가 휘고 근육이 늘어져 팔을 못 쓰게 될 만큼 고된 노동이 뒤따라야 소금을 얻게 되는 것이제. 그리고 그게 돈이 잡히는 일도 아니었네. 해서 자염으로 죽염을 만들자 하지 않았겄나. 그런데 이게 예상치 못한 큰 히트를 한 게라. 외국으로 수출도 히었고, 거 머시냐, 프랑스 게랑드 소금회사와 컨소시엄으로 공장을 세우고 죽염을 생산히서 세상을 소금물로 절이듯이 히야서…… 돈을…….” 김대성이 쿨럭 기침을 했다. 돈을 그렇게 모았다는 이야기였다.

“자염 죽염을 합쳐서 자죽염이라 했는데, 그기 세상에 알려진 건 말이네…… ” ‘자죽염’은 윤종성도 그 이름을 들은 적이 있었다. 그러나 그게 고창에서 생산되었다는 것은 금시초문이었다.

당시 육식은 조기 사망을 유도하는 저승사자라면서, 텔레비전과 라디오에서 채식 최고를 불어대던 때라서 죽염에 대한 기호가 급격히 증가했다. 자염으로 만든 죽염이 인기 절정으로 치달려갔다. 죽염으로 해서 돈이 몰려들어왔다. 김대성은 죽염 사업으로 들어오는 돈을 모아 자선에 쓰기로 했다. 선운사에 지원해서 검당선사 기념물을 세웠다. 그리고 검당리에 ‘소금박물관’을 건립했다. 소금박물관을 건설하는 데는 역사학자들도 참여했다. 역사학자들은 동양에서 소금, 철, 술 등을 국가에서 어떻게 다루었는가를 소상히 얘기했다.

중국 한나라 때부터 소금의 생산과 분배를 국가에서 관장할 것인가 개인에게 맡길 것인가, 격렬한 논의가 이어졌다. 이 논의에서 소금과 함께 철을 어떻게 처리할 것인가 하는 격론이 진행되었다. 그래서 책 이름이 『염철론(鹽鐵論)』이었다. 이천백 년 전 환관(桓寬)이란 이가 조정의 대신들이 벌인 철과 소금에 대한 열띤 논쟁을 기록한 책이 『염철론』이다. 백성들의 생업이 안정되어야 나라가 잘 굴러간다는 이야기 끝에, ‘학자가 농사를 지으면 나라가 망한다’는 아리송한 말도 적어놓았다. 학자는 학자로서 일을 할 수 있도록 나라에서 뒷받침을 해주어야 한다는 것이었다. 김대성은 최소한 고창 지역에서 이루어지는 각종 학술 활동을 이름 내세우지 않고 지원하기로 했다. 자기 이름을 드러나지 않게 하려고 농협에 돈을 위탁하고 김대성의 요청에 따라 지불하게 하였다. 때로는 고창의 문화단체를 통해 지원하기도 했다. 물론 익명이었다.

"물려받은 땅은 어떻게 운영하십니까?"

"거 뭐시냐, 자염, 죽염이 난리를 치는데, 천일염 염전이 뭔 필요란가 히어서, 처분하고 그걸로 산을 사서, 거기다가 척서암을 짓고 지내면서 오늘에 이르렀다오. 한데 인간은 쉬운 길을 선택하는 본능이 있는 모양이야. 자염이나 죽염은 고가품이 되다 보니까, 천일염을 못 당하지. 더구나 싼 소금을 중국에서 수입해다가 풀어 먹이니까 우리 소금이 장사가 될 턱이 없지 않겠남. 한철 장사려니 생각하고, 손 반짝 들고 접었제에."

둘의 이야기가 끝나갈 무렵 해서 석양이 붉게 타올랐다. 윤종성은 '저녁놀 빈 하늘'을 생각하고 혼자 웃었다. 노을이 부어져 하늘에 선혈이 가득한 그 장관을 '빈 하늘'로 무의식하게 노래하는 건 문화감각의 망실이라는 생각이 들었다.

"알랑가 모르겄소만, 윤 선생이 멈칫거리고 있길래 윤 선생이 소원하던 범종은 내가 주문했소." 윤종성은 저런! 속으로 반탄식을 했다.

"범종을 어르신께서 주문하신 건 저를 배려한 조처라 생각됩니다만, 제가 범종 공부할 기회를 빼앗은 거나 다름이 없습니다."

"쇳물 녹이는 불가마에라도 들어갈 요량이었나?" 김대성이 혀를 클

클 찼다. 소신공양은 몸을 불살라 없애는 게 아니라, 몸에 불을 붙이되 몸이 다 타지 않은 상태에서 금분을 입혀 부처로 모시는 거라면서, 몸이 남아야 남들이 참회의 고뇌를 알고 손을 모은다는 것이었다. 그러고 보니 소설가 김동리의 '등신불(等身佛)'도 불길이 치솟는 중에 몸이 기우뚱 기울어지는 시점에서, 숨이 지고 그 시신에 금분을 입혀 부처로 법당에 앉힌 불상이었다. 윤종성은 등으로 불길이 지치는 것 같은 통증을 느끼며 주저앉았다.

겨우 숨을 고른 후, 김대성을 따라 자갈길을 걸어 척서암으로 돌아왔다.

그날 소나기는 내내 내리지 않았다. 숲은 안개가 감도는 듯한 산그늘 속에 숨죽이고 있었다.

윤종성이 김대성과 척서암으로 올라왔을 때였다. 건물을 세우는 공사장 한 편에 트럭이 들어와 있는 게 보였다. 트럭 위에는 한 무리 노동자들이 목재 위에 앉아 있었다.

"저런 저런 쳐죽일 놈들." 김대성이 소리를 지르는 사이, 트럭은 척서암 앞마당을 빠져나갔다. 마당에 자동차 배기가스가 안개처럼 피어올랐다. 집을 세우던 골조 목재를 몽땅 싣고 달아나버린 것이었다.

"술이라도 마셔야지 펄펄 뛰다가 고꾸라지겄구마."

그 광경을 비끄름한 눈길로 바라보고 있던 구시떡이, 이히히 이히히 낄낄거렸다. 금방 웃음을 그치고 주방으로 들어가 술상을 보아 내왔다. 마당에 펴놓은 평상에 자리를 잡고 앉았지만, 모기 때문에 몸이 편치 않았다. 윤종성은 쑥대를 휘둘러 모기를 쫓았다.

"사람이 집에 있으면 메라도 조치를 히야 쓰지, 손발 묶어놓은 것 맹키로 눈 또록거리면서 지켜보아야 쓰겄는가."

"그런 소리 하지 마소, 철메 들쳐메고 와서 죽을라먼 소리 질러! 왜 장치는 놈들 앞에 낸들 어이 목숨 내놓고 덤벼들게 생겼습됴. 아구아구 내 신세야……. 이히히." 긴 사설을 읊어대는 구시떡에게 김대성이 소주 한잔 가득 부어 밀어주며, 이넘 입이 방정이제, 미안하오. 사람 안 다친 게 천행이요. 울음 그치소, 그렇게 구시떡을 구슬렀다.

윤종성은 쑥대를 휘둘러 모기를 쫓으면서, 김대성이 일어나자는 이야기를 기다렸다.

"전에 일꾼들 이름과 연락처는 적어놓으셨습니까?"

"우즈베키스탄이라던가 카자흐스탄이라던가 거게 일꾼들인디, 자기들이 알아서 오고 알아서 간게 내가 이름을 뭘라고 적어두겠나." 외국인 노동자 아니면 식당, 건축공사 어디라 할 것 없이 나라가 돌아가지 않을 정황이었다.

윤종성은 망설이다 입을 열었다.

"저어, 검당선사께서 어르신 욕망의 악귀 몰아내려고 마군을 보낸 모양입니다."

"사람이, 어허, 속 달랠 이야그를 히도 거시기할 긴데, 속을 뒤집어? 욕망의 악귀라? 내가 집 몇 채 지어 사람들 모이면 회의도 하구, 소리 연습도 하구, 또 뭣하면 불경 공부도 히보라고, 그런 뜻을 두어 집을 지으려 했던 것인디, 그기 무엇이 욕심이랑가?"

"시혜도 욕심입니다."

"사아람이 아주 도를 통달한 것 모양으루다가 날 겁박히여?"

"두고 보세요, 제 이야기하실 때가 올 겁니다."

윤종성이 나오면서 집을 세우는 공사를 하던 대지(垈地)를 둘러보았다. 이 층을 올리려고 골조를 세운 것 말고는 목재 기둥이며 들보, 도리, 서까래 할 것 없이 싸그리 쓸어간 뒤였다. 척서암의 여름은 원한에 대한 보복으로 저물어갔다. 김대성에게 염장 지르는 소리는 뱉어냈지만, 뒷감당은 염두에 둔 게 아니었다. 그건 어찌 보면 분노를 조절하지 못하는 부덕이기도 했다.

"제사는 어떻게……."

"집에 도둑이 들어 난린데……. 그걸로 액땜했다 치고, 액땜했으먼 그기 제사 한가지 아니겠소." 윤종성은 그렇겠다 싶어 고개를 끄덕였다.

뙤약볕으로 달궈진 대지는 저녁이 되어서도 몸이 찐덕거리고 호흡이 불편할 정도로 열기가 식지 않았다. 달궈진 백사장을 거쳐 숲으로 불어오는 바람은 그런대로 서늘한 기운을 머금고 있었다. 멀리 구시포 쪽에서 폭죽을 터뜨려 불꽃이 공중에 찬연한 빛깔로 꽃무늬처럼 일어났다가 사라지곤 했다.

12

오동나무 뜰아래

험악한 시대는 영웅을 요구한다네.
아니지요,
험난한 시대일수록 백성이 숲처럼 싱싱해야지요.

백성들에게는 이념이나 금전보다 소리가 더 소중해서
흥겹고 신나는 한 자락 소리판에서는
너도 나도 그저 그렇게 미련하고 현명한 백성일 뿐

백성들아, 내가 그대들 앞장서서 꽹과리 울리리
쇳소리 숲에 어우러지거든 잠시 눌러두고
수리성 청을 돋아 한을 삭이고
해동청 보라매 수리를 날리세, 하늘 높이

무지렝이 백성의 선생도 선생은 선생이라서
사랑하는 제자 멀리 보내고
밤새워 먹을 갈아 편지 써서, 보낼 길 없는 편지 써서
하늘에 날리니, 솔개 편지 물어다가 한양에 전했어라.

먹이나 갈던 젊은이들 무릎 꿇고 선생 우러러
소리가 하늘 넘어가는 소리, 그 너머 어리는 구름
이 또한, 어려운 시대 선생의 표상 아니던가 몰라.

진정언 시인의 집으로 거처를 옮긴 윤종성은 척서암 지역과는 다른 숲을 볼 수 있었다. '나무꾼 시인'답게 자기 땅에다가 마음에 차는 나무를 마음껏 심어 가꾼 결과였다. 진정언 시인에게 회갑 지나면 나무 안 심는다는 육십부종수(六十不種樹)는 한갓 농담에 지나지 않았다.

대문 앞에는 벽오동 두 그루가 널찍한 잎을 너울거리며 서 있었다. 그 밑으로는 향내 나는 측백나무가 줄을 지어 서서 담을 이루었다. 산록을 향해 올라가는 길옆으로는 마가목나무, 붉나무, 백합나무(튤립나무) 등을 심어 제법 높이가 있는 숲으로 자라는 중이었다. 사이사이 꾸지뽕나무를 심어 앙바탕하게 가지를 뻗었다. 꾸지뽕나무 큰 놈에는 담홍색 열매가 열려 선정적 분위기를 자아냈다. 잎이 뽕나무를 닮아 보였다. 가지가 길게 옆으로 뻗어나가 넉넉한 모양으로 휘어져 있었다. 굵은 줄기는 활(弓)을 만드는 재료로 쓰기도 했다고 전하는 나무다.

"그기, 꾸지뽕나무라 하는 것이 동리선생 〈치산가〉에도 나오느니." 예전에는 꾸지뽕나무 잎으로 누에를 치기도 했다면서, '고물고물 채소 놓아 반찬 값을 내지 말며 꾸지상목 치례하여 일시잠농 힘써 하소' 그런 구절이 나온다는 것이었다. 윤종성이 뒤에 확인한 바로는, 남계인 교수가 옮긴 신재효 가사 가운데, 〈치산가〉에 기록되어 있는 구절이었다.

동리선생이 소리에 빠져 다른 일 다 제쳐놓고 몰입하는 그런 인물이 아니라는 이야기였다. 세상사 두루 통찰하는 가독(家督)을 잘하는 어른이었다. 중인 출신답게, 유미주의 예술관 저쪽을 지향하는 것이었다. 예술의 자기성찰의 기능에 충실했던 예술가이며 학자 겸, 건실한 치산가가 동리 신재효의 진면목이었다.

전에 백파율사 비문을 해독해달라고 한학자 허건보를 찾아갔을 때, 약탕기에다가 꾸지뽕나무 뿌리를 달이고 있었다. 당뇨 치료를 위해 꾸지뽕나무 달인 물을 마신다는 것이었다. 그러나 줄기에 달린 가시가 뽕나무보다는 탱자나무를 연상하게 했다. 이른바 위리안치(圍籬安置)라는 게 유배 간 죄인을 탱자나무 울타리 안에 처넣어 바깥출입을 못 하게 하는 형벌이었다. 추사가 제주 대정으로 유배를 당해 생활한 공간이 그 탱자나무 울타리로 둘러싸여 있었다. 그런 처지에서도 학동들이 몰려와 그들을 받아들여 교육사업을 했다. 추사는 '성인이 머무는 곳이 어찌 누추하겠는가', 그런 믿음이 있었던 모양이었다.

산 능선을 향해 조성한 길가에는 싸리나무가 꽃을 달고 관목숲을 이루고 있었다. 진정언 시인은 싸리나무에 홈빡 빠져 지냈다. 나무에 대한 남다른 감각이었다. 억새숲에서 겨우 몸을 내밀고 보라색 꽃을 달고 휘늘어지는 싸리나무를 보고, 천공에 궁륭으로 걸린 무지개, 홍예를 생각하는 발상이었다. 윤종성은 진정언 시인이 그린 〈무지개 숲〉이라는 그림을 보고 싸리나무가 시가 되고 그림이 되는 것을 알았다. 그것은 작은 존재에 대한 애정이 빚어내는 감각의 파노라마였다. 윤종성은 자신의 시가 너무 외골수로 나가는 게 아닌가, 스스로 경계하는 편이었다.

싸리숲 옆으로 오동나무가 널찍널찍한 잎을 달고 우람하게 자라 올라갔다. 그 옆으로 어린 오동나무가 굵은 줄기를 후밀끈하게 빼 올리면서 자라고 있었다. 잎의 크기로만 한다면 오히려 어린 나무가 한결 넓고 여유로워 보였다.

마침 아침 산책을 나갔던 진정언 시인이 산길을 내려오고 있었다. 부친을 따라 내려오는 딸 진수향(陳樹香)이 반갑게 인사를 했다. 프랑스 브르타뉴 지역 낭트대학에서 디자인을 공부하고 있다고 했는데, 방학이 되어 집에 와 있노라고 했다. 뒤에 안 일이지만, 한국에 선교사로 왔던 리델 주교 또한 브르타뉴의 낭트 출신이었다. 세상은 멀고도 가까운 인연으로 얽혀 있었다.

"어머, 오늘 라포레가 고창 온다고 했는데, 같이 안 만나요?"

"그래요? 따로 연락 없었는데……."

"선운사 백파율사 비문 번역해달랬다면서요? 그런 일이면 허건보 선생이 있지 않나?"

"그렇지 않아도 허 선생께 부탁을 해놓았습니다."

"라포레 오면 연락할게요." 진수향은 블라우스 자락을 날리면서 숲길을 가벼운 걸음으로 걸어 내려갔다. 뒷모습이 청초한 들꽃 같다는 생각을 하고 있을 때였다.

"이 오동나무란 게 말이시, 저 아그 태어났을 때 심은 거라네. 이자 이십 년이 되어가는고만." 진정언 시인은 딸을 낳으면 오동나무 심는다는 이야기를 했다. 오동나무는 성숙이 빨라 심은 지 이십 년이 되면, 베어서 장롱 짤 만큼 자란다고 했다. 딸과 동갑인 그 나무를 베어, 딸 시집보낼 때 오동장(梧桐欌)을 짜준다는 것이었다. 오동장에 놋장식을 달면 제격인데, 옛 시절 여인네들은 가구에 세월을 새겨 넣으면서 살아간다는 거였다. 마른 행주로 인고의 세월을 견디듯, 오동장을 닦아주면 오동나무 나뭇결이 돋아나고 주석 장식은 햇살을 뿌리며 빛난다는 것!

라포레와 민속박물관에 갔을 때였다. 조선시대 규방을 꾸며 전시한 '생활공간'이라는 코너에서였다. 아낙들이 쓰던 가구 가운데 '화초장'이 장식되어 있었다. 화초장은 〈흥부가〉의 한 대목을 연상하게 했다. 라포레가 윤종성에게 다가와 손을 잡으면서 말했다.

"무슈 윤, 가구가 저렇게 아름다울 수가 있어? 저건 가구를 넘어 한 편 시야. 보들레르의 시 「여행으로의 초대」에 그런 구절이 나와. 사랑하는 사람과 멀리 떠나 살면서 '우리들 방은 세월에 닦여 반짝이는 가구로 장식'하자는 거야. 아마 꼭 저런 가구였을 것 같아. 안 그래? 한국에는 세월에 닦인 물건들이 많아." 라포레는 핸드폰을 열어 불어로 된 해당 구절을 윤종성에게 보여주었다. 아름다움은 세월에 닦여 제

모습을 드러내는 것이었다. 윤종성이 전에 읽은 적이 있는 시행들이었다.

윤종성은 자기 핸드폰으로 그 시 전문을 옮겨달라고 했다.

“숲은 말이야, 잡성스런 생각을 지워주지. 숲에 들어오면 시 쓰고 싶은 생각 없어지는 게라.” 어느 시인의 표현대로 ‘숲은 자애롭다.’ 자애로운 숲은 언어를 지우면서 자신을 키워간다. 나무의 키는 언어 넘어 저쪽일지도 모를 일이었다.

“왜 그렇지요? 그 반대 아닌가……. 시가 저절로 써지는 건 아니고?”

“숲이, 나무가 그게 시인데 하잘것없는 언어로 뭔 시를 쓴다고 헛짓을 할 일이 없느니.” 나무가, 숲이 시라는 이야기는 사실 현실성이 떨어지는 ‘언어 저쪽’이었다. 윤종성의 관심은 지적 긴장을 동반한 자기 단련과 인식을 통해 속죄를 하는 것이라서, 진정언 시인의 입장을 그대로 수용하기 어려운 구석이 있었다. 윤종성은 화제를 다른 데로 돌렸다.

“오동나무와 벽오동이 어떻게 다른가요?”

“벽오동에는 봉황이 깃들고, 참오동은 오래 묵어도 소리를 간직하는 법이라. 그 중간에 개오동이라는 게 있지라.” 윤종성은 엉뚱하게도 일본 왕실의 엠블럼을 생각하고 있었다. ‘국화와 칼’ 그리고 오동, 사무라이, 김창혁이 배에다 죽창을 쑤셔 넣어 죽였다는 강충구, 부친이 죽인 인간 제사 지내주는 김대성…… 그 생애를 서술하기 위해 시를 동원하는 것은 분위기 잡는 ‘서곡’에 불과할 것 같았다. 생각이 종잡을 수 없게 뒤엉켜 흩어졌다.

진정언 시인은 숲을 '시림(詩林)'으로 삼고, 윤종성은 숲에서 죄의 씨앗을 캐내고 있었다. 벽오동과 오동을 노래한 시조가 떠올랐다. '벽오동 심은 뜻은 봉황을 보려터니…….' 그런 작품과 '오동에 듣는 빗발……'로 시작하는 시조 작품이었다. 오동은 천년을 묵어도 노래를 간직한다는 상촌 신흠(申欽)의 구절도 떠올랐다.

아무튼 오동은 개오동이든 참오동이든 옛 시인들의 시구절에 인용되는 나무였다. '오동추야 달이 밝아……' 하는 민요 가사도 있기는 했다. 윤종성은 오동과 연관된 자료를 핸드폰에 모아서 저장했다.

연락도 없이 라포레가 고창에 온다는 게 마음이 쓰였다. 정꽃소리는 같이 오는 것인가? 인연으로 치자면 참으로 희한하게 얽히는 인연이었다. 진수향이 브르타뉴 지역의 낭트대학에 유학하고 있다는 것도 예사롭지 않은 인연이었다. 예사롭지 않다는 것은, 무슨 섭리 같은 것이 훤화(喧譁)의 세상 저 위 어딘가에 존재한다는 암시처럼 생각되기도 했다. '섭리'는 언어를 뛰어넘는 초월적인 영역에 속하는 듯했다. 그러나 그것은 진리는 아니었다.

그렇다면 관산대학교 엠블럼에 '진리는 나의 빛'이라고 새겨 넣은 것은 피상적 과학주의 선언일 뿐인가. 윤종성은 혼란, 그 자체가 깨달음으로 가는 길이라고 하던 무법(撫法)스님의 얼굴이 떠올랐다. 이성주의자들에게 '혼란'은 죄나 다름이 없다. 혼란 그 자체가 죄인 셈이다. 윤종성은 확고한 신념을 강조하던 아버지가 그리웠다. 아버지는 자기가 갖추지 못한 신념을 지니고 살았다.

'벽오동 찻집'에서, 한학자 허건보 선생은 윤종성을 기다리고 있었다. 백파율사 비문 해석을 부탁한 후 잊고 있다가, 라포레가 고창에 온다는 바람에 부랴부랴 만나자고 했던 터라서 염치가 없었다. 허건보 선생은 준비 다 해놓았으니 벽오동 찻집에서 만나자 했다. 그런데 라포레가 먼저 와 있었다. 허건보 선생과 라포레는 아직 인사를 나누기 전인 모양이었다. 서로 등을 돌리고 앉아 있었다.

"인연은 인연인 모양입니다. 약속하지 않고도 만나지니……. 두 분이 인사하세요."

"나 고창 사는 허건보라고 하오." 두 손을 맞잡아 공수례를 하면서 고개를 가볍게 숙였다.

"엉샹떼(반갑습니다)." 라포레는 허건보에게 달려들어 허그를 하면서 볼을 들이댔다.

"나라마다 풍속과 예법이 다르지만, 아무커나 그리도 한국에서는 한국식으로 인사를 히야 쓰제." 허건보의 얼굴이 달아올라 보였다. 라포레는, 엑스뀌제 무아(죄송합니다) 하면서, 합장하고 고개를 숙였다. 허건보와 윤종성이 빙긋이 웃었다.

"이 친구가 백파율사 비문 번역해달라고 했던, 프랑스에서 한국에 와서 불어 가르치다가 학생이 된 그 아가씨입니다." 허건보가 반갑다면서 지갑에서 명함을 꺼내 건네주었다. 라포레가 명함을 들고 앞뒤로 뒤집어 보았다. 명함 뒤에는 이런 구절이 적혀 있었다.

山不在高 有僊則名

水不在深 有龍則靈

“산부재고 유땡즉명, 수부재심 유용즉땡……. 땡땡 두 글자는 못 읽겠어요.”

“앞의 것은 신선 선(仙) 자를 대용하는 것이고, 맨 끝 글자는 신령 령인데, 요새 ‘영끌’이니 뭐니 하잖여, 이상한 조어법인데 ‘영’혼까지 ‘끌’어다가 부동산 투자한다잖여, 말재주로 보면 재미있고, 한국말 망친다는 생각도 들고…… 아무튼, 그기 당나라 시인 유우석(劉禹錫, 772~842)의 「누실명(陋室銘)」에 나오는 구절이제. 공자에서 왕양명으로 이어지는 군자의 삶에 지침이 되는 구절이라오. 추사선생도 그 구절을, 아니 누실명을 쓰면서 위리안치의 곤고한 삶을 견뎌낸 것이요. 군자가 거하는 처소에는 그 덕으로 향기가 그윽이 번진다 하오. 쩌어그 말하자면 주체의 품성이나 덕이 환경의 의미를 매김한다고나 할까, 그러니까 아무리 숲에 숨어들어 산다고 히도, 덕이 없으면 숲만 더럽힐 뿐인 것이여. 여그 고창에도 그런 인물이 있어라. 뭐랄까…….” 허건보의 이야기가 척서암의 김대성을 향하고 있는 듯했다. 윤종성은 라포레에게 눈짓을 해댔다.

“불란서 아가씨가, 아니 교수라 했던가, 어째 백파율사 비석까지 관심을 갖는다요?” 허건보가 라포레를 쳐다보면서 물었다.

“말입니다, 한국에 와서 공부하다 보니까 언어의 단층 같은 것을 느끼게 됩니다. 근대화 이전의 공용어는 한문으로 기록되어 있습니다.

후학들이 도저히 읽을 수가 없습니다. 백파율사 비문만 해도 많은 이들이 번역했는데 내용이 잘 안 들어와요. 그래서 믿을 만한 분한테 번역을 부탁드린 건데, 추사 김정희나 백파율사나 18세기 말에서 19세가 중후반에 산 사람들이지 않아요? 프랑스로 친다면 샤를 보들레르가 시를 쓰고, 귀스타브 플로베르가 소설 쓰던 그 시대 사람들인데, 그들이 손으로 휘둘러 쓴 것 말고, 프린트된 글들은 지금 우리가 읽는 데 아무 지장 없잖아요. 그런데 요새 한국에서 한문 읽는 사람이 어디 있어요. 당시도 마찬가지였겠지만. 그러니까…… 시각이 편벽되어서, 한문 아는 자기 편 아니면 무조건 배척하는 속 좁은 인간들이 된 거라구요. 또 말이지요…….” 라포레는 자기 이야기를 계속하고 싶은 모양이었다.

“당시 한문은 동아시아 교양의 보편성이랄까 그런 문화자본이었지라. 중국과의 국제관계 속에서도 한문이 매개가 되었던 거고……. 외세에 대한 배척은 자기를 지키기 위해 어쩔 수 없는 선택이었을 겁니다.”

“외세? 당시 동학에 대해서도 시각이 왜곡되어 있었어, ……요. 한문으로 무장한 인간들이 외세를 널리 수용하지 못하는 것은 그렇다고 해도, 동학교도를 동비(東匪)니 비적(匪賊)이니 하는 것은 내부에 적을 만들어 자기들 동질성을 공고히 다지기 위한 이념적 책략 아닌가 모르겠어요. 그리고 자기 나라에 난리가 났으면 자기들이 평정을 해야지 왜 중국을 끌어들여요? 한문 그거 중국어 아녜요? 중국어를 쓰는 조선은 정당한 의미의 국가라 하기 어렵지요. 프랑스 선교사 잡아다가 처형한 것도 그래요." 그렇다니? 윤종성은 허건보를 흘금 쳐다봤다. 그는 그저 보살처럼 빙긋이 웃으면서 둘의 이야기를 듣고 있었다.

"내가 말이 많았소. 산중인유지자락(山中人唯智自樂), 산에 사는 사람은 스스로 그 즐거움을 알고 있다 했소만."

"하기는, 천하사부재다언(天下事不在多言), 천하의 일은 많은 말로 되는 게 아니라지요."

"오늘 젊은 친구 만나 내 기분이 연비어약(鳶飛魚躍) 하늘로 솟아오르오"

"과찬의 말씀입니다."

라포레가 둘을 번갈아 쳐다보면서 비싯비싯 웃었다. 둘이 서로 지적인 우월감에 빠져 있다는 듯한 표정이었다.

"이건 내가 비문을 번역해본 것이고, 탁본 원문은 내가 지니고 있기로 했소. 그 원문 내용은 내가 컴퓨터에 입력해놓았으니 필요하면 연락하소."

"너무 고생하시게 해서 죄송합니다. 그리고 고맙습니다."

"별말씀을, 그런데 비문과 관련해서 궁금한 게 뭐랑가?"

"이런 말씀드려도 될지 모르겠는데요. 요즈음 한국에서 추사를 너무 칭찬하는 거 같습니다."

"너무 칭찬하다니? 과유불급이랬으니 그렇기는 하지만……."

"추사가 뜻밖으로 자아가 너무 강해서, 오기로 가득해놓으니까, 사태의 추이를 제대로 바라보지 못한다는 점인데요, 제가 본문 다시 읽어보고 말씀드리겠습니다." 허건보는 좋도록 하시오, 하면서 라포레의 의문에 대해서는 별 관심이 없어 보였다. 라포레는 추사의 학문적 혹은 예술적 패기에 대해서는 박수를 보낼 만하지만, 백파율사나 추사 자신 같은 인텔리겐차 말고는 다른 이들은 깡그리 무시하는 것 같은 태도가 문맥에서 감지되어 왔다. 확증을 잡기는 어려웠다. 그것은 사실 증거의 문제라기보다는 일종의 '문체'의 문제인 것 같았다. 백파와 자신의 문답에 대해 사람들은 이해 못 한다는 게 특히 그랬다. 백파스님과 추사 두 사람만 아는 진실이 과연 공적 의미를 지닐 수 있을까, 윤종성은 라포레의 관심에 공감하는 편이었다.

점심은 '청보리식당'에서 먹었다. 민어가 제철이니 민어회 한 접시 하라고 주인이 권했다.

"불란서 아가씨, 남친한테 민어 사달라고 허리끈 잡고 늘어지기도 하고 그러야제."

"이 댁에 지평막걸리 있습니까?" 윤종성이 마담에게 물었다. 마담은 요새 그게 대세라면서 없으면 사다 주겠다고 했다.

"저 경기도 양평, 지평리 전투에서 프랑스 군인들이 공을 세우기도 하고 희생자도 많았어요." 라포레는 성호를 그었다. 허건보는 재미있다는 듯이 판 돌아가는 형편을 관망하고 있었다.

"무슈 윤, 이거 쪼매 보아야 쓰것소." 전라도 말을 흉내 내는 라포레의 콧등에 주름이 잡혔다. 깻자국 콧등에 잡히는 주름이 귀염성 있어 보였다. 왼손 손끝이 짜릿하게 긴장되었다. 『신재효 잡문집』이라는 책을 들이밀었다. 한번 읽어보라면서 펴 보이는 면에는 이런 내용이 기록되어 있었다.

서양 되놈이 무부(無父) 무군(無君)한 천주학(天主學)을 자기 나라에서나 할 것이지 단군(檀君)과 기자(箕子)에서 비롯되어 충효 윤리를 밝히는 우리나라를 왜 엿보느냐.

서양이 군사를 일으켜 우리나라를 침범하였다가 방수성(防水城)에서 불에 타 죽고 정족산성(鼎足山城)에서 총에 맞아 죽고 겨우 살아남은 목숨들은 구명도생을 위하여 급히 도망한다.

'괘씸한 서양 오랑캐'라는 제목이 붙어 있는 짧은 단문이었다. 천주교 박해와 병인양요 혹은 병인박해를 신재효 나름으로 평가한 것이었다. 라포레가 이 이야기를 꺼내는 데에는 뭔가 속에 뒤틀린 게 있는 듯해서 마음이 쓰였다.

"초기 한불 관계에서 양국의 충돌로 사람이 죽은 건 변명의 여지가 없겠지. 그러나 이는 문화의 차이 혹은 문명의 충돌이라는 큰 관점에서 보아야 하지 않을까."

"자기 문화를 지킨다는 핑계로 남의 나라 사람을 마구 잡아 죽여도 되는 거야?"

"국가란 체제 안에서 인간은 이성적 존재가 아냐. 국가주의에서는 타도 대상인 적과 나와 피를 나눈 동지만 존재하게 돼. 동리선생 입장에서 봤을 때, 당시 국가이념으로 한다면 서양은 오랑캐고 되놈들이고 그런 거야. 그리고 남의 나라 쳐들어온 적군을 무작정 받아들여? 그런 나라 봤어? 같은 나라 사람들도 나라 둘러엎으려고 일어나면 총칼로 무찌르는 거야."

"한국에서 죽은 프랑스 사람들을 위해 기도하는 인간 못 보았어."

"인간이란 말은 그렇게 쓰는 게 아냐. 아무튼 한국에는 불문학자가 쌓였고, 프랑스 공부하는 학생들도 엄청 많아. 그들이 다 프랑스 위해 기도하는 거야. 샹송 부르는 것도 프랑스 위해 기도하는 거란 말야. 150년 전 왕조 시대 사건을 두고, 지금 와서 무얼 어떻게 사죄하고 속죄하란 말이지? 사죄에는 때가 있어." 윤종성의 목소리가 과도하게 커졌다.

"아냐, 한번 저지른 잘못은 해결하고 넘어가야 해. 프랑스 사람도 한 맺히면 무서워." 윤종성은 고개를 저었다. '한(恨)'이란 가볍게 이야기할 수 있는 정서 항목이 아니었다.

역사의 강물은 은원(恩怨)이 뒤섞여 흐르게 마련이다. 국제관계에서는 적과 동지가 따로 없다고도 한다. 윤종성은 6·25 때 한국전쟁에 참여했던 프랑스 군인들을 생각하고 있었다. 윤종성이 태어난 부론 근처의 원주 '문막 전투'에 대해 이야기하는 걸 자주 들어서, 전투의 참상을 잘 알고 있었다.

아무튼 프랑스에서 한국전쟁에 파병되어 온 젊은이들의 희생은 컸다. 이백예순 명 넘는 젊은이가 전사했고, 실종자 일곱 명, 포로 열두 명, 부상자 천여덟 명에 이르는 엄청난 인명피해를 입었다. 유엔군으로 참전했으니 종교와는 관계가 없는 일이었다. 개인과 역사의 연기적 관계의 그물망은 실로 해명이 안 되는 비의(秘儀) 같은 것이었다. 어설프지만 라포레의 속마음을 얼마간 헤아릴 수 있겠다 싶었다.

"사람들이 말하는 한은 한국 고유의 어떤 정서가 아냐. 간단히 이야기하면 한이 맺히고, 그 한을 지니고 괴롭게 살아가고, 그리고 그 한을 풀어가는 과정 전체를 한이라 하지. 결한, 지한, 해한의 과정을 거치는 거야. 그 과정에서 인간은 성장한달까 깨달음을 얻는달까." 윤종성은 결한(結恨), 지한(持恨), 해한(解恨) 그런 단어들을 메모지에 써서 라포레에게 넘겨주었다. 라포레가 그 단어들을 읽고 있을 때, 허건보 선생이 출입문을 열고 뒤를 돌아보며 손을 흔들어 보였다. 라포레가 달려가 인사를 했다. 그리고는 자기도 허건보의 손 기척을 따라 손을 흔들었다.

"사실은 손가락 시술한다고 해서 걱정했어. 현대 기술은 어떻게 믿어? 손가락은 아무 일 없이 잘 움직이나?" 라포레가 윤종성의 왼손을 끌어다가 손가락을 하나하나 만져보면서 통증이 없는지 재쳐 물었다. 사실 문제가 없는 것은 아니었다. 처음 손가락이 없어졌을 때는 있던 손가락의 기억 때문에 손이 자꾸 헛놓였다. 그러데 손가락을 이어놓으니 손가락 없을 때의 감각이 기억으로 남아 있어 손이 헛짚어지곤 했다. 라포레가 윤종성의 손을 잡고 어루만지고 있을 때, 전화가 울렸다. 정꽃소리였다.

"정꽃소리? 어떻게 된 거야?"

"어떻게 되긴, 나도 촉이 있거든." 라포레와 정꽃소리가 윤종성을 골탕 먹이기 위해 벌이고 있는 연극은 아닌가 하는 생각이 들었다. 촉이라니…….

"사실은 말야, 취재차 내려왔는데 라포레도 같이 왔더라면 좋았을

걸." 전화기에서 새어 나오는 소리를 라포레가 들은 모양이었다. 라포레가 손가락을 들어 입에 대고 쉿 소리를 냈다.

"오빠야, 지금 고창 버스터미널인데 우리 팀 과제 때문에 진채선 생가에 가봐야 해. 차편 도와줄 수 있어?" 대학에 남아 있는 친구들은 다음 학기 강의를 준비하기 위해 부지런히 움직이고 있는 모양이었다. 고창에 내려와서 하는 일이 과연 죄를 씻는 과정이라고 할 만한 것인지 의문이 들기 시작했다. 먹고 자는 문제를 해결하고 손을 고치는 일, 등록금 마련하는 것 등 많은 혜택을 받는 게 사실이었다. 그것이 김대성의 자서전을 써주는 데 대한 반대급부로 정당한 것인가, 그 역시 고개를 돌리게 했다. 한 학기 안에 일을 끝내고 캠퍼스로 돌아가고 싶은 생각이 안에서 치밀고 올라오는 중이었다. 윤종성이 멈칫거리고 있을 때 라포레가 나섰다.

"뭔 생각이 그렇게 많아. 운전 내가 하면 되는데." 믿어도 돼? 윤종성을 그렇게 물으려다가 뒤로 물러섰다. 그리고는 운전을 라포레에게 맡겼다.

"믿음이 없으면 사람은 의혹에 흔들리는 거야."

"믿음? 신앙?"

한국인에게는 종교적 심성이 곡진하게 내면화되어 있다고 오인준 박사는 이따금 이야기하곤 했다. 한국에는 다양한 종교가 혼재되어 있지만, 종교 때문에 전쟁을 하지 않는다는 것이다. 그것은 정신적 포용력이라고 했다. 윤종성은 생각이 달랐다. 윤종성이 읽은 책들은 한국인의 심성 가운데 포용력보다는 배타적이고 파당을 만들기 잘한다는 주장이 다수였다. 파당을 짓는다는 것은 적을 만들어야 자신의 존재 이유가 확고해진다는 뜻으로 이해되었다.

"동리선생이 진채선에게 노래 가르쳐서 당시 정권 실세인 대원군에게 올려보내 노래하게 했다면서? 권력에 빌붙는 행위 아냐?" 이야기가 어디로 튈지 알 수 없는 정황이었다.

"전체를 봐야지. 당시로서는 음악인들이 독립할 수 있는 여건이 전혀 없었거든. 더구나 여성이 소리를 한다는 건 생각지도 못한 일이었어. 그런데 동리선생이 그걸 해낸 거야. 아무튼 권력 자체를 부정하고는 어떤 구석에서도, 요만큼도 개인적 영달을 위한 틈을 주지 않았어. 하물며 여성이라니……. 왕권은 허약했지만 가부장적 권위와 불평등, 신분 상승의 틈은 없었던 거야."

"대원군, 쇄국정책의 대부잖아. 왜 나라의 문을 처닫으려 했을까? 세계를 몰랐을까? 세계에는 종교가 다양하다는 걸 정말 몰랐을까? 왜 대화를 시도하지 않았을까? 가톨릭의 교리를 들어는 보아도 되지 않았을까? 하느님 믿는다고 무작정 목을 잘라 죽이지 말고 대화를 해얄 거 아냐? 바르바르, 야만적이야." 운전하는 라포레의 옆모습이 불안하게 떨렸다.

"내부가 허술했기 때문이겠지. 대화를 하려면 상대방과 맞설 수 있는 힘이 있어야 하는 거잖아."

"거기 내 가방에 책 있는데, 382페이지던가, 꺼내봐요. 프랑스 사람을 '사교도'라 하고 성경을 '패서'라 했는데, 무지하기 짝이 없는 발언이야. 당대 최고의 지성인, 학문과 예술의 천재라는 추사마저……. 어떻게 그딴 소릴 했을까."

"아땅시옹, 조심해!" 빨간 스포츠카가 칼치기로 끼어들었다. 라포레는 운전대를 오른쪽으로 감아돌렸다. 차는 가로수 소나무를 들이받고 겨우 멈춰 섰다.

"삼류 소설처럼 플롯이 꼬이네." 둘이는 마주 보고 허랑하게 웃었다. 차가 튼튼해서 다행히 차체에 큰 이상은 없었다. 범퍼에 깨진 소나무 보굿 부스러기가 벌겋게 묻어 있었다. 라포레가 윤종성을 쳐다보면서 한마디 했다.

"내가 죽고 네가 산다면……." 윤종성이 받았다.

"네가 죽고 내가 산다면……. 그 구절 이해가 돼?" 라포레는 고개를 저었다. 라포레는 윤종성의 손을 이끌어 가로수 옆으로 기웃하니 빠져 들어간 차를 빼보라고 했다.

엔진에 이상이 생긴 모양이었다. 시동 버튼을 눌렀을 때, 푸르르 푸르르 하다가는 잠잠해졌다. 몇 차례 다시 시도했지만 마찬가지였다. 카센터에 연락을 해야 했다. 정꽃소리에게 카센터에 가서 기사를 데리고 오라 할까 하다가, 경우가 아닌 듯싶어 생각을 거두어들였다.

검색창에서 카센터를 찾아 연락을 했다. 고장 차량을 끌고 가는 레커차와 함께 승용차도 한 대 따라왔다. 그 승용차에 편승해서 터미널에 갔을 때, 정꽃소리는 등을 돌리고 서 있었다. 뾰로통해져서, 윤종성과 라포레를 흘긴 눈으로 쳐다보았다. 윤종성이 대강 정황을 설명했다.

"차를 같이 타고 가다가 사고가 났단 말이지? 내가 같이 있었으면 그런 일 없었을 텐데."

"고창은 무슨 일이지? 예정에 없는 일은 사람을 불안하게 해." 윤종성은 낮은 목소리로 말했다.

"내가 불안하단 말이야? 씨이 뭐어야……!" 정꽃소리가 라포레를 바라보며 불쾌하다는 표정을 지었다. 윤종성은 공연히 무언가 잘못했다는 억압감이 안에 자리 잡고 돌아가기 시작했다. 정꽃소리는 에코백에서 담뱃갑을 꺼냈다가, 라포레를 흘긋 돌아보고는 다시 집어넣었다. 라포레는 한국에 오면서 피우던 담배를 끊었다고 했다.

"우리 감시하러 온 건 아닐 테고, 진짜 볼일은 뭐야?" 다음 학기 강의 듣기 위한 준비는 핑계인 모양이었다. 창작판소리 경연대회에 '창무극'을 만들어 선보이려는데, 진채선의 생애를 소재로 하고 싶다고 했다. 실감을 얻자면 진채선의 생가를 가보고 싶어서 내려왔다고 얘기하면서, 에코백을 뒤지다가 손을 뺐다. 윤종성은 캠퍼스에서 정꽃소리를 처음 만났을 때, 담배를 찾던 일을 생각하고는 빙긋 웃었다.

"당신이 꽃처럼 길러 소리 익히게 한 진채선을 서울로 올려보내면서 동리선생 심정이 어떠했을까?" 윤종성의 이야기에 라포레나 정꽃소리나 놀랍다는 듯이 눈들을 크게 뜨고 윤종성을 바라보았다.

"영화 '도리화가' 봤지?"

"당근이지. 그런데 우리 관심은 진채선이 동리선생 말년에 어떻게 선생을 모셨는지 하는 거야. 대원군에게 해어화로 잡혀 있다가, 동리선생 병환 소식 듣고 내려온 진채선은 영광과 회한을 한 몸에 지니고 세월을 견뎠을 거란 말이지." 해어화(解語花)를 제대로 알아들었는지, 그게 무슨 뜻인가는 묻지 않았다. 제대로 된 비유 같질 않았다.

"창작판소리 경연대회 기획팀이 있는데, 오늘 고창에서 이곳 소리꾼들과 모임을 한다고 해서 내려온 거야 ……."

"다음 학기 강의 준비가 아니고?"

"암튼……. 내가 고창 오는데 오빠 보고 싶지 않겠어? 으음, 손은 어때?" 윤종성은 왼손을 정꽃소리 앞에 내밀고 손가락을 움직여 보였다. 윤종성은 누구랑 모이는 것인지 묻고 싶었지만 입을 다물었다. 성원지한테 마음 쓰는 걸 눈치채게 하고 싶지 않아서였다.

"그런데 차편을 어떻게 하지?" 윤종성은 차편을 먼저 걱정했다. 맹상수 생각이 났다. 윤종성이 전화를 하자 맹상수가 금방 받았다.

"어디냐고? 어어 우린 여기 터미널 동백다방인데, 진채선 생가에 갈 일이 생겼어. 차량 봉사 하실 수 있나 해서……."

"아쉬울 때만 부르기야?"

"친구 좋다는 게 그런 거지 뭐어."

"요봐라, 내가 형님이지 왜 친구라냐. 객지 벗 십 년 상관이라고 하잖아. 나이 적은 어매는 있어도 나이 아래 형님은 없는 것이제. …… 아무튼……."

"여기 선운사 시비 구경하러 와 있응게 시간이 나수 걸릴 거야." 어떤 시인이 시비(詩碑)를 세우겠다고 하는 모양이었다.

다시 전화하겠다 하고는 의견을 물었다. 택시로 선운사까지 가서 거기서 진채선 생가까지, 그 이후 차편을 맹상수에게 부탁할 요량으로 택시를 잡았다.

"요상하구만. 국제적 삼각관계 손님이네. 헤이 레이디 웨어라 유 프롬? 아가씬 어디서 왔소?" 구시렁대듯 이야기를 시작한 기사가 옆에 앉은 라포레에게 물었다.

"생말로, 거기 아세요?"

"평생 상말은 안 허고 살았지라." 나 그런 인간 아니라는 듯이, 기사는 카오디오 스위치를 넣었다. 가을을 남기고 떠난 사람…… 사랑할수록 깊어가는 슬픔에 눈물은 향기로운 꿈이었나…… 정꽃소리는 패티 김의 노래가 사랑과 이별의 복합감정을 기막히게 엮어냈다는 생각을 하고 있었다.

"선운사는 뭐 하러 간당가요? 요새 꽃무릇이 화염같이 설레면서 타오를 거고만이라."

윤종성은 핸드폰에 저장한 자기 시를 꺼내 읽어보았다.

"혼자 뭘 그렇게 골똘히 쳐다봐? 으응, 시 썼구나." 라포레가 윤종성의 핸드폰을 채뜨리듯이 걸어잡아 화면을 들여다보았다. '상사화'를 '꽃무릇'이라고도 하느냐면서, 소리를 높여 읽었다.

사랑이 꼭 한 해 내내
불꽃으로 넘실대야 하는가

땅에 묻어둔 불기운 잊을 무렵 해서
사랑은 화산으로 폭발해 자지러진다.

………………

사랑은 불꽃으로 설레면서 숲을 누벼가고

꽃은, 도진 사랑 바람에 날리는 날을 몸으로 운다.

"어어, 영광이네. 시인 모신게 내 귀가 호사허너만. 상사화는 선운사가 으뜸이제."

"기사님 검댕선사도 아세요?"

"그기 선운사에, 내가 보은염을 많이도 실어 날랐네."

라포레는 자기도 모르게, 쎄 브레!(진짜로!) 소리를 질렀다.

"아가씨가 욕하면 입 삐뚤어진당게." 기사는 라포레의 감탄을 욕설로 알아들은 모양이었다. 셋이는 거침없이 웃어댔다.

검당마을 입구에 '진채선 생가터'라는 갈색 바탕에 흰 글씨 간판이 보였다. 우리나라 최초의 여성 판소리 명창이라면 제법 근사한 집에 살아야 했다. 그의 집터는 동네 가운데 마을 길가에 있었다. 사방 칠팔 미터나 될까 하는 나대지(裸垈地)가 전부였다. 설명 간판마저 서 있지 않았다. 억새풀꽃 사이에 철 이른 코스모스 한 그루가 꽃 몇 송이를 달고 한들거렸다. 맹상수가 소주병을 따서 술을 올리고 묵념을 했다. 정꽃소리는 술컵 옆에 담배에 불을 붙여 놓았다.

"진채선이 꽃소리 씨 소리할매네. 한 자락 히야지……."

정꽃소리는 아무 말 않고 서 있다가, 하늘로 고개를 쳐들어 휴우 긴 숨을 내뱉었다.

"낙양성 십 리허에 높고 낮은 저 무덤은 영웅호걸이 몇몇이며 절세

가인이…… 우리네 인생…… 한 번 가면…….” 소리를 이어가다 그쳤다 하다가는 그 자리에 주저앉았다. 라포레가 다가가 어깨를 두드려주면서, 많이 늘었어, 괜찮아, 봉 꾸라지(용기를)! 하면서 달래주었다.

“소리란 게, 그기 말이지, 저승 가는 길 노래함서도 웃어야고, 천하 색골 놀리면서도 울어야 하는 게야. 사설치레 미끈히도 더늠이 거시기하면 꽝이라. 울지 말고 소주나 한잔 히여.” 맹상수가 정꽃소리를 일으켜 소주를 따라주었다.

“정꽃소린 입이고 나는 주둥아리야, 쎄 뿌르꽈(무어야)?” 라포레는 맹상수를 향해 눈을 하얗게 흘겼다.

“울고 싶을 때 울어야 속이 풀려…….”

“소리는 언제 하고?”

“울음이 소리고 소리가 울음이고…….” 정꽃소리는 희죽 웃으면서 맹상수에게 윗몸을 기댔다. 어지러운 모양이었다. 시멘트 블록 담 너머에서 늙은이 하나가 이쪽을 내다보며 혀를 클클 찼다.

“인간들이 모질기가 승냥이 한가지여……. 초가집도 마다하지 않을 겅게 집이라도 삼간 한 채 지어주지, 집도 없는 마른 풀밭을 생가라니 그기 무신 생색나는 생가란 겨…….” 사설이 길어질 것 같았다. 맹상수가, 어르신 한잔 하실라느냐 물었다. 늙은이는 바닥에 침을 퉤 뱉고 등을 돌려 안으로 들어갔다.

“진채선의 말년은 알려져 있지 않아. 도솔산 부처님 배꼽처럼 말이지. 그러니까 추측이 무성해서 허구적 상상력이 날개를 달게 하지.” 윤종성이 난감하다는 듯 주먹으로 자기 가슴을 툭툭 쳤다. 라포레는 도솔산 부처님 배꼽이 무언지 묻고 싶었지만 말을 내지는 않았다. 배꼽이라면, 그리스 사람들이 우주의 배꼽이라 하던 '옴팔로스' 그런 게 아닌가 짐작하고 있었다. 안에서 좀이 쑤셨다.

"질문요, 미앙 선생님, 도솔산이 우주의 배꼽입니까?" 고창이 '한반도 최초의 수도'라는 걸 본 모양이라고 짐작이 갔다. 그러나 그걸 우주의 배꼽 옴팔로스로 번역하는 것은 놀라운 파지력이었다.

"쩌어그, 나넌 미앙이 아니고 미스터 맹입니다." 라포레는 미앙- 티앙, 티앙-미앙(내꺼-네꺼)을 반복해 발음해보다가 혼자 깔깔거리고 웃었다. 말이 재미있는 모양이었다.

"무어든지 남길 건 남겨야지, 이걸로 이야길 어떻게 맨들어, 난감허네."

고창 읍내로 돌아오는 길가에 소나무 가로수가 보기 좋게 자라 있었다.

"고창은 소나무의 고장인 것 같아." 라포레가 차창 밖을 내다보며 말했다. 맹상수는 콘솔박스에서 시디를 찾아 데크에 꽂았다. 안치환이 부른 〈솔아, 푸르른 솔아〉 가 흘러나왔다. 정꽃소리는 따라 부르다가, 젊은 사람 노래 없나 물었다.

"치타 노래 들을래?" 치타 그 여자 음색이 짱이야……. 정작 래퍼 치타가 읊어대는 내용은 70년대로 거슬러 올라가고 있었다. 청계천에서 노동에 지쳐 분신한 전태일……. 그 시대는 근대의 보릿고개인지도 몰랐다.

일행이 고창문화회관에 도착했을 때, '창무극' 멤버들이 모여 있었다. 맹상수는 라포레와 정꽃소리가 그들과 인사를 나누는 사이, 차를 몰고 와 사무실로 들어섰다. 군청 청사 앞마당에 늙은 향나무가 추연하게 서 있었다. 참으로 오래 자라는 나무였다. 오래 자라야 향을 머금는 나무……. 속성수는 대개 향이 짙지 않았다.

향나무 아래 장의자에 늙은이 하나가 앉아서 쿨럭쿨럭 기침을 했다. 진채선 생가에서 보았던 늙은이 생각이 났다. 부친이 공방에서 데리고 일하던 여자는 늙지 않았어도 사물을 보는 눈썰미가 서늘했다. 소나무 도막으로 불을 넣은 가마를 지키고 있던 '여자'는 맹상수의 손을 이끌어 만지면서 중얼거리는 것처럼 말을 늘어놓았다.

"사람이란 나무하고 한가지여. 속에다가 불을 지녀 타올라야 흙이란 건 옥빛 백자 되는 게여. 일찍 자란 나물랑은 불쏘시개 던져 넣고, 눈비 맞고 바람 타서 짱짱하게 단련되어 불땀 좋은 나무들만 골라 넣고, 느긋느긋 불을 먹어 단련해야 빛깔 좋은 그릇이사 만들어지제. 세상살이 어디 가나 이치로는 매한가지, 그러니께 사람이라 인간이사 그게 바로 하늘이라……."

인간이란 하늘과 땅 사이에 불붙어 타오르며 단련에 단련을 거듭하는 나무와 한가지라면서 젖어 오는 볼을 쓸어내렸다. 구시포 건너 불어오는 바람은 말로 못 하는 혼이 있어……. 그리서 말인디 구시포 사람들 혼은 참나무 혼이 집혀 딴딴하기가 쇳덩어리 돌덩어리야. 여인은 한숨을 내쉬곤 했다.

그의 아들이 황토현 추모사업회에서 일한다는 것은 한참 뒤에 알았다. 여인은 폭풍이 송림산 소나무를 쓰러트리던 날, 맹성재가 아랫배를 더듬어오는 바람에 기겁을 해서 줄행랑을 놓았다. 맹상수가 듣지 못한 이야기였다.

"내 상상으론 이래." 운현궁 대원위 대감에게 붙들려 하루에 소리 한 자락으로 날이 가고 달이 갔대. 그러던 어느 날 고창에 혼자 남은 동리선생이 병이 위중하다는 소식을 듣게 되지. 진채선은 소리값 챙겨두었던 걸 담쑥 들고 나와 궁궐 수문장에게 돈냥이나 후히 집어주고, 나귀 하나 구해 고창으로 내려왔다는 게라. 방장산 밑에 이르러서였다. 견마잽이는 호랑이 울음소리에 놀래서 걸음아 날 살려라 줄행랑을 쳤다느먼.

동리선생의 제자 가운데 한 총각이 진채선을 짝사랑해서 방장산에 가서 줄창 진채선을 기다렸다는 거야. 호랑이 소리를 듣고 이놈이 인내를 맡았는갑다 허고, 가시덤불 헤치고 골짜기로 올라가 골짜기 내려오는 범을 때려눕히고, 채선낭자를 들쳐업고 모양성까지 단숨에 달려왔어. 그런데 동리선생이 벽오동나무 아래 손으로 차양을 하고 방장산 바라보며 기침을 해대는 게라. 진채선이 달려가 동리선생 덤썩 끌어안고, 내가 죽일 년입니다. 아이구우 선생님이 신간이 이게 뭡니까. 총각은 다시 방장산으로 어슬어슬 걸어 올라갔대. 스스로 호랑이 밥이 되었겠지.

"그래서 그다음에는……."

"인터넷 시대가 되어서, 그 다음은 검색창에 찾아보시라."

"그거 창작판소리 대본 만들면……?"

"헛바람…….허파에서 헛바람 빼야 이야기도 엮고 소리도 된다구."

윤종성은 방장산을 쳐다보았다. 산자락으로 바람이 밀어 올라가 참나무가 허옇게 잎을 뒤집으며 울렁이고 있었다.

13

벌 떼의 노래

백성은 왼갓 잡성스런 각성받이를 이르느니라.

나라는 왕성(王姓)의 것이라는데
그 나라 흔들리면
토성(土姓)들이 벌 떼처럼 일어나
죽창 들고 쇠스랑 메고 모여들어
나랏님 잘하시라고
잘하셔야 한다고
그래야 '사람이 곧 하늘'이라고

무장에서 일어선 사람들
서면 백산, 앉으면 죽산
혹자는 말하길

백성이 일어서면 백두산까지 쳐올라가 이기고
백성이 주저앉으면 주검의 산이 되어 무너진다고

백성은 나라의 숲이거니
나무가 갖가지라 성스런 숲이거니
바람 불면 웅웅웅 우웅 우웅 울어대는 숲이니라.

여름 숲이 이울기 시작하는 기미가 보였다. 갈매빛으로 짙푸르던 숲이 추연하게 가라앉았다. 산자락을 불태우듯이 치올라가는 단풍을 기대하기는 아직 일렀다. 그러나 숲은 청청했던 기운을 서럽게 잃어가기 시작했다.

처서 지나면 모기 주둥이도 물러진다고 한다. 처서(處暑)는 더위를 돌려놓는다는 뜻이다. 일 년을 이십사 절후로 나누는 역법은 정확했다. 지구가 자정 능력을 잃고 휘뚱거린다고 하지만, 아직 자연은 운행이 건전하다는 생각은 헛되지 않은 희망처럼 다가왔다.

윤종성은 김대성의 생애가 어쩌면 한 줄기 독한 바람이 아닌가 생각이 들었다. 전날 바닷가에 나가 들었던 이야기가 자꾸만 기억에 되살아나 의식에 부침을 거듭했다. 그 이야기에 구시떡의 그림자가 어른거린다는 것은 근래에 안 사실이었다.

진정언 시인 집으로 거처를 옮기고 나서 마음은 좀 편했다. 구시떡이 풍기는 살 냄새는 가까스로 피해갈 수 있었고, 애들 다루듯이 다가

오는 손길을 제쳐놓지 않아도 탈이 없었다. 김대성과 전기 쓰는 이야기 끝내고 진정언 시인 집으로 돌아가려 할 때였다. 구시떡이 윤종성에게, 나 좀 보소 하면서 따라나왔다. 오늘 제사가 있으니 기다렸다가 저녁을 먹고 가라고 붙들었다. 마침 식재료가 떨어져 밖에서 저녁을 해결하고 들어갈까 하는 중이었다.

"오늘이 누구 제사입니까?"

"이히히, 에미가 아들 제사 챙기는 건 못 보았으리." 윤종성은 어미가 아들 제사 챙긴다는 것도 이해가 잘 안 되었고, 그것도 남의집살이하는 처지에 제사를 지낸다는 것은 해괴하다는 생각마저 들었다.

"애놈이 애비를 닮았던지 성질이 지랄이라서, 동학농민혁명 축젠가 뭐신가 나갔다가, 그게 반국가단체라나 히서 잡혀가설랑은……. 그걸 몇 차례 거듭하다가…… 결국 멀리멀리 갔지라."

"그러면 민주화 유공자 아닌가요?" 구시떡은 한숨을 내쉬고는 이야기를 이어갔다. 어떻게 활동하다가 어떻게 죽었는가 하는 이야기보다는 사람이 죽었을 때의 이야기를 했다.

"사람은 몸에 혼백이 스며서 움직이는 존재인 게야. 한데 움직임이 멈추면 죽는 게라. 사람이 죽으면 말이시 혼은 하늘로 올라가고 백은 땅으로 스미지라. 혼이 하늘로 올라가려면 죄를 떨어내고 가벼워져야 해. 죄라는 게 납덩어리처럼 무겁구만. 그렇게 죄를 지고는 혼이 하늘로 올라가지 못한당게. 하늘로 올라간 혼은 공중에 구름처럼 흘러가다가 흩어져서 별에 스며들어 가지구설랑 별빛을 따라 이슬에 배어 땅으로 내리는 것이라. 땅으로 내린 혼은 백을 만나 힘을 얻고, 그렇게 얻은 힘으로 다시 퐁퐁 살아나 이파리 나폴나폴 날리면서 생령이 되는 것이제. 그 생령이 제 길을 잘 가려면 살아 있는 인간들의 보듬어 안는 사랑으로 위해주어야 쓰는 것이라.” 일행은 가만히 듣고 있었다. 정꽃소리가 코를 훌쩍거렸다. 라포레는 어깨를 들썩거리면서 호기심을 보였다.

“죽은 아들, 어떻게 낳으셨어요?” 윤종성이 물었다.

“술부터 한잔 하소. 이히히.” 구시떡은 제주로 썼던 술을 내놓고, 같이 모인 사람들에게 잔을 앞앞이 벌려놓았다. 구시떡 자기 손으로 빚은 찹쌀술이라고 했다. 쌉쌀달콤한 맛이 입에 착 안겼다.

“내 설움 들어볼라우? 사설이 길긴데…….” 윤종성이 녹음기를 작동시키고, 구시떡은 자기 생애를 읊어나갔다. 이거이 바람 노래여, 말허자면……. 이런 것이제. 들어보더라구. 구시떡은 가사 읊듯이 읊어나갔다.

“어린애를 비릇어서 낳는 게란 천지개벽 그 아닌가.” 구시떡은 심호흡을 하고 숨을 골라 몸에 밴 가락으로 읊어나갔다.

사대삭신 녹여내어 뼈가 물러 살이 떨고
갯바람은 길게 불어 산고수장, 높은 하늘, 해풍이라 하는 것이.
밤낮으로 부는 바람, 엷은 살갗 사대삭신 육천 마디 뼛속으로 스며들 때
소금발이 어석대어 발 빠지는 깊은 뻘밭 더듬으며 불어와서
치마폭도 스며드는 사난 바람 사타구니 파고들어 애간장을

녹여내어 빚어놓은 생령이라.

남정들은 진정 몰라, 아래 깨고 피투성이 까만 머리 뽀듯뽀듯 내밀어라

검은 아래 뽀개고서 해를 맞아 달을 맞아 횃불 드는 해산은 산통이라

남정네들 어이 알리, 어찌 알리 깊은 슬픔 아린 가슴 해산이라 개벽이니

산붕지괴 높은 소리 백성 함성 내 밑에서 다 나왔네. 밑구멍이 분화구라

불을 뿜는 분화구라.

내 밑으로 난 자식도 천명 또한 각색이라, 동백꽃은 낙화낙화 축복으로 떨어지고

민주화라 건곤일척 횃불 들고 목 돋우어 노래하며 갯바람도 마디마디 뼈에 스며

하늘 꼭대기 불어오는 큰 바람 역사 함성, 몸을 날려 산화하매 원혼이사 천상으로

날아올라 푸른 역사 푸른 깃발 앞세우고 떨쳐나는 너의 매운 기운 청사에도 길이 남아

훠이 훠이 갯바람은 애를 빚는 축복이라, 어미들의 해산 고통 운명인 듯

아리아리 축복이제.

휘리릭 숨을 내몰아쉬는 구시떡의 얼굴은 수심이 개고 훤히 빛났다. 소리에 침잠해 있던 일행이 박수를 쳤다. 한동안 어느 무녀의 신딸로 살았다던 이야기가 윤종성의 머리를 스쳤다.

"소리라는 게 이렇게 속에 맺힌 걸 풀어내는 방법인 게야." 구시떡이 덧붙였다.

"억울한 죽음에 대한 기억은 소리한다고 안 풀리는 법이제." 라포레가 윤종성을 흘긋 쳐다보다가 항의하듯 뱉어냈다. 멀리서 종소리가 들렸다. 성당에서 미사를 알리는 종소리인 모양이었다. 라포레가 성호를 그었다. 윤종성의 눈앞으로 폴 고갱의 〈황색 그리스도〉가 스쳐 지나갔다.

제사상은 제법 풍성하게 차렸다. 계절이 늦기는 했지만, 커다란 수박이 제사상 한구석을 차지하고 있었다.

"오 랄라, 수박이 이렇게 클 수가 있어요?" 라포레가 놀라워하면서 손으로 수박을 쓸어보다가, 검지를 꼬부려 겉을 두드려보았다. 쇳소리 섞인 공명음이 땅땅 퍼져났다.

"여그 고창은 땅이 걸어서 수박도 이렇게 잘 돼야. 땅이 걸면 인심도 후한 법이제."

"한국 사람들은 수박 껍데기를 핥아 먹어요?" 라포레가 콧등에 주름을 잡으며 물었다.

"어머, 웃겨. 말이 그렇다는 말이지."

"이북에서는 '수박은 쪼개서 먹어봐야 안다'나, 나아 원. 우리는 소리만 들어봐도 익었나 안 익었나 본드끼 알제. 어떤 걸뱅이 같은, 지만 잘난 놈이 수박 겉 핥기라는 말을 맨들었는지 모르지만, 백성 우습게 본게 그런 말 나지. 수박은, 수박 그 붉은 속살은 사람 끌어모아 사발통문 이름 적어 넣게 하는 원융상이제." 윤종성은 메모지에다가 원융상(圓融像)이라 써보았다.

"수박 철학? 그런데 사발통문이 뭐지요?" 라포레가 콧등에 주름을 잡으면서 고개를 갸웃거렸다.

"프랑스에서 왔다고 했던가? 사발 같은 물건이 없으면 의당 사발통문도 없을 것이여." 어떤 일의 주모자가 드러나지 않게 참여자 이름을 둥그런 원 가장자리에 둘러서 쓴 것을 그렇게 부른다고 설명을 했다.

"한번 뵈줄까?" 서랍장에서 당목천으로 싼 물건을 내놓았다. 낡은 태극기, 피로 쓴 인내천(人乃天) 서원서, 누렇게 바랜 어린애 배냇저고리 그런 것들이, 『동경대전』이란 책을 들어내자 그 밑에 차곡차곡 들어 있었다.

"배냇저고리는 아드님 건가요?"

"이히히, 아니제, 내 거야……,"

"어쩜……. 심청이 배냇저고린 줄 알았네." 정꽃소리가 깔깔 웃으면서 말했다.

"꽃소리 처녀는 소리 많이 늘었는가? 소리라는 게, 판소리라는 게 내 속은 몽땅 훑어버리고 내가 남을 내 안에 모셔야 하는 게야. 맘 좋은 흥부도 되고, 심술주머니 차고 댕기는 놀부도 돼야 하는 기, 어디 아무나 할 수 있겄남? 해원굿을 하고 나면 무당이 열흘은 앓아야 한다잖여? 내가 남이 된다는 게 그렇게 어려운 것이여. 죽을 판 살 판이라 잖여? 그거 아무나 못 하는 것이여. 인물도 훤칠해야 허고, 사설도 잘 엮어내야 허고, 목이 틔어야 허잖여. 그리구 무엇보다 너름새, 귀명창들을 상감처럼 모시다가 금방 목청을 바꿔 맹장처럼 호령을 하기도 하고, 뺑덕어미 심봉사 돈 빼다가 떡 사 먹는 그런 걸 다 여실허게 표현해서 청중이 울어서 눈이 붓고 웃느라고 허리 꺾어지게, 그렇코롬 히야 소리꾼 제 길로 들어서는 것이여." 라포레가 귀를 세우고 들었다.

"와아, 귀신이다, 어떻게 그렇게 잘 아세요?" 정꽃소리가 엄지를 들어올렸다.

"들은 풍월이제. 고창에 살다 보면 김치 냄새 모양으로, 푹 삭은 홍어매치로 소리라는 기 몸에 배는 것이여. 내 좀 보라니, 야그가 딴 골로 흘렀구먼. 절들 하고 싶으면 한 번씩 허드라구."

윤종성이 일어서서 술을 올리고 절을 했다.

"아드님 성함이 혹시……."

"성함? 죽은 자식 이름은 알아서 뭐 하시게?" 구시떡은 그렇게 묻다가 이야길 이어갔다.

"말이제, 나넌 유식에 질렸고, 무식에는 학을 떼었다네. 히서 유식을 내세우지 않고 면무식은 착실히 돼야 쓴다고 그렇게 살았지라. 귀동냥으로 들어서 아는 말 가운데 '천부장무록지인 지부장무명지초'라는 게 있느니. 하늘은 복록 없는 인간을 내지 않고, 땅은 이름 없는 푸새를 안 기른다는 뜻이 아니겄남. 하늘과 땅은 그렇고롬 인간과 사물의 존재 근거를 부여하는데, 나라라는 것은 영판 엉터리인 게, 이름 있는 고관대작만 배불리 먹이고 민초는 가렴주구 말려 죽인단 말이시.

뿌리 깊은 풀들은 말라죽지 않으려고, 비바람이 불면 바람보다 먼저 눕고 바람보다 먼저 웃고 그런당게. 바람보다 먼저 일어나는 게 봉기인 게여. 봉기가 뭐여, 그게 벌 떼처럼 일어난다는 뜻이 아니겄어? 벌 떼 가운데 그래도 인물 괜찮고 세상 볼 줄 아는 이가 벌 떼를 이끌게 마련이제. 무장기포에서 앞장섰던 대장들 가운데 손화중이라는 대장이 있었다네. 그기 우리 외가로 먼 할아버진 게여. 동학에 가담했다고 붙들어다가 목을 잘라 모래사장에 미역 널듯 늘어놓을 때, 어린 자식 불쌍하다고 슬그머니 빼돌려 살려준 고마운 어른이 있었는데, 그 이름은 내가 모른다오. 내 주제가 불초라 그려. 아무튼 그 여아가 자라서 자기 운명 닮은 어매 낳고, 어매는 나를 낳고, 심청이 에미처럼 죽어뿌렸잖여. 나훈아가 부르는 〈잡초〉라더냐, 그 노래매키로 아무것도 가진 게 없어, 바람 속을 굴러다니며 살았제. 그리도 너 낳아준 에미 잊지 말라고. 배냇저고리 전해주어 아직 간직하고 있는 게야.

맹구우목이라 했잖여, 사람 태어나는 게, 앞 못 보는 거북이가 나무토막에 걸려 겨우 언덕에다 굴 파고 들어가 살듯이, 우연히 태어났다 히도, 사는 건 정자나무 모양 떡 벌어지게 살아야 하지 않겄어?" 구시떡은 하던 이야기를 멈추고, 일행을 둘러보았다. 일행은 입을 헤벌리고 앉아서 듣고 있었다.

"외증조할아버진, 이히히, 진인이었어라."

"진인이라뇨?" 윤종성이 눈을 반짝이며 물었다.

"진인은 사람들에게 미래를 심는 사람일 게야. 달리 말하면 사람을 꿈꾸게 하는 일이 그게, 미륵이 되기도 하고, 심판의 날이 되기도 하지 않겄어. 도솔산 미륵불 알제? 그기 백제의 꿈이 담겨 있는 게라. 그래서 신성하지. 그걸 잘못 건드리면 세상 끝장난다니."

도솔산 미륵불은 본래 단청이 곱고 공교하게 지은 달집 안에 해 떠오르는 방향을 향해 자리 잡고 있었다. 좌불의 배꼽은 금을 입힌 연꽃으로 장식되어 있었다. 그 속에 비기(秘記)가 감추어져 있는데, 그걸 얻는 이가 나라를 차지하게 된다는 내용이 적혀 있었다고 한다. 임금 아닌 자가 나라를 차지한다는 것은 역적질이나 마찬가지 대역죄라고 스님들은 그쪽으로 손을 모을 뿐 다가가려 하지 않았다. 그런데 이서구라는 관찰사가 그 배꼽을 열어보려고 도끼로 내려치는 순간 뇌성벽력이 일고 세상을 뒤집을 것처럼 비바람이 몰아쳤다. 이서구는 열었던 함을 닫고, 석공으로 하여금 '이서구개탁(李書九開拆)'이라고 새겨두게 하였다. 역사의 비밀을 자기가 보았다는 걸 새겨두고 싶었을 것이다.

"우리 외가 먼 할아버지 손화중 대장이 동학도들을 이끌고 세상을 한번 뒤집어엎으려 할 무렵이었다지. 선운사 중들이 난리난리를 칭게로 중들 오랏줄로 묶어놓고 올라가서 좌불의 배꼽을 깨트렸다는 게야. 놀랍게도 '용화세계(龍華世界) 개벽주(開闢主) 인왕(人王)' 그런 글자들이 눈을 찌르고 들어왔다가는 무지개 속으로 사라졌다는 거야. 인왕 그게 온전 전(全) 자를 파자한 거라……. 전봉준 장군을 이르는 글자였으리. 몸이 부들부들 떨리고, 현기증이 등줄기를 패고 지나는 바람에 배꼽을 다시 흙으로 맥질해서 메꾸게 하고는 선운사로 내려와 중들을 풀어주고, 법당에 올라가 백팔배를 올렸다느먼. 검당선사라는 분이 나타나 아직은 때가 아니니라! 소리치고는 사라졌다는 게야. 우리 어머니한테 들은 그대로지라." 모두들 숙연히 듣고 있었다.

윤종성은 별이 하늘에 있어야 별이지, 그게 지상으로 내려오면 욕망의 오물 덩어리가 된다는 생각을 하고 있었다.

"무장기포는 우리 할아버지를 비롯해서 여러 어른들이 백성을 규합하여 스스로 들고일어나 인간을 지키려고 피를 뿌린 거사였제. 기억하겠지만 제폭구민(除暴救民), 광제창생(廣濟蒼生) 나아가 보국안민(輔國安民)을 기치로 내걸고 대찬 싸움에 나섰던 것이라잖여. 소설 잘 쓰는 작가가 나타나면 내가 야그를 자세히 들려줄 수도 있어라." 윤종성은 자기를 앞에 두고 누구 딴 사람을 생각하는가 서운한 감정이 일었다.

"어르신 몸이 영 안 좋아 보이데요."

"아무래도 서울 병원에 가보아야 할 것 같으이."

"서울 병원에요?" 윤종성이 화들짝 놀라 자리를 차고 일어섰다.

"요즈막 들어 그 양반 병원 출입이 잦구만이라. 그럴 낫세도 되얐지." 병원 출입이 잦다면서 윤종성 자신의 차를 이용하지 않은 것은 '자서전' 작업을 방해하지 않겠다는 작정인 듯했다.

정꽃소리와 라포레는 척서암에 머물기로 하고, 윤종성은 주차장까지 걸어 내려왔다. 차를 서비스센터에 맡긴 것은 생각을 못 했다. 맹상수에게 또 연락하기에는 염치가 없었다. 시인의 집까지 걸어가보기로 했다.

바람이 시원하게 몸을 감쌌다. 하늘에는 구름 사이로 달이 지나가고 있었다. 숲에서 꾹꾹이가 깊은 울음소리 냈다. 귀에서 울려 나오는 범종의 맥놀이에 새소리가 묻혀 들어갔다.

14

불가마

아마, 그렇겠지, 진정 그럴 것이야
불이 왜 창조인지를
불이 왜 신들의 영토인지를
여기 와서 알겠거니, 용광로…….

불에 인간은 타고 돌과 쇠는 녹아
소리에 형상을 부여하고,
산과 들과 산맥을 넘어 하늘로 오르거니
삼십삼천 서역으로 멀리 멀리 떠나더라도

깊이로 돌아오는 불과 쇠의 환희성,
속에 녹아나는 시공은 다시 불소리가 되어

당좌 떠난 맥놀이…… 숲이 되어 바람도 태운다.

초가을, 숲길을 혼자 걷다 보면 숲은 성스럽게 익어가고 자신은 하잘것없이 초라해진다.

숲은 그냥 숲이다. 숲에 의미를 덧씌우면 숲은 웅숭깊은 이야기를 그친다. 이른 아침에 숲에 들어 그냥, 아무 생각 없이 숲길을 걷고 싶었다. 그런데 그게 뜻대로 되는 일이 아니었다. 통념을 벗어나자는 것, 그 자체가 알량한 고정관념이 되어 돌아왔다.

숲에는 가을을 준비하는 미물들이 부지런을 떨었다. 동편이 밝아오면서 맨 먼저 눈에 들어오는 것이 호랑거미 거미줄이었다. 적갈색 몸통에 노란 줄이 가로 건너간 무늬를 드러내고 거미줄을 잔뜩 얽어놓았다. 머지않아 알을 낳고 생을 마감해야 하는 순간, 그것은 엄숙한 생의 마디였다. 알을 낳기 위해서는 먹이가 필요하다. 거미줄을 얽고 먹이를 기다리는 인고의 시간을 보내고 있는 것이다. 윤종성은 거미줄에 얹히는 아침 햇살을 쳐다보다가, 거미줄 밑으로 허리를 굽혀 걸어갔다.

진정언 시인이 심어놓은 붉나무가 숲을 이루었다. 붉나무는 연녹색 봄의 꿈을 가을에 다시 꽃으로 피워내는 중이었다. 지난여름 끝자락에 이와 비슷한 꽃을 달고 언덕을 덮었던 두릅나무와 엄나무들이 떠올랐다. 두릅나무나 엄나무는 산골에서는 최고의 미각이라면서 나무 수냉이를 잘라가기 때문에 다시 줄기를 뽑아올려야 한다. '나물'이라는 말이 나무를 죽인다.

마가목은 붉은 열매를 다닥다닥 달고, 잎이 성급하게 익어가는 중이었다. 저 나무 열매가 사람 뼛속으로 스민다는 거였다. 관절염이나 어혈을 풀어주는 데 마가목 열매 술을 담가 먹는다는 것이었다. 김대성은 마가목 열매로 술을 담가 장복했다. 가래를 삭이고 기침을 멈추게 한다는 효능을 믿는 편이었다.

나무 가운데 소박한 꽃을 피우기로는 백당나무를 앞설 게 없다. 진 시인은 진짜 꽃을 보호하기 위해 가화(假花), 헛꽃잎을 진짜 꽃보다 청초하게 피워내는 백당나무를 산에 오르는 길목 요소요소에 심어놓았다. 백당나무 열매가 빨갛게 익어가고 있었다. 누군가 이러한 풍경을 춘엽추실(春葉秋實)이라고 요약했던 기억이 떠올랐다.

"봉주르! 전화기 방에 두고 나오셨지요?" 브르타뉴 낭트대학에 유학한다는 진 시인의 딸 진수향이었다.

"전화가 몇 번인가 울리더라구요."

"고마워요. 전화 신경 끄고 그냥 산길을 걸으려고 나왔는데……."

"윤 선생님은 인기가 짱인 것 같더라구요. 라포레는 윤 선생님 엄청 좋아하고, 정꽃소리는 샘이 나서 그저 죽고…… 애정과 질투랄까. 전번에 창작판소리 경연대회 준비한다고 내려왔을 때 같이 만났거든요."

짐작도 못 한 일이었다. 정꽃소리가 자기와 거리를 두고 지낸다는 생각이 들곤 했다. 라포레와 가까이 지낸다는 것을 눈치챌 때마다 자기는 성원지와 가깝다는 것을 암시하곤 했다.

"저기 골짜기로 내려가면 이맘때 꽃무릇이, 불꽃 축제를 벌여요. 가볼래요?" 진수향은 청바지 위로 받쳐 입은 블라우스 자락을 팔랑팔랑 날리면서 윤종성을 앞서서 길을 내려갔다. 한참 내려가자 널찍한 개활지가 나타났고, 거기 꽃무릇이 화염을 토해내고 있었다. 꽃무릇 벌판은 아침 햇살을 받아 현란한 색채의 제전이 되어 돌아갔다.

"사랑은 불꽃으로 설레면서 숲을 누벼가고, 숲은 도진 사랑 바람에 날리는 날을 몸으로 운다, 그런 구절 생각나세요?"

"그거 내가 썼던 시구절인데……."

"아버지가 많이 칭찬하셨어요."

"부끄러운 작품입니다."

그런 이야기를 하고 있을 때 전화가 드르륵 드르륵 울렸다. 어르신이란 이름이 떴다. 김대성의 번호를 그런 이름으로 입력해놓았다.

"쩌어그 머시냐, 윤 선생이 서울 올라와야 쓰겄소."

"목소리에 바람기가 섞여 들립니다."

"허파를 들쑤셔논게 그렇고만이라." 폐암 수술을 했다는 것이었다. 다행인 것은 다른 데 전이된 게 없단다고 했다. 윤종성은 수혈할 일이 있나, 이건 아니라고 고개를 옆으로 저었다.

"내 전화한 건, 오늘이 쇳물 붓는 날이라너먼. 진천 비천주종사에서 연락이 왔어." 쿨럭대고 기침하는 소리가 전화기 저쪽에서 들렸다. 김대성은 이따금 '환장할녀느 기침'을 외면서 이것도 죄 때문이라며 가슴을 치곤 했다. 김대성은, 아버지와 함께 강충구를 해치운 날, 놈들의 머리로 들이받친 갈비뼈가 폐를 상하게 해서, 어깨까지 기울었다는 이야기를 잠시 비친 적이 있었다.

"머시냐, 윤 선생 그동안 작업한 거 대강 챙겨가지고 오소. 녹음한 거랑, 일기장, 편지 그런 것들이 꽤 되지?"

"병원에서 뭘 하시게요?"

"귀에서 자꾸 쿠릉쿠릉 종소리가 들려. 종이 다 되어가니께 그런 모양이제."

윤종성으로서는 도무지 이해가 안 가는 이야기였다. 아마 김대성이 생의 한 고비를 넘기고 있는 게 아닌가 싶었다. 아니면 윤종성 자기에 대한 생각이 깊어 두 자아가 혼돈의 소용돌이 속에 몰려 들어가는 것은 아닌가, 연상이 떠올랐다. 자서전을 하나 대필해주는 일일 뿐, 김대성의 내면에 얽혀들고 싶지는 않았다.

"딴 놈의 혼백이 몰래 스며들면 사람이 실성을 하는 것이여." 언제던가 구시떡이 하던 이야기였다. 혼백이 스며들지 않는 교접은 그저 놀이일 뿐이라면서, 거야 짐승도 허는 짓이라고 꼬부장한 눈가에 웃음을 달았다.

"무슨 전화인데, 벌레 기는 얼굴을 하고 그래요?" 윤종성은 진수향에게 자기 표정을 들킨 것이 마음에 걸렸다. 벌레 기는 얼굴이라니!

"라포레와 정꽃소리가 참여하는 소리극, 창무극이라던가, 그 무대를 내가 꾸미기로 했어요." 진수향은 윤종성의 내심에 돌아가는 생각과는 아랑곳없이, 자기 이야기를 늘어놓았다. 진채선의 사랑과 좌절을 소리극으로 만들어 공연하기로 했다면서 무대는 자기가 꾸민다고 어깨를 들어 올리며 자랑스러워했다. 무대를 보리밭, 소나무 숲, 바닷가 등으로 꾸미고, 사랑의 절정에 이르는 장면에서는 꽃무릇이 펼쳐진 언덕에서 진채선이 그의 스승 동리선생과 춤추는 걸로 하겠다는 아이디어였다. 윤종성은 멋진 무대가 되겠다고 엄지를 들어 보여주었다.

운전대를 잡은 왼손에 간헐적으로 통증이 지나갔다. 팔에 심은 칩이 트러블을 일으키는 모양이었다. 윤종성이 차령 휴게소에 들렀을 때였다. 핸드폰에 이런 메시지가 떴다. 발신자는 '국제뇌교육협회'로 되어 있었다. 인공지능 시대에도 '인간의 내적 역량 계발을 통한 휴머니티 회복'이 필요하다는 전제 다음에 구체적인 내용이 적시되어 있었다.

"원하는 변화와 목표를 이루기 위한 인간이 가진 다양한 능력 중에서 성공적 수행과 성과에 이르게 하는 내재적 특성으로 그러한 행동을 일으키는 동기, 태도, 가치관, 자아의식 등 개인의 행동적, 심리적 요인을 망라한다. '나는 누구인가'로 대표되는 내면 탐색을 비롯해 정신적 회복 탄력성, 인내와 용기, 자기 주도성과 사명감, 영감과 통찰 등이 인간 내적 역량에 포함된다." 맥락은 잘 모르지만, 어디선가 들은 내용이기도 했다.

도무지 성공적인 속죄가 있을까. 속죄의 결과로 '정신적 회복 탄력성'이 획득될까. 속죄에 대한 통찰이란 무엇인가. 그런 물음들을 떠올리는데 가슴에서 우웅 우웅 하는 맥놀이가 일어났다. 맥놀이는 몸을 뒤흔들어놓았다. 핸드폰이 다시 울렸다.

"내요, 김대성."

"어르신, 윤종성입니다."

“관산대학교 병원으로 오지 말고, 진천 비천주종사엘 먼저 가소. 주철장 한유철 사장에게 내 안부도 전하시오.” 한유철(韓鍮鐵) 사장은 전에 고려울 교수와 함께 만난 적이 있었다. 음향학을 전공하는 고려울 교수가 운영하는 ‘한국범종연구소’에서 초청 강연을 한 적이 있었다. 한유철 사장은 키가 작달막하고 얼굴은 잘 익은 대추 빛깔이었다. 고려울 교수가 윤종성을 소개하자, 손을 내밀어 악수를 청했다. 거친 손이 윤종성의 손을 거머쥐었다. 악력이 억세어서 윤종성의 손에 쥐가 날 지경이었다. 윤종성이 왼손을 주머니에 찔러 넣는 것을 보고는, 엷은 코팅을 한 안경 속에서 한쪽 눈이 웃고 있었다.

“범종은…… 말하자면, 과학과 기술, 나아가서 예술의 종합 영역입니다. 더 나아가 경제적인 맥락에서 운영되는 경제활동이고…….” 그렇게 시작한 범종 이야기는 범종 소리의 신비감에 집중되었다.

여러분이 절에서 범종 소리를 들었는지 모르지만, 범종 소리는, 한국 범종에서만 나는 신비한 소리인데, 인간의 정신적 승화를 표상하는 초월적 음향입니다. 초월이란 무엇입니까. 인간이 존재 자체를 던져야 겨우 한구석을 내보이는 그러한 영역이 있다면, 그러한 영역이 초월적 세계일 터인데, 거기는 비탄과 애원과 고뇌가 뒤엉켜 있고, 환희와 열락과 찬란한 희망의 빛깔이 일렁입니다. 몸을 던져 간구하는 해탈의 염원에 대한 부처님의 응답이랄까, 인간의 궁극적인 자아실현의 표상이랄까, 그런 음향이 범종 소리입니다. 그래서 비천(飛天)입니다. 비천의 이미지는 동양과 서양이 공통으로 추구하는 인간의 존재 상승을 표현하는 매개체입니다. 서양 사람들이 생각하는 천사도 비천의 개념을 빼고는 형상을 그릴 수 없습니다. 저어기 김천 직지사범종에는 비천상에 천사의 날개도 새겨 넣었습니다.

그런데 서양 사람들의 종에는 비천하는 정신의 울림이 없지요. 서양 사람들은 종을 자유의 표상으로 내세우길 잘합니다. 그러나 존재의 비상을 자유만으로 형용할 수 없습니다. 존재는 자유 그 이상의 유현한 영적 공간을 지니게 마련입니다. 그러한 공간은 범종 소리라야 아울러 들입니다. 그렇게 이야기하다가 강연장에 가지고 온 큼직한 범종을 울렸다. 청중들에게는, 눈을 감고 맥놀이를 따라 천상으로 날아보라 하면서였다.

"종 만들기는 나와 운명적으로 연기되어 있는 셈인데, 주종 과정에서 쇳물이 튀어 눈을 하나 잃었습니다. 심안이 갖추어지기만 하면 눈이 꼭 둘이라야 하는가, 그런 생각도 가끔 하지요." 한유철 사장은 저고리 주머니에서 손수건을 꺼내 안경을 올리고 눈을 훔쳤다. 인간의 심안은 인공지능으로 도달할 수 없는 영적인 영역이고, 그 영역에 가닿는 소리가 범종의 맥놀이라면서, 그것은 어쩌면 서양 사람들이 발견한 소실점, 배니싱 포인트라 하는 그 점을 넘어 어딘가로 상정되는, 언어로 포착되지 않는 세계라고 했다.

한유철 사장은 강연을 끝내고 강연장을 나가다 멈추어 청중들을 다시 쳐다보았다. 그리고는 다시 무대 밖으로 세속사를 넘어선 '저쪽'으로 자취를 감추었다.

"맞춤 맞게 때에 맞춰 잘 오셨소." 한유철 사장이 다가와 손을 내밀었다. 손아귀 힘은 여전했다.

고려울 교수와 학생들이 함께 와 있었다. 라포레와 정꽃소리가 다가와 악수를 했다.

"고창에서 오는 거야?" 정꽃소리가 물었다. 윤종성은 고개를 끄덕여 보였다.

주종 공장은 윤종성이 예상했던 것과는 달리 규모가 대단히 크고 복잡했다. 공장 안에는 거푸집 모양으로 철근을 조립해놓은 구조물이 두엇 놓여 있었다. 외국인 일꾼들은 쇳물로 부어낸 종신을 연마하기에 여념이 없었다. 비천상을 조각하고 종명(鐘銘)을 새긴 점토판도 여러 장 가지런히 놓여 있었다.

공장은 커다란 운동장을 연상하게 했다. 중앙에 설치한 종의 거푸집이 원자력 발전소 돔처럼 거창한 몸집을 하고, 쇳물 붓기를 기다리고 있었다. 흙으로 틀을 만들고 그 안에다가 쇳물을 부어 종을 빼내겠거니 하는 상상은, 머릿속 생각일 뿐이었다.

"이제 시작할까요?"

"온도를 재보시오. 내 보기는 아직 온도를 좀 더 올려야 할 듯하오." 전기로 안에다가 측정기를 들이밀어 넣는 기술자의 얼굴이 불빛을 받아 벌겋게 달아올라 보였다. 하얀 안전모 아래 땀이 흘렀다. 한 십 분만 더 돌립시다, 알았습니다, 용광로 돌아가는 소음 속에 기술자들의 목소리가 묻혀 들어갔다.

"전에는 쇳물을 위에서부터 부었는데, 종신 표면이 거칠어서, 요새는 아래에서 위로 올려붓는 방식으로 합니다." 거푸집 위에서부터 쇳물을 부으면 먼저 내려가던 쇳물이 중간에 굳어서 종신 표면이 고르게 빠지지 않는 경우가 있다는 설명이었다.

"자아, 시작합니다!"

기술자가 리모컨을 조정하는 대로 크레인이 움직이기 시작했다. 벌겋게 타오르듯 단 용광로를 매단 크레인이 거푸집 앞에 멈췄다. 전후좌우로 전진후퇴를 반복하던 용광로가 거푸집에 아구리를 대고 멈췄다. 용광로를 주철공(鑄鐵孔)에 정확하게 대기 위해서는 사람의 손이 필요했다. 갈고리가 달린 긴 장대로 용광로의 방향을 틀어 정위치하게 했다. 크레인이 서서히 용광로를 기울였다. 벌건 쇳물이 증기를 피워올리며 흘러내리기 시작했다. 그것은 짙은 저녁놀 빛깔이었다. 쇳물 속에 녹아 있는 소리와 정신이 흘러내리는 중이었다. 일행은 그 광경을 숨죽이고 바라보았다. 윤종성은 눈을 감고 자기도 모르게 두 손을 모았다. 왼손 손가락이 움찔거렸다. 손가락을 깍지 껴서 진정시켰다. 칩이 용광로에서 녹은 쇳물의 자기장에 반응을 하는 것인지도 몰랐다.

용광로 바닥에 남은 슬러지를 공장 바닥에 쏟아붓고 용광로를 제자리에 옮기는 걸로 작업은 끝났다. 쇳물이 굳기를 기다려 거푸집을 해체하고 종신을 드러내는 작업은 뒤에 이어질 터였다.

"이번 주종 작업은 성공이야. 이럴 땐 박수도 치고 그러셔!"

기술자들과 일행이 박수를 쳤다. 한유철 사장은 얼굴에 흐뭇한 미소를 띠어올렸다.

"여러분이 우리 공장을 방문해주셔서 영광입니다. 고려울 교수님과 함께 온 '우-소-사', 우리 소리를 사랑하는 사람들, 여러분을 진심으로 환영합니다. 특히 윤종성 시인이 오신 것은 특별한 의미가 있습니다. 오늘 쇳물 부은 것은 윤종성 시인을 위한 퍼포먼스랄까 그렇습니다. 많이들 드시고 환담하시기 바랍니다." 한유철 사장의 환영사였다.

"감사합니다." 일행이 박수를 쳤다.

"김대성 어르신께서 안부 전하라 하셨습니다."

"내 정신 좀 보소. 병원에 계시다고 들었는데, 환후가 어떠신가?"

"여기 비천주종사 먼저 들르라 하셔서, 병원에는 저녁에나 가봐야 하겠습니다."

"그 어른 오래 살아야 좋은 일 많이 하실 텐데……." 놀라운 일이었다. 윤종성이 가는 데마다, 만나는 사람마다 김대성과 연줄이 닿지 않는 데가 없었다. 그렇게 베푸는 것이 속죄의 방법일지도 모른다는 생각이 들었다. 다 내주고 마지막 자신의 몸까지 내준다면…….

일행은 회의실로 자리를 옮겼다. '우소사' 지도를 맡은 고려울 교수가 윤종성에게 가만가만 다가와, 김대성이 왜 병원에 가 있는가 물었다. 윤종성은 그 나이 되면 병원 출입하게 마련 아닌가, 범연하게 넘겼다.

"교수님, 범종의 맥놀이가 어떻게 생기지요?" 라포레가 손을 들고 물었다.

"어머, 저 호기심! 공부 잘하겠네. 질문 잘했습니다. 뭐랄까, 한 몸에서 다른 소리를 내기 때문에 주파수가 다른 두 소리가 회절 작용을 일으킬 때, 맥놀이가 생겨요." 고려울 교수는 맥놀이에 대해 학생들이 알기 쉽게 설명했다.

종의 몸통, 종신(鐘身)을 일정한 두께로 만들면, 종소리의 주파수가 일정하기 때문에 소리는 흔들림이나 울컥거리는 뭉텅이 없이 매끈하게 퍼진다. 그런데 한국의 범종은 종신 자체가 균질적이지 않다. 두껍고 얇은 정도가 차이가 나기 때문에 한 몸이지만 부분적으로 주파수가 다른 소리를 낼 수 있다. 다른 하나는 일부러 주파수를 달리하는 소리를 유도하기 위해 종신 안쪽에다가 '덩이쇠'를 붙이는 경우가 있는데, 흔히 에밀레종이라 하는 성덕대왕신종에서 그런 예를 찾을 수 있다. 종신 안에 붙인 덩이쇠가 내는 소리가 몸통에서 내는 소리에 부딪쳐 우웅 우웅 하는 맥놀이가 생긴다.

맥놀이는 일종의 여운(餘韻)이다. 범종의 소리는 세 부분으로 나누어진다. 종신에 새겨진 당좌를 당목으로 타격함과 동시에 발생하는 타음(打音)은 콰르르릉 천지가 무너지는 소리이다. 이어서 꾸웅하고 울리는 원음(遠音)이 잠시, 삼사 초간 이어진다. 그리고 이후 여음(餘音)은 몸을 뒤틀면서 멀리 퍼져 나가는데, 높낮이를 달리하는 소리가 우웅 우웅 무한공간을 향해 흘러가게 된다. 그 소리가 삼십삼천 도솔천으로 인간 영혼을 실어 나른다고, 불가에서는 이야기한다.

"사람도 마찬가지, 깊은 울림을 주는 사람은 한 몸에서 주파수가 다른 소리를 낸다고 할까. 청정무구한 영혼과 죄로 더럽혀진 몸뚱이가 하나의 자아 속에 통일을 이룬다면, 그걸 인격이라 해야 할 게 아닌가? 성인들의 생애가 대개 그렇게 이질적인 것의 통일을 보여주지."

성인을 예로 드는 것은 그다지 설득력이 없었다. 그러나 인격의 완성이란 측면에서는, 그런 이질적인 것의 융합과 통일이 필수 요건일 듯했다.

"종을 다는 방식도 동서양이 달라요." 고려울 교수는 다시 설명을 이어갔다.

한국의 범종은 종루에 나지막하게 매단다. 종을 종루에 높이 매달면, 종을 종메(당목)로 치는 게 아니라 종 자체를 흔들어서 종소리를 낼 수밖에 없다. 종을 낮게 매다는 데는 까닭이 있다. 종의 구조와 연관되는 점도 있다. 범종은 종신에 몇 가지 부설 구조물을 부착하여 소리의 질을 통어한다. 종을 매다는 걸개에 해당하는 용뉴(龍鈕) 옆에 울림통을 설치하여 소리를 웅장하고 고르게 조정한다. 그리고 종신의 아랫부분을 장식하는 하대(下帶) 밑에 땅을 파거나 항아리 같은 큰 그릇을 묻어 종신에서 나는 소리를 공명하게 하여 소리를 더욱 장중하게 한다. 그 울림통에 윤종성이 들어가 몸을 숨기고 있다가 손을 내밀어 당좌를 더듬는 사이 당목이 그의 손가락을 모두 깨트렸던 터였다. 아무튼 범종은 울음의 덩어리요 한편으로는 환희성(歡喜聲)이 저승세계로 날아가는 우주의 날개인 셈이었다. 일행은 강연에 귀를 기울여 숨소리마저 잦아들었다. 고려울 교수는 범종각에 대해 이야기를 덧붙였다.

"범종은 북과 어울려야 소리세계의 꼭대기로 비상할 수 있습니다. 범종이 인간 영혼이 구천에 떠돌지 않게 한다면, 법고는 축생들의 혼이 저승으로 가게 인도하는 역할을 합니다. 규모가 큰 법고는 북통의

양면에 암수 한 쌍으로 소 한 마리씩 가죽이 들어갑니다. 사찰의 범종각에는 불가사물이라고 해서 범종과 법고 그리고 목어와 운판을 배치합니다. 목어는 수중생물, 운판은 허공중에 떠도는 고혼을 저승으로 인도하는 소리입니다. 아무튼 좋은 소리는 소리가 맑아야 하고, 여운이 길어야 하며, 맥놀이가 뚜렷해야 합니다. 그래야 쇠를 타고 하늘로 천의를 하늘하늘 날리면서 천상으로 날아오를 수 있습니다. 다른 나라 종에서는 발견할 수 없는 정신의 높이입니다." 숙연히 듣고 있던 일행은 일어나 자리를 떴다. 밖에서 누군가 북을 치고 있었다. 그것은 뱃속을 울리고 울컥울컥 몸을 요동치게 하는 소리였다. 범종 소리가 영혼을 움직인다면, 법고 소리는 육신을 요동치게 했다. 예불 시간에 법고를 다루는 스님의 '춤'은 이야기할 겨를이 없었다.

추석이 멀지 않아 달빛이 훤하고, 풀벌레 소리가 뜰 앞에 자지러졌다. 윤종성은 라포레를 불러 밖으로 함께 나섰다. 저쪽에서 정꽃소리가 이쪽을 바라보고 새끈둥하게 웃고 있었다.

15

옥색 두루마기

수리성 젊은 소리꾼 한 소절 질러대며
쿵떡 한 박 넣으면
얼씨구, 추임새에 신이 올라

모양성 한 바퀴 휘돌아 나온 뒤
날개 얻어 하늘로 오르려고 용틀임하는 터에
소리가 소리라야 허는 법이라
은동곳 슬그머니 눌러 멍석 바닥에 주저앉히고는

판소리의 기원과, 명창 계보며,
그 이야기 절어나가는 엮음이며
나아가 북장단의 이법과
지심에서 천상을 향하는 그 정신의 높이를

어르고 달래면서 민족과 세계를 아우르는
이 우람한 숲, 그 위로 불어가는 말씀의 바람

숲은 그 품에 많은 생령을 기른다. 그 생령 가운데 인간이 가장 상위의 포식자인 것처럼 군림하지만 한 발 높이 올라가보면, 다람쥐나 청설모만도 못한 존재다. 몸을 옷으로 감싸고, 발에다가 신발을 꿰지 않고 알몸으로 숲에서 견뎌낼 수 없다. 고라니, 노루, 사슴, 멧돼지 그런 짐승들은 숲의 왕들이다. 그런가 하면 날짐승들도 숲에 깃들여 산다. 이들은 숲을 벗어나 집을 짓고 사는 인간들에게 적이나 마찬가지이다. 문명의 발달이라는 게 인간 주변의 존재를 적(敵)으로 만드는 시스템이었다. 나중에는 인간과 인간이 서로를 적으로 삼아 치열한 싸움을 벌이며 살아왔다. 그러면서 숲의 짐승을 끌어다가 인간 자신을 비유항으로 삼았다. 이천 년 저쪽부터 써오던 말이 있다. "인간은 다른 인간에게 늑대처럼 잔인하다."는 말은 라틴 시대에 와서 '호모 호미니 루푸스'라고 정리되었다. 종당에는 늑대인간이라는 존재까지 상상하게 되었다. 숲에서 산다는 것은 짐승들에게 육신을 내줄 수 있다는 뜻이었다.

윤종성은 충북 진천에서 서울 관산대학교병원까지 차를 몰고 왔다. 도로변의 숲은 가을 빛깔로 곱게 익어가는 중이었다. 숲이 익어간다는 것은 숲이 무게를 지닌다는 뜻이었다. 그 무게는 숲이 도토리나 밤 같은 실과(實果)로 가득하기 때문에 생겨나는 존재의 무게일 듯했다.

고창에 내려가면 척서암 골짜기에서 알밤을 주워야 하겠다는 생각을 했다.

"어어이, 윤 선생 왔는가!" 김대성이 침대에서 옆으로 돌려누우면서 손을 뻗어 윤종성의 왼손을 잡았다.

"워어매, 손이 따뜻허이. 피가 돌아가는 모양이야." 반가워하는 목소리였다. 강형강 박사가 윤종성의 나노 접지술은 크게 성공했다고 기뻐하더란 이야기도 했다. 강형강 박사에게 들러서 인사를 하고 싶었다.

"수술받고 병원에 계시기 고생스럽지 않으세요?"

"말이시 내가 허파에 바람이 잔뜩 들어 살았던 게비여." 윤종성은 푸석하게 웃었다.

"허파가 막혀 바람 안 들면 어떻게 살아요……."

"하기사, 폐암이라는 게 허파에 못된 바람이 들어서 썩는 병인 게여. 그라니까 허파에 로봇을 들어가게 히서 잘라내야 헌다는 게라. 내 몸을 내가 제대로 건사하지 못한 거, 그거 죄나 한가지여." 김대성은 쿨럭 기침을 했다. 휴지로 입을 닦고 버튼을 눌러 침대를 일으켰다. 상체를 젖혀 누운 채로 이야길 이어갔다.

"윤 선생한테 내가 이야기하지 못한 게 있어서, 올라오라 히었지라."

윤종성은 슈트케이스에 챙겨가지고 온 자료를 내놓았다.

"전번에 주신 녹음자료까지 전사해서, 이제까지 작업한 것은 거의

다 정리했습니다. 읽으시는 데 편하게 하려고 큰 글자로 인쇄했습니다. 그러다 보니 양이 꽤 많아 보입니다.” 괜찮다는 듯이 김대성은 손으로 앉으라는 기척을 계속했다.

“말하기 뭣하지만, 내가 저지른 죄목을 한마디로 뭐라 하겠나?” 엉뚱한 질문이란 생각이 들었다. 윤종성은 속으로 ‘살인’이란 단어를 떠올리고 있었다. 그것은 윤종성과 김대성이 공유하고 있는 아린 상처였다.

“글을 쓴다는 게, 뜬금없는 화두를 풀어내는 기술이랄까, 뼈에 살을 붙인달까, 살에 핏줄을 넣어 맥이 놀게 하는 그런 일 아닐랑가?” 김대성은 진지하게 물었고, 윤종성은 엉뚱하다는 생각을 하고 있었다.

“내 입으루다가 말하기는 싫지만, 한마디로 딱 잘라 말한다면 ‘살인’이 되지 않을랑가?” 김대성은 살인이 단독자로서 한 인간을 죽이는 걸 의미하지 않는다는 이야길 했다. 그러면서 인간은 다른 인간들과 수많은 가닥 인연의 끈으로 얽혀 있고, 그 그물망의 고 한 가닥을 칼로 자르면 그물 전체가 망가진다고 했다. 죽은 ‘인간’의 가족, 핏줄, 정붙이들, 그들에 대한 죄를 몰라라 하면, 그것은 ‘인간’도 아니라고 잘라 말했다.

“저저이 옳은 말씀입니다만…….”

“그러니 구시떡 야그를 뺄 수 없는 게야.” 윤종성은 두 손을 모아 쥐고 김대성의 이야기를 기다렸다. 손에 땀이 배기 시작했다. 구시떡과 살을 섞은 후 거처를 진정언 시인 집으로 옮긴 것을 두고 하는 이야긴가, 구시떡을 건드렸다는 걸 걸고넘어지는 것인가, 여러 생각이 가닥이 꼬였다.

"살인자? 아니지, 살인으로 죽은 놈을 뭬라 히야 쓸랑가, 아무튼 아버지가 죽창으로 찔러 죽인 강충구란 그 인간의 딸, 그 딸의 딸 그기 구시떡인 게여." 가족이 몰살을 당하고 딸 하나가 살아남았다. 아직 누가 돌보지 않으면 혼자 살아갈 수 없는 어린 핏덩이였다. 옷자락 팔랑거리며 뛰어다닐 즈음해서 옹기가마 잔심부름이나 시키라고 맹성재에게 맡겼다. 맹성재는 아이의 재능이 아깝다고 모양성고등학교 급사로 넣어주었다.

"그다음은 불행의 공식처럼 살았던 게라." 고학을 하면서 검정고시로 대학 진학, 운동권 투사, 체포, 고문, 감옥살이, 성적 학대, 정신질환……. 김대성이 미아리 텍사스촌에서 만나 고창으로 데리고 와서, 구시포 당질 집에 맡겨…… 정상인이 되도록 치료를 하는 중에 당질이 이사하고, 갈 데가 없어 김대성이 데리고 있다는 이야기였다. 보통 때는 멀쩡한데, 속에서 뭐가 불끈거리면, 이히히 실성을 한다고 했다.

"내가 내 죄를, 내 눈으로 확인하면서, 잊지 않도록 감시자 삼아, 곁에 두고 살았던 것이제." 김대성의 말은 토막토막 잘렸다.

"그간 윤 선생이 봐서 알겠지만, 구시떡은 엄청 똑똑하다가 어떤 때는 완전 멍청이매치로 군다는 그 말이여." 김대성이 말하는 '멍청이짓'을 윤종성은 이해하기 힘들었다. 화장실에 들어가면 시간이 오래 걸렸다. 물을 철벅거리면서 뒷물을 하느라고 오래도록 화장실에서 나오질 않았다. 속에 고인 죄의 핏물을 씻어내듯이.

"내가 죽으면 구시떡 어찌히야 쓰겄나?"

"아직 때 이른 말씀 같습니다."

김대성은 한숨을 길게 내쉬었다. 그러고는 다른 일 보라면서, 침대를 낮춰달래서 누웠다.

윤종성은 강형강 박사 연구실을 찾아갔다. 반갑게 맞이해주었다. 두 손을 내밀어보라 하고는 양쪽 손등을 쓸어보고, 손가락을 하나하나 만져보았다.

"되었소. 성공이오. 나노 접지술 사례를 '나노의료기술잡지'에 발표했소……." 사례 당사자의 이름을 밝혔는지 물어보려다가 생각을 접었다.

"시간이 있는지 모르겠는데, 판소리 공연 하나 볼라나?"

"판소리 공연이라면……?"

"고창 판소리연구회 회원들과 관산대학교 학생들이 콜라보로 소리판을 벌인다고 초대권을 보냈는데 의사란 사람들이 어디 시간이 넉넉해야지. 자네 가서 보소." 강형강 교수는 초대권 두 장을 윤종성에게 건넸다.

마로니에공원 야외공연장에는 관객들이 공연장을 가득 메우고 있었다. 공연이 시작될 시간이 한 시간가량 남아 있었다. 윤종성은 노량진 학원가에서 지내던 무렵 생각이 떠올랐다. 원장 방침에 따라 수요일은 강의가 없었다. 무료해서 미칠 것만 같은 시간, 윤종성은 전철을 타고 마로니에공원에 가서 시간을 죽였다. 젊은이들이 쌍쌍이 손을 잡고 재깔거리면서 물결져 몰려다녔다. 군중 속에 혼자 동떨어져 앉아 있는 자신이 버러지처럼 낯설게 느껴졌다.

소주카페는 젊은이들로 북새통이었다. 윤종성은 구석자리에 겨우 엉덩이를 비비고 들어갈 수 있었다. 윤종성 또래 젊은이들 사이에서 중년 남성이 노래를 불렀다.

"루루루~ 지금도 마로니에는 피고 있겠지 눈물 속에 봄비가 흘러내리듯 임자 잃은 술잔에 어리는 그 얼굴 아~ 청춘도 사랑도 다 마셔버렸네 그 길에 마로니에 잎이 지던 날~~~"

젊은이들이 박수를 쳤다. 윤종성도 대학에 가면 지도교수가 생길 것이고, 저 젊은이들처럼 같이 어울려 노래하고 춤출 수 있겠다는 꿈을 꾸었다. 그 꿈이 실현되어 관산대학에 들어갈 수 있었다.

머리 위로 무언가 툭 소리와 함께 떨어졌다. 금방 밤송이에서 떨어진 밤알처럼 반들반들 윤기 자르르한 열매가 발 앞에 굴렀다. 윤종성은 속으로 '존재의 무게', 그런 구절을 떠올렸다. 어떤 시인은 가을 숲에서 줍는 알밤을 '존재의 실감'이라고 표현한 적이 있었다. 윤종성은 열매를 집어 들었다. 손끝에 싸늘한 감각으로 만져지는 열매는 마로니에 나무에서 떨어진 것이었다. 윤종성은 그 열매를 바지 주머니에 집어넣었다. 마롱, 그것은 프랑스 말로 '밤'이란 뜻이었다. 마롱밤이 열리는 나무가 마로니에였다. 한국에서는 칠엽수라고 하는 나무…… 사람들에게 추억과 낭만을 불러내주는 나무……. 자신은 지금 마로니에공원에 와 있는 것이었다!

공연이 시작되었다. 테가 큼직한 갓을 쓴 젊은이는 옥색 두루마기

자락을 너울거리며 무대로 나왔다. 옥관자를 한 갓끈 옆으로 짙은 살짝이 삐져나와 남장한 여성 소리꾼이라는 걸 알 수 있었다. 북을 잡고 앉은 고수는 성원지가 확실했다. 관객들 사이를 뚫고 나가 인사를 하기는 어려운 정황이었다.

"늦어서 죄송합니다. 프랑스 생말로에서 온 미인이 해설을 맡았는데, 속곳 밑구녕을 꿰매고 앉았는지, 똥 비릇느라고 뒷간에서 비르적거리는지, 암튼 행동이 좀 굼뜨요. 죄송하구만이라." 괜찮어, 괜찮어, 관객들이 소리를 질렀다.

윤종성은 판소리연구회 회원들과 함께 고창에 갔을 때 이런 공연을 보았던 기억이 떠올랐다. 핸드폰을 꺼내 입력해놓았던 시를 찾아보았다. 그때는 라포레가 직접 소리를 했다. 시의 끝 구절에 소리판이 우람한 숲이라고 했던 생각……. '말씀의 바람'은 어세(語勢)가 좀 약하다는 생각이 들었다. "어르고 달래면서 민족과 세계를 아우르는/이 우람한 숲, 그 위로 불어가는 말씀의 바람." 지금 윤종성의 내면에는 말씀의 바람이 맥놀이처럼 물결을 이루어 흘러갔다. 삶에 대해서, 인간의 죄에 대해서 금방 손에 쥐어질 듯한 깨달음이 다가오는 듯했다.

라포레가 판소리연구회와 관산대학교 학생들이 어떻게 콜라보를 하게 되었는지 소개하고, 이런 공연은 판소리의 국제화에 기여할 것이라고 당찬 희망을 펼쳐갔다. 사회자로서는 좀 튀는 발언이었다.

"여러분, 사랑 좋아하시오?"

"암마……." 쿵딱……

"이때여 춘향이가 이도령을 만나 한판 놀아나는데 꼭 요러코롬 노는 것이었다." '업고 놀자'는 그렇게 시작했다.

정꽃소리의 목청이 수리성으로 변해가고 있었다. 윤종성은 〈서편제〉라는 영화의 한 장면을 떠올렸다. 소리 가운데 한을 제대로 표현하자면 소리꾼 자신이 한을 지녀야 한다면서 아비가 딸의 눈을 멀게 하는 장면이었다. 정꽃소리는 남녀 간의 사랑을 제대로 노래하자면 '그 사랑'을 해봐야 한다면서 윤종성에게 달려들었던 적이 있었다. 윤종성은 정꽃소리가 누구랑 살든지 애를 못 낳을 거란 생각을 했다. 소리에 몸을 헌신하여 생명을 잉태할 기운이 고갈된다는, 안타까운 느낌이었다.

해설자로서 라포레의 역할은 간단했다. 해설과 해설 사이에 시간이 떴다. 윤종성이 손을 흔들어 인사를 건넸다. 라포레는 윤종성 있는 쪽으로 다가왔다. 무대 뒤편 마로니에 나무 아래 나란히 앉았다. 라포레가 윤종성의 허벅지를 더듬었다.

"어머어, 이 꼿꼿한 게 뭘까?"

윤종성이 낄낄 웃다가 좀 전에 주웠던 마로니에 열매를 꺼내 라포레 앞에 내밀었다.

"마롱한테 속았네."

"마롱이 밤이란 뜻이지? 그러면 먹어도 되겠네."

"물론, 프랑스에서는 군밤장수를 마로니에라고 해. 한번 먹어봐. 입에 넣고 와작와작 씹어먹어야 제맛이 나. 수박처럼 겉껍데기나 핥지 말고." 윤종성은 가방에 가지고 다니던 맥가이버 칼을 꺼내 마롱 껍데기를 벗겨냈다. 그러고는 그 알맹이를 입에 넣고, 라포레가 하라는 대로 '와작와작' 씹어 삼켰다.

"무슈 윤, 이제 죽었다." 라포레는 다음 순서를 소개하기 위해 무대로 올라갔다.

"여러분, 이번에는 〈흥부가〉를 들려드리려는데요, 여러분은 흥부가 좋아요 놀부가 좋아요? 소리 듣고 판단해보세요. 여러분은 자기가 흥부인가, 놀부인가, 이도 저도 아니면, 여러분의 캐릭터가 무언지 생각해보세요." 관객들이 놀부, 흥부를 외쳐 부르는 사이 소리가 시작되었다. 충청 전라 경상 어름에 흥부와 놀부 형제가 살았넌디…… 놀부는 형이요 흥부는 아우라……. 얼씨구! 쿵 딱.

윤종성은 마로니에공원 화장실에서 변기에다가 머리를 처박고 마로니에 열매 찌꺼기를 토해내고 있었다. 열매가 빛깔이 고운 것은 독이 있다는 뜻이었다. 그러나 한편, 말로 인한 오해일지도 몰랐다. 한국의 밤을 뜻하는 프랑스어 단어는 샤텐(châtaigne)이 따로 있었다. 마로니에 열매 잘못 먹었다가는 죽을 수도 있다는 생각이 들었다.

공연이 끝나고 출연진 일행이 식사를 하기 위해, 대학로 식당으로 옮겨가고 있었다. 윤종성은 정꽃소리의 옷가방을 들어주었다. 라포레는 장면마다 바꾸어 입는 무대의상 때문에 짐이 제법 컸다. 성원지는 북이 든 검은 가방을 어깨에 메고 뒤뚱거리며 뒤따라왔다.

"잘들 했어, 전문 집단 공연 같던데……. 그런데 정꽃소리는 목이 완전 갔더라구."

"목이 간 게 아니라 득음에 가까워지는 조짐일 게야." 윤종성은 젊은 아가씨와 수리성은 도저히 안 어울린다는 생각을 했다. '벨칸토 판소리' 생각이 떠올랐다. 전통, 그건 신생아가 그걸 열어젖히고 다시 태어나야 하는 자궁벽, 그런 것일지도 몰랐다. 벽은 벽이되 생산의 진통을 이겨내고 새로운 생명을 탄생하게 하는 근원지……. 자궁벽.

식사를 하면서는 공연에 너무들 지쳐 그런지 말들이 뜸했다. 성원지는 심리치료를 받아야 한다면서 정꽃소리와 함께 먼저 자리에서 일어났다. 라포레와 윤종성이 마주 앉았다.

"창무극이 본래 한 사람이 소리하고 춤추는 일인극이 아닌가?" 윤종성이 물었다.

"그건 공옥진의 곰배팔이춤 같은 거지. 따지고 보면 판소리도 일인극 아녀? 그렇게 하자면 배우들이 모두 최고 실력자가 되어야 하니까 너무 어려워. 그런데 역할을 나누고 장면의 독립성을 조금 강화하면, 배역들의 역할이 줄고 연극적 긴장감을 나타내기도 좋지 않겠어? 판소리하던 이들이 창극을 하게 된 것도 같은 요청 때문일 거야. 그러니까 우리가 지향하는 것은 판소리로 단련하고 집단창무극이랄까, 다인창무극을 시도하려는 거야."

윤종성은 자기가 학교를 떠나 있는 사이, 친구들은 한층 성숙했다는 생각이 들었다. 자신은 정체되어 있었다. 자서전을 써주겠다 하고, 자서전과 전기의 차이점이라든지 인물 서술의 원리 같은 것은 깊이 공부할 여가가 없었다. 인간과 인간의 공감과 소통이 어떻게 가능한 것인가, 그걸 글로 다루는 방법은 무엇인가, 아무 대답도 아직은 확보한 게 없었다. 아르바이트는 공부가 아니었다.

구시떡, 그 만만치 않은 생애를 김대성의 전기에 어떻게 삽입해야 하는지, 답이 없었다. 부친과 함께 자기가 살해한 자의 딸의 자식을 자기가 거두는 행위는 자학인가 가학인가, 아니면 둘을 넘어서는 어떤 것인가도 의문이었다. 자서전을 통해 고백을 하는 것이 참회의 방법이 되는 것인지도 확신이 없었다. 남의 고백을 대신 서술한다는 것이 가능하기는 한가? 의문이 꼬리를 물었다. 의문이 학문의 본질일지는 몰라도, 그것은 용기를 갉아먹는 의식의 좀벌레 같은 것이었다.

"고백이 속죄가 될까?" 윤종성이 라포레를 쳐다보며 물었다.

"프랑스 격언에 말야, 고백은 참회의 징표다, 그런 게 있어. 우리는 죄 가운데 살아. 그 죄를 이성적으로 돌아보고, 가슴 아파하며, 신부님께 고백해서 확인하고, 그리고 쉬지 않고 기도하면서 사랑을 실천하고, 일상생활을 성스럽게 해야 하는 거야." 라포레가 나이 지긋하고 경험 많은 수녀처럼 보였다.

"고백을 하려면 고백을 들어주는 대상이 있어야 해. 그런데 고백적 글쓰기의 대상은 세속적인 상대자들이란 말이지. 구조 자체가 고백이 불가능한 거야."

라포레는 조용히 듣고 있었다.

"독자를 무오류의 존재로 상정해야지. 독자를 나랑 똑같은 잡놈 잡년이라고 취급함과 동시에 고백적 글쓰기는 사기 행각이 되는 거야."

"그렇겠네."

"프랑시스 잠은, '나는 괴로워하고 사랑하나이다,' 그렇게 삼종시간에 고백하잖아. 괴로움 없는 사랑은 육신의 환락일 뿐이야." 전에 윤종성에게 선물한 시집 서문에 그런 구절이 있던 게 생각났다. 그래서 둘이 만나 교접한 게, 괴로움 없는 사랑이니 그게 곧 죄라는 데까지는 나아가지 않았다. 전에 관산대학교 게스트하우스에서 밤을 보낼 때와는 사뭇 다른 태도로 말했다.

"오늘 밤은 어디서 자?"

"한국 속담에, 장마다 꼴뚜기 나는 줄 알아, 그런 게 있더라구. 꿈도 꾸지 마."

"야아, 가시 엄청 억세졌네."

"웃긴다, 김대성 처사님 허파에 바람 들었었다면서?" 허파에 바람 들지 물 들어가겠는가 하려다가 입을 닫았다.

밖으로 나왔다. 마로니에공원 나무들이 가을에 물들어가고 있었다. 건너편 관산대학교 병원 정원의 은행나무들은 황금빛으로 불타올랐다. 누구든지 말년이 가을 단풍처럼 고운 빛깔로 마무리되기를 염원하는 거라고 이야기하던 김대성의 말이 떠올랐다.

소방차 세 대가 경광등을 번쩍이고 요란한 경적을 울리면서 관산대학교 병원으로 진입해 들어가고 있었다. 윤종성의 왼손 손가락이 푸르르 떨렸다.

16

상여놀이

이보게, 사실이 그렇지 않던가
책 한 권으로 정리되는 인생
그 시덥잖은 세월을 가지고설랑
과장하고 감탄할 일 아니잖던가

뒤엉클어진 풀꽃 더미에서라도
꽃은 꽃마다 자기 씨 맺고 싶어하지 않던가
그림자가 다른 그림자 만나 뒤엉키면
생애는 그림자 속으로 사라지지 않던가

내가 내 이름 달고 사는 것은, 말이지
땅이, 물이, 나무가, 바람과 구름까지
서로 얼르면서 열달아 입술 부비는 그런 소리,

그 소리 한 가닥으로 뽑아내는 그런 일인 게야.

숲은 숲이라서 그림자 지니지 않고
바람 만나 스스로 울어서 소리소리 울어대지 않던가.

윤종성은 관산대학교 병원 입원실에서 김대성을 만나고 나왔다. 점심시간을 조금 지나 있었다. 암센터 옆에 '약선대(藥膳臺)'라는 식당이 새로 개업을 했다고 안내판을 내세웠다. 11층 건물 맨 꼭대기 층에 자리 잡은 궁중요리 식당이었다. 식당 규모에 비하면 식단은 간소했다. 우리밀 칼국수를 시키고 창밖을 내다봤다. 병원 담장 아래로 난 길 건너편은 창경궁이었다.

창경궁은 궁궐이라기보다는 왕실의 숲이었다. 임금의 숲은 다른 임금의 숲으로 이어져 있었다. 두 궁궐 남쪽에는 종묘(宗廟)가 와전(瓦甎)으로 덮은 마당을 조금 내보이며 숲으로 싸여 있었다. 숲은 운치 있고 그윽한 기품이 감돌았다. 그것은 단풍 때문이었다. 느티나무는 노릇노릇한 잎이 짙은 갈색 잎에 싸여, 산봉우리 뒤에서 솟아오르는 뭉게구름 같은 모양의 기운을 두르고 드문드문 서 있었다. 황금빛으로 타오르는 불꽃 덩어리를 닮은 은행나무는 숲의 왕자란 느낌을 주었다. 노릇노릇 곱게 물든 홰나무도 여기저기 무춤하니 서 있었다. 그런 활엽 나무들의 단풍을 받쳐주는 것은 역시 소나무였다. 소나무가 왜 〈일월오봉도(日月五峰圖)〉에서 산과 해와 달, 그리고 파도치는 바닷물을 감싸 안는지를 이해할 만했다. 서쪽으로 도성을 둘러싸고 있는 인왕산 산자락에는 엷은 연무가 끼어 숲의 정기가 그쪽으로 흘러들었다.

"식사 나왔습니다. 우리 식당 위치가 그렇긴 합니다만 경관은 최고입니다." 윤종성은 그렇다고 맞장구를 쳐주었지만, '그렇다'는 식당 위치가 걸려왔다. 약선대는 암센터와 장례식장 사이에 자리 잡고 있었다. 암에 걸려 간신히 뭘 먹어 연명하다가 장례식장으로 가는 그런 생애의 마지막 구조를 암시하는 듯했다.

하잘것없는 해프닝으로 끝나기는 했지만, 김대성은 내면에 동요가 일었다. 자기 나름으로 험난하게 살아간 생애와 부친이 지은 죄를 연속하여 참회하는 과정을 글로 써서 책을 만든다는 게 과연 무엇인가, 책에다가 고백을 한다고 해서 그게 보속(補贖)이라 할 수 있는가, 의문이 또 다른 의문을 이끌어냈다.

다시 생각해보면, 그저 허무할 뿐이었다. 거기다가 자신을 벌할 수 있는 주체가 없었다. 제도상으로 벌을 받는 일도 불가능했다. 자신의 생애에 침을 뱉어줄 사람이 있다면, 동상이라도 만들어 세워야 할 것 같았다. 글로 써서 자신의 죄과를 밝힌다고 해도, 그것은 변명에 불과할 것이 아닌가 싶었다. 변명보다는 침묵이 낫고, 침묵보다 더 나은 것은 생애 자체를 불태워 없애는 방법일 것 같았다.

김대성은 윤종성에게서 받은 자료 가방을 입원실 청소원에게 넘겨주면서, 버려달라고 부탁했다. 청소원은 자료 가방을 관리실로 옮겨두었다. 무심코 내다 버릴 수 있는 물건으로 보이지 않았기 때문이었다. 그런데 공교롭게도 관리실에서 불이 났다. 가방은 다시 입원실로 돌아왔다.

"저어그, 얼른 퇴원히서 척서암으로 돌아가야 쓰겄소."

"의사 선생님은 뭐라 하시던가요?"

"보름은 지켜봐야 헌다넌디, 통증 때문에 진통제 놓고, 약 먹고, 그거 말고는, 의사가 할 일 다른 게 없어라."

김대성의 퇴원 의향에 대해 이러저러한 이야기를 할 계제는 아니었다. 자서전 작업을 어떻게 할 것인가는 여전히 궁금했다. 자서전 쓰는 걸 그만둔다면 윤종성이 척서암에 붙어 있을 이유가 없었다.

"저어 거시기, 내가 윤 선생을 믿고 내 생애를 글로 써달라고 부탁한 건, 이제 와 생각하니 그게 욕심이었다는 걸 알았소. 사지동고(死地同苦)라고, 죄인끼리 함께 죄씻이를 하자는 뜻이었제. 헌디 말여, 죄라는 것은 끝까지 혼자 감당해야 허는 거 같어. 내 계획은 그런대로 우아하고 근사했다네. 내가 뒷배를 봐준 젊은이들이 한판 걸판지게 놀아보도록 할 참이었는디, 생각해본게 그기 그렇지를 않은 게여. 죄씻이를 잔치처럼 히서 쓰겄는가, 아니제." 고개를 세차게 흔드는 김대성의 목소리가 낮게 떨려 나왔다. 김대성은 자신이 계획하고 있던 일들을 천천히 풀어놓았다.

김대성의 계획은 이런 것이었다. 책이 나오면 출판기념회를 걸판지게 할 참이었다. 자신의 생애를 정리하고 죄를 고백하는 일이었다. 판소리연구회 회원들을 불러 소리판을 벌일 작정이었다. 자신이 지원해 왔던 젊은 소리꾼들이 얼마나 성장했는지를 보고 싶었다. 창작판소리

경연대회도 계획하고 있었다. 판소리가 새로운 돌파구를 마련하자면 판소리의 창조성과 생산성을 높여야 할 일이고, 그래야 오래 번창할 터였다. 창무극 단원들에게는 자신의 일생을 스토리로 하는 소리극을 공연하도록 할 생각이었다. 척서암 중창(重創) 공사가 다 마무리되면 소리꾼들을 불러 '성주풀이'도 듣고 싶었다.

씻김굿도 해서 자신의 죄가 씻기는 과정을 자신의 눈으로 보고 싶었다. 씻김굿 과정에서 자신이 지전춤에 참여하고, 명다리 밟고 저승으로 가는 길을, 무녀(巫女)와 함께 걸어가 보고 싶었다. 그런 생각을 하면 핏빛으로 얼룩진 땅에서 청명한 가을 하늘로 길게 드리워진, 명다리의 깨끗한 길을 그림자처럼 허적허적 가벼운 걸음으로 걸어보고 싶었다.

"저어 말이지, 다른 건 다 못 히여두, 윤 선생 자네 소원이었던 범종은 반드시 달아야 허제. 윤 선생 모르게 범종각 공사를 하고 있을 것이네. 척서암 없어지면 없는 대루 범종 소리는 송림산 산자락을 타고 울려야 하리. 범종이 울려서 그 맥놀이가 삼십삼천 날아가면, 그 소리 타고 비천하는 내 영혼과 그대 영혼이 만나기도 하지 않겠나. 내가 먼저 죽으면 이런 일은 다 허사라, 그렇게 내 장례식을 먼저 치를 생각이었제. 산 자의 장례식 말이지. 말허자면, 상여놀이를 히어서 내가 저승길로 잘 가도록 빌어주고, 술잔이나 같이 나눌 인연 닿는 사람 불러, 날 산 채로 상여에 실어 덩실덩실 춤추도록 하먼사 을매나 좋겠어."

김대성은 긴 한숨을 내뱉었다. 그러고는 이어서 한참 기침을 해댔다. 생각해보니 김대성이 이야기하는 잔치의 곡절마다 이른바 투자를 한 걸로 짐작이 되었다. 그게 진정한 의미의 참회와 가닥이 닿는 것인지 고개가 갸웃해졌다.

“저어그 또 하나, 맘에 납덩어리처럼 매달린 혹이 속에 있어. 구시떡 야근데 말이시, 그 인생이 뭔 죄가 있겄나. 그런데 평생 집도 절도 없이, 무당집으로, 옹기점으로, 공사장 함바집으루다가, 그리구 저어 검당마을 염막으루다가 떠돌다가, 내게 얹혀 지내는 저 귀신을 나 아니면 누가 거두어주겄나 하넌 것이라네. 이따금 정신줄을 놓고 어벌벌하기도 하지만, 심성 착하고 속이 찬 여자여. 사마귀 같은 자식 하나 있던 게 죽고 없으니 누가 제삿밥이나 올려주겠나.” 윤종성은 일이 그렇게 돌아갔구나 생각하다가, 왼손으로 입을 가리고 하품을 했다. 손등으로 눈물 방울이 찔금 떨어졌다.

“오늘은 예까지만 허지. 그리구 윤 선생 일하던 자료는 도루 가지고 내려가소.”

“알겠습니다.”

“내가 말이시, 차 튼튼하고 좋은 걸로 사라고 한 까닭은 그 차에 내 생애가 실려 다닐 것이기 때문이라네.” 윤종성은 김대성을 다시 쳐다보았다. 약간 풀어진 눈으로 윤종성을 바라보는 김대성의 눈에 노을이 어려 보였다.

김대성의 초점 잃은 눈빛이 식당에 와서까지 아물거렸다. 윤종성은 다시 창경궁 숲을 바라보았다.

숲은 위안과 평화를 가져다주지만, 또 어느 시인의 말처럼 ‘숲은 자애롭다.’ 그러나 왕실의 숲은 그 안에서 피 터지는 비극이 연출되기도 했다. 창경궁은 본래 이름이 수창궁이었는데, 성종 때 대비들을 모시기 위해 중건하고 이름을 창경궁으로 바꾸었다. 숙종은 살인죄의 그늘에 살았다. 인현왕후에게 저주를 퍼부었던 장희빈을 처형한 곳이 창경궁이었다. 왕업을 등한하게 하고 악업만 쌓아가는 왕자 사도세자를 뒤주에 가두어 죽게 한 영조의 친자 살해도 창경궁에서 일어난 살인사건이었다. 영조는 스스로 피를 토하면서 사도세자를 굶어죽게 했다.

숲에 인간사가 깃들면 신령스런 서기를 잃게 된다. 목불해어(木不解語)라, 나무는 말을 모르는지라, 숲은 스스로 말하는 법이 없다. 숲에 속한 생령들은 숲에 흐르는 자연의 이법을 따라 나고 죽고, 먹고 먹히기를 계속한다. 먼저 간 존재의 사체는 뒤에 올 생명의 먹이가 된다. 나무와 나무는 서로 죽이는 법이 없다. 그러나 나무와 덩굴식물은 잔인한 죽고 죽이기를 하기도 한다. 잘 자라 올라가는 잣나무를 으름덩굴이 감고 올라가 햇빛을 차단하면, 잣나무는 삼 년을 못 견디고 말라서 썩고 마침내 무너진다. 보라색 꽃이 향기로운 칡(葛) 또한 무성한 잎으로 나무를 덮어 죽게 한다. 무성한 칡 이파리가 만드는 짙은 그늘은 그 밑에 다른 나무와 풀을 가차 없이 말려 죽인다. 칡냉면 재료를 제공하던 그 덩굴이 이제 처단의 대상으로 자리를 바꾼 것이었다.

숲은 그 자체가 공생의 존재라서, 자신 말고는 다른 그늘을 만들지 않는다. 바람을 만나면, 숲은 웅얼웅얼 울어댄다. 그 숲 위로 범종의 맥놀이가 흘러가면 숲은 몸부림을 한다.

윤종성이 김대성을 차에 태우고 고창으로 내려왔다. 척서암으로 올라가는 송림산 산길로 들어서면서 산자락은 단풍으로 덮여 불꽃처럼 타올랐다. 푸른 하늘에는 흰 구름이 뭉게뭉게 피어오르기도 하고, 한쪽으로는 새털구름이 서럽게 날려 흩어지기도 했다.

"여그서는 차를 좀 천천히 몰게."

"어르신, 통증이 심하세요?"

"아니, 장사익의 노래가 생각나서 그러네. 꽃구경이나 단풍 구경이나 구경은 한가진 게야. 내가 죽어 내 혼이 척서암 찾아오는데 길을 잃을까 아픈 추억의 단풍잎이라도 뿌려두어야 쓰지 않겠나."

"말씀이 시적이십니다."

"시인하고 살다가 본게 내게 시가 지핀 모양일세."

시가 지핀다는 말 또한 시적인 표현이었다. 그런데 뭐가 지핀다는 건 두려운 일이었다. 돌자갈을 밟았는지 차가 쿨렁했다.

"어이쿠, 배가 땡기네."

"죄송합니다."

윤종성은 '주차정' 앞에 차를 세웠다. 김대성을 부축해 차에서 내리게 했다. 김대성은 몸을 버티지 못하고 주저앉았다.

"가마꾼도 저승 갈 땐 꽃가마 탑니다."

"그리하면 내가 지금 저승에 가는 거여?"

"전에 그러셨지 않아요, 사람은 태어나자마자 저승을 향해 걸어가기 시작한다고요."

"업어달라 하기는 그렇고, 윤 선생이 날 부축해보소." 부축해서 걸을 수 있는 몸이 아니었다. 윤종성은 구시떡에게 전화를 넣었다. 발신음만 드르륵거리고 답이 없었다.

"꽃가마라 생각하시고, 한 번만 차가 들어가면 안 될까요?" 김대성은 '저승길인걸, 한 번밖에 못 가는 길인걸' 하면서 손으로 눈가를 문질렀다.

차가 척서암 앞마당에 들어서도 집 안에서 아무 기척이 없었다. 뭔 사달이 난 것만 같았다. 윤종성은 김대성을 업어서 대청마루에 앉혔다. 김대성이 '구시떡 구시떡' 연거푸 불렀으나 대답이 없었다. 이 여편네가 어딜 갔으까, 구시떡 없으면 나 아무 짓도 못 히여. 김대성이 중얼거리면서 구시떡 없는 걸 탓하고 있었다.

맹상수에게서 연락이 왔다. 구시떡이 무장읍성 마당에서 열리는 손화중 대장 기포 기념 줄다리기 대회에서, 줄을 당기다가 자빠져 사람들에게 치이는 바람에 엉치가 깨졌다는 것이었다. 행사 진행요원 가운데, 구시떡 아들 친구가 있어 전주 예수병원으로 옮겼다고 했다. 윤종성은 눈앞에 단풍 든 산자락이 너울거리며 다가와 현기증을 일으켰다. 정꽃소리 얼굴이 눈앞에 떠올라 어른거렸다. 이어서 라포레의 얼굴이 다가왔다가 멀어지기를 반복했다.

찬바람이 숲을 흔들며 불어가는 밤은 길고 길었다. 김대성은 기침이 거우러져 몸을 계속 뒤척였고, 윤종성은 자기가 썼던 김대성의 생애 가운데 속죄와 참회를 어떻게 처리하나 궁리하느라고 고심을 거듭했다. 결 고운 소리로 숲을 더듬는 바람소리와 함께 가을밤이 깊어갔다.

17

귀토(歸土)의 장

단풍 뒤 찬바람 타고 땅에 내리는 낙엽
검은 땅을 덮는 말씀의 대공양
낙엽 위에 공손하게 무릎 꿇으면

내 몸은
낙엽에 덮여
조용히 삭아
인광으로 피어오르다가

밤과 더불어 땅으로 돌아간다.
귀토(歸土)의 몇 마디 말씀은
윤푸른 눈엽(嫩葉)으로 산자락을 쓸어 올라간다.

단풍이 물이 빠져 이우는 데는 한참 시간이 걸렸다. 단풍 이우는 걸 안타까워하는 이들에게 가을 나무들을 바라볼 짬이라도 내어주려는 모양이었다. 낙엽이 지기 시작하면서 기온은 겁 없이 내려갔다. 대관령에서는 첫서리가 내리고 오색약수터에서는 얼음이 얼었다는 보도가 있었다. 송림산 산자락에도 단풍이 서서히 현란한 생기를 잃어가고 있었다. 낙엽을 떨군 나무들은 강강한 모습의 나목으로 당당하게 산 능선 위에 모습을 드러냈다. 그러나 산록으로 내려오면 소나무 잣나무 같은 침엽수가 청청한 한기를 내뿜으며 띠를 이루어 울창했다. 잎을 털어내고 서 있는 강강한 나무들과 침엽수가 푸른 기운을 뿜어내는 겨울산은 시인들에게 영감을 불러내주었다. 진정언 시인은 윤종성과 숲 이야기를 하면서 '숲의 시'를 썼다. 윤종성은 시인과 대화를 통해 시에 대한 안목이 깊어졌다는 것을 스스로 감지했다.

"아무래도 임종의 순간에, 김대성 어르신이 나를 찾을 거 같습니다."

"암마 암마, 죽어가는 사람의 눈길에 마지막으로 드리우는 얼굴은 저승까지 함께 간다잖던가." '마지막'이란 말을 듣는 순간 뒷목이 찌르르했다. 팔목 아래로만 작동하도록 했다는 칩이 전신의 신경망과 연결되는 모양이었다.

윤종성은 척서암으로 거처를 옮겼다. 진정언 시인의 집에 머무는 동안 짐이 하나 더 생겼다. 지난해와 금년 고창을 드나들면서 썼던 시집 원고 뭉치였다.

김대성은 몸이 급작스레 쇠해져 일으키고 뉘고 해야 하는 지경에 이르렀다.

“윤 선생 도움을 받으면서 하는 참회는 의미가 없지 않을랑가?”

“기도를 하재도, 염불을 하려고 해도 몸이 살아 있어야 합니다. 그러니 잡수시고 소화하고 하세요.”

사람을 구할 수가 없었다. 돈이 문제가 아니었다. 전주쯤 되는 도시라면 몰라도 고창, 그것도 송림산 골짜기까지 와서 간병인 노릇 하겠다는 사람이 없었다. 김대성을 수발하는 모든 일이 윤종성의 몫으로 떨어지고 말았다.

“윤 선생, 쩌어그, 내가 잠드는 거 봐서, 깊이 잠들었다 싶으면 차 몰고 척서암에서 나가소. 그게 나를 편하게 죽도록 하는 방법일 게여.”

“사람의 정리로 할 짓이 아닙니다. 더구나 저는 지금 아주 오달진 참회를 하고 있는 중입니다. 걱정 놓으세요.”

“구시떡은 은제 퇴원한다던가?”

“고관절이 부서졌다니 몇 달은 누워 지내야 할 겁니다.”

“병원비 잘 챙기소. 내 목숨이야……. 거시기하지만서두. 불쌍한 사람이네.”

김대성은 자신의 생애 이야기를 할 기운마저 소진되었다. 식사도 국물에다가 밥 한 숟가락 넣어 먹을 정도로 양이 줄었다. 곡기를 끊으려 해도 건강하게 죽어야 하겠어서 못 한다고 했다. 윤종성은 김대성과 한 달을 그렇게 지냈다.

“이건 구시떡한티 꼭 부탁하려고 하던 것인디, 윤 선생이 대신해주어야 쓰겄소. 목욕을 히야 쓰겄다네.”

용변도 침대에서 처리해야 하는 환자를 목욕시키는 것은 졸연치 않은 일이었다. 맹상수에게 연락을 했다. 군청에서 지원하는 노인 목욕 서비스를 받기로 했다. 그 이야기를 하자 김대성은 버럭 화를 냈다. 오로지 윤종성의 손으로 몸을 씻어달라는 것이었다. 침대에 비닐을 깔고 수건을 겹쳐놓고 해서 겨우 물수건으로 몸을 씻었다.

"고마우이, 관불의식을 치렀으니 내가 아기부처가 되었네." 누워서 하는 관불의식(灌佛儀式)은 낯설었다.

"저랑 팔씨름 한번 하실래요?"

"내 언젠가 그런 소리 들을 줄 알았제. 세상천지 시간을 이길 장사는 없느니." 김대성은 팔씨름은 고사하고 입씨름도 힘들다면서, 팔을 뻗어 윤종성의 왼손을 더듬어 만져보았다. 손이 싸늘했다.

12월 중순이었다. 윤종성의 수첩에 '고창학 계승-발전을 위한 연차대회'가 메모되어 있었다. 지난해 출발한 '고창학 학술대회'를 이어가는 행사였다. 연차대회는 학술과 공연 두 분야에 걸쳐 진행하는 걸로 되어 있었다. 오랜만에 대학에서 함께 공부하던 친구들을 만난다는 생각으로 가슴이 훈훈하게 열기를 띠기 시작했다.

밤사이 김대성에게 아무 일도 없었는가를 확인하는 걸로 하루가 시작되었다. 밤새 안녕하신가 하는 인사가 이런 경우에 해당하는구나, 윤종성은 매번 아침이 제법 새롭게 다가왔다.

밤사이 척서암 마당에 '자국눈'이 내렸다. 참나무들은 가지에 하얀 눈을 가볍게 쓰고 서 있었다. 멀리 산 능선에 선 나무들은 빛나는 성의

(聖衣)를 걸친 것처럼 눈부셨다. 그 위로 펼쳐진 하늘은 허공이었다. 허공은 척서암으로 길을 냈다. 윤종성은 설거지를 끝내놓고, 김대성의 점심거리를 준비해서 침대 옆 협탁에 정리해놓았다.

"오늘은 혼자 계셔야겠네요. 고창학 학술대회가 있어서 다녀와야 하겠습니다."

"그리 하소, 며칠이야 못 참을랑가." 윤종성은 하마터면 웃음을 쏟을 뻔했다. 죽음을 참는다? 참는 게 가능하다면 스스로 숨을 끊을 수도 있는 게 아닌가? 한편 더럭 겁이 났다.

"손님들 대접 잘 하소." 윤종성은 김대성의 침실을 물러나 나오면서 몇 차례 뒤를 돌아봤다. 김대성의 눈빛이 눈에 밟혀 발길이 무거웠다.

송림산을 벗어나는 길옆은 전에 못 본 풍경을 연출했다. 잎을 떨군 참나무들이 물기 밴 눈을 들러쓰고 묵연히 서 있고, 관목들은 상고대가 되어 수정으로 빚은 산호 모양을 하고 있었다. 하늘은 파랗게 개어 올라갔다. 가끔 까치들이 참나무 가지의 눈을 흩트리면서 나무와 나무 사이를 건너 날아다녔다. 까치가 날아날 때마다 은빛 눈가루가 흩날렸다.

행사장에는 발표자, 토론자, 일반 청중 해서 백여 명이 자리를 잡고 있었다. 서로 인사를 하느라고 강당이 시끌짝했다. 발표 자료를 읽는 참여자도 있었다. 윤종성은 성원지, 정꽃소리, 라포레 같은 아는 이들과 인사를 나누었다.

라포레가 윤종성의 손을 이끌고 외빈 접대실 쪽으로 갔다. 접대실은 문이 열려 있었다. 한쪽에 포트에서 쉬쉬 소리를 내면서 물이 끓었다.

"무슈 윤, 나 보고 싶지 않았어? ……축하할 일이 있는데, 뭘까?" 라포레는 윤종성의 손을 이끌어 자기 배에 대고는 천천히 문질렀다. 손끝에 육중한 리듬으로 움직이다가 툭툭 튀는 맥이 느껴졌다. 윤종성의 가슴도 후둑거리며 뛰기 시작했다. 윤종성은 라포레를 끌어당겨 안았다. 라포레가 윤종성의 입술을 더듬었다. 윤종성은 행사가 진행되는 동안 내내 라포레의 불룩한 배에 눈길을 고정시키고 있었다. 윤종성은 '수태고지'란 말을 생각하며 몸을 떨었다.

행사의 1부에서는 문화원장의 인사, 군수의 축사가 있었고, 진정언 시인이 축시를 낭독했다. 시인은 "서설의 아침 까치 날아나는 숲에서 피어오르는 산기운……." 그 서늘한 지성이 고창의 정신이라고 했다.

2부 학술발표회는 레퍼토리가 풍성했다. 고창 국제연극제 개최, 고창 국제소리경연대회, 국악과 샹송의 크로스오버, 고창 문학유산의 계승과 발전, 판소리 문화의 국제화 방안, 고인돌과 선돌의 국제 비교 연구, 염전박물관 설립과 그 교육적 활용 방안 그런 제목의 발표가 예정되어 있었다. 문화의 상호 조명을 시도하는 기획 의도가 신선했다. 고인돌을 주제로 한 발표는 라포레가 발표자로 되어 있었다.

3부는 공연이 중심이었다. 진채선의 생애를 소리극으로 만든 작품을 발표할 예정이었다. 국악과 샹송의 크로스오버를 시도하는 공연은 관산대학교 음악대학 학생들이 주축이 되어 진행할 예정이었다.

윤종성은 심란했다. 라포레의 뱃속에 자라나는 아이 때문이었다. 감당할 자신이 없었다. 윤종성에게는 자기 몸뚱이 하나도 버겁기만 했다. 버겁기만 한 게 아니라 벗어던지고 싶은 짐이었다. 벗어던지고 싶은 짐 위에 또 짐을 싣는다? 그건 어쩌면 악업 위에 악업을 다시 짓는 일이 될 수도 있었다.

"어떻게 할 작정인가?" 윤종성이 라포레의 배에다 눈길을 주고 물었다. 얼굴이 굳어 있었다. 손끝에 라포레의 뱃속에서 아이 노는 움직임이 남아서 맥놀이처럼 율동을 이루어 움직였다.

"알잖아, 나는 정통 가톨릭 신자야. 리델 주교 집안 혈통이거든……. 내 이름 앞에 붙은 펠릭스 기억하지?" 라포레가 밝게 웃으면서 말했다.

"둘이만 붙어서 이야기하면 샘나잖아?" 진수향이 옆에 다가와 두 사람 사이를 파고들었다. 진수향은 어머머, 라포레의 옷자락을 붙들고 자기 앞으로 이끌어 안았다. 그리고는 라포레의 눈을 그윽이 들여다보았다.

"펠리시타시옹, 축하해!" 아기 이름은 윤한불로 해야겠네, 하얀 치열을 드러내고 웃으면서 하는 말이었다. 윤한불(尹韓佛)……. 한불……. 순교와 신생……. 윤종성은 현기증을 참으면서 몸을 버티고 앉아 있었다.

맹상수가 빨간 마가목나무 열매를 한 줌 손에 들고 뒤풀이 장소로 들어왔다. 아직 여흥이 시작되기 전이었다. 맹상수가 마가목 열매를 라포레와 정꽃소리에게 나누어주었다.

"윤종성, 지금 척서암에서 내려오는 길인데, 김대성 노인이 유언장을 작성했어. 변호사 공증으로……."

"그래애?" 윤종성은 몸에 힘이 다 풀려나갔다. 눈앞에 김대성의 뼈만 남은 몸뚱이가 어른거렸다. 등을 문질러 닦을 때 손끝으로 전해오던 짜릿짜릿한 감각이 살아났다. 그것은 삶과 죽음을 건너가는 강물의 싸늘한 느낌이었다.

가방을 챙겨 들고 나가는 윤종성을 맹상수가 따라나섰다. 맹상수 얘기로는, 김대성의 모든 재산을 고창문화연구회에 희사하기로 했다는 것이었다. 모든 흔적을 지우는 판인데, 소금박물관도 없던 일로 하고, '보리가 자라는 땅'에서 구시떡 이야기는 빼고 출판하란다는 이야기를 했다. 운전대를 잡은 윤종성에게 맹상수의 이야기가 귀에 잘 들어오지 않았다. 척서암은 윤종성 몫으로 남겨주었다고 했다.

"아예 고창 와서 살면 어때?" 맹상수가 윤종성을 거니채 보았다.

"일찍 포기하지 마세요. 더 살아서 끝을 보셔야지요."

"어허어, 왜들 그리 서두르나, 내가 윤종성의 범종 소리는 듣고 죽어도 죽어야지 않겄나?"

"맞습니다. 어르신이 그래야 범종의 맥놀이에 실려 숲을 건너 저승으로 날아가실 수 있겠습니다." 김대성은 얼굴에 웃음을 떠올렸다. 선운사에서인 듯 저녁 예불 올리는 종소리가 아득하게 들려왔다.

"날 쪼깨 일으켜주시게……." 김대성은 침대에 기댄 채 윗몸을 반쯤 일으켜 세웠을 때부터 타종 소리가 울릴 때마다 손가락을 꼽고 있었다. 마지막 종소리가 맥놀이를 끌고 송림산 숲으로 밀려 올라왔다. 김대성의 손이 스르르 풀렸다. 윤종성이 다가가 김대성의 손을 잡았다.

맹상수가 문을 열었을 때 구시포 쪽 하늘에 붉은 노을이 선혈처럼 괴어 일렁이고 있었다. 까마귀 세 마리가 까욱까욱 울면서 불타는 노을을 가로질러 지나갔다.

18

종장

저 높은 데서 오는 선연이 있어
소리를 달구고 또 달구다 보면,
소리는 숲이 되어 욱욱 일어난다.

숲이 바다를 향해 걸어가서는
해풍에 몰려오는 비말 사이
잎이며 줄기며
심지어는 기름 밴 옹이 관솔마저
누겁(累劫) 불어가는 바람을 맞아
웅얼웅얼 소리하는 숲이 되었다가

숲은 소리를 더불고 홰를 치면서
청궁으로 비상하여 하늘 숲이 된다.

범종의 타종 횟수를 손으로 짚어 세면서 눈을 감은 김대성의 얼굴은 평온했다. 숲은 조용히 숨죽였다. 그 위로 소금기 밴 바닷바람이 부드러운 율동과 함께 가만가만 흘러갔다.

김대성이 자기 주검을 처리해달라는 방법은 유달랐다. 시신을 염습하지 말고 옷 입은 대로 밀가루 하얗게 뿌려 보기 싫지 않게 운구해달라는 요청이었다. 청죽을 베어다가 들것을 만들어 상여 대신으로 쓰라고 했다. 그렇게 숲에 들어가 시간과 더불어 삭아가고 싶다는 것이었다. 초분(草墳)을 연상하게 하는 장례법이었지만 꼭 초분은 아니었다. 자신의 육신을 땅으로 돌려보내는 방법을 구상한 걸로 생각되었다. 맹상수의 도움으로 일을 별 탈 없이 마무리했다. 김대성의 시신은 송림산 숲 소나무 아래 안치되었다. 일행이 산을 내려오는 뒤쪽으로 까마귀들이 날아들기 시작했다.

죽음은 무정했다. 그것은 넘어설 수 없는 시간의 단층이었다. 김대성이란 '인간'이 세상에 존재하기나 했을까 싶게, 아무도 그에 대해 이야기를 떠올리는 이가 없었다. 그의 자서전이나 전기를 출간해도 누구 하나 눈길을 보내줄 것 같지 않았다. 그러나 일은 일이고, 약속은 약속이기 때문에 책은 출간해야 마땅했다. 윤종성으로서는 약속을 지킬 의무가 있었다.

김대성의 전기를 마무리하느라고 한 해가 갔다. 일 자체가 어려운 것은 아니었다. 그 일에 대한 사람들의 의견들이 달랐다. 윤종성이 김대성의 전기를 두고 상의할 수 있는 사람이래야 맹상수와 성원지 둘뿐이었다. 맹상수는 아무렇거나 고창에서 살아간 한 인간의 기록은 고창의 기록이기도 하기 때문에, 남들의 평가와 관계없이 책을 발간해야 한다고 주장했다. 성원지는 의견이 달랐다. 생색내지 않는 기부로 참회는 끝났고, 죽은 사람의 흠집을 구태여 들추어낼 필요가 있겠는가, 강한 의문을 제기했다.

'상처 없는 역사가 어디 있겠는가.' 윤종성이 숙고와 숙고 끝에 이른 결론이었다. 책을 내고, '고창학 연차대회'에서 그 내용을 소개할 작정이었다. 생각에 생각을 거듭했다. 어떤 방식으로 소개해도 박수만 받을 것 같지는 않았다. 말이 좋아 소통이지 진정을 전하는 게 그렇게 만만한 일은 아니었다. 말과 말은 늘 엇갈리는 길을 가게 마련이었다.

그러나 김대성이 남모르게 남겨놓은 유산은 숲으로 불어가는 바람처럼 사람들을 희망으로 일렁이게 했다. 창작판소리연구회, 창무극부흥회, 판소리세계화재단, 소금문화확산협회 등 김대성이 지원한 집단이 많았다. 물론 회원들이 모두 그러한 사실을 알고 있는 것은 아니었다. 의료계에도 꽤 많은 지원을 했다는 것은 뒤에 알았다. 한국에서 순교한 선교사들의 업적을 발굴하고, 그 선교사들 나라와 한국의 관계를 개선하는 사업에도 돈을 댔다. 자기 손으로 모은 재산을 죽기 전에 남에게 희사하는 걸로 부친으로부터 이어 내려오는 '죄씻이'를 도모한다면 그 또한 욕망일 터였다.

한번 지은 죄가 말끔하게 씻어질까? 그것은 근원적인 의문이었다. 죄는 씻어지는 게 아닌 듯했다. 참회라는 것이 다른 죄를 더 짓지 않게 하는 방어막 그 이상의 의미를 지니기 어려웠다. 죄 자체는 '과거완료형'의 생채기로 존재하는 것이었다. 윤종성은 김대성의 죄와 자신의 죄를 묶어서 생각하곤 했다. 아무튼 김대성의 생애를 기록하는 일로 해서, 자신의 내면이 크게 성숙했다는 실감이 왔다.

윤종성은 출판사에 부탁해서 『보리가 자라는 땅』을 고창학 연차대회 학회장으로 보내라고 했다. 그렇게 부탁하고 책을 다시 들여다보았다. 그 책에는 자신이 그 글을 썼다는 아무런 흔적이 없었다. 저자는 김대성으로 되어 있었다. 자기 나름으로는 김대성과 공감하고, 그의 아픔을 이해하는 축이라고 생각했다. 그러나 결과로 본다면, 아무 일도 하지 않은 셈이었다. 김대성이란 인간을 알 수 없었다. 윤종성은 학회에 참여할까 말까 망설였다. 맹상수가 전화를 했다.

"윤종성 당신 보고 싶은 사람들이 당신 안 보면 못 떠난디여. 워쪄. 싸게 나와 보더랑게."

대답을 못 하고 멈칫거리고 있는 사이 전화가 끊겼다. 잠시 후 다시 전화가 드륵거렸다. 정꽃소리였다.

"나야 소리 끝내고 올라가면 그만이지만, 라포레가 애기 안고 왔는데, 나와봐야 하지 않아?" 윤종성은 알았다 하고는 나갈 채비를 서둘렀다. 운전대를 잡은 왼손이 찌릿하니 아파왔다. 근간에 그런 통증이 자주 일어났다. 윤종성은 머리가 휘둘렸다.

"어떻게 된 일이야?"

"생말로에 가서 아기 낳아가지고 한국에 다시 왔어."

"고창이라는 땅이 말이지라, 애 키우기는 딱 좋당게." 휠체어에 앉은 구시떡이 윤종성을 올려다보면서 얼굴에 웃음을 띠고 말했다.

"나도오, 왔어요!" 소라색 치마저고리 속에 흑진주처럼 까만 얼굴이 하얀 치열을 드러내고 환하게 웃으면서 윤종성에게 다가들어 끌어안고 볼을 부볐다. 윤종성은 그 자리에 굳어붙어 서 있었다.

"나도 소리 배웠어요." 플로라, 소말리아의 소리꾼? 윤종성은 자기도 모르게 고개를 돌렸다. 인연 질기기도 해라, 속으로 뇌면서였다.

모양성 짙은 숲에 땅거미가 지기 시작했다. 한 줄기 바람이 지나갔다. 꾹꾹이가 간헐적으로 꾹꾹 꾸구국 울었다. 멀리 송림산 쪽에서 때아닌 범종 울리는 소리가 들렸다. 윤종성은 자리를 휘둘러보았다. 맹상수가 안 보였다. 성원지의 모습도 눈에 안 들어왔다. 둘이 척서암에 올라가 범종을 울리는 모양이었다.

윤종성은 라포레가 손을 이끌어 안겨주는 딸아이를 품에 끌어안았다. 아이가 윤종성의 볼에 입을 맞추었다. 자리에 같이 있던 이들이 박수를 쳤다. 라포레는 손등으로 볼을 훔쳤다. 웃음기 가득한 얼굴이었다. ✻

숲의 소리를 들어라

윤대석 | 서울대 국어교육과 교수

제주 중산간 마을 와흘에서 석 달 동안 살았던 적이 있다. 내가 살던 집 입구에는 팽나무가 신비스러운 가지를 늘어뜨리고 있었고 옆집과의 경계에 심어진 멀구슬나무에는 직박구리와 밀화부리가 찾아와 열매를 쪼아 먹곤 했다. 마당 너머에는 밭담이라 부르는 나지막한 돌담으로 굽이굽이 둘러쳐진 밭들이 여러 겹으로 펼쳐져 있고 그 가운데에는 높이를 가늠할 수 없는 사시사철 푸른 녹나무가 한 그루 홀로 서서 살랑살랑 바람에 흔들리며 메밀 수확이 끝나 텅 빈 밭들과 여기저기 산재한 집들과 그리고 저 멀리 조천 앞바다를 굽어보고 있었다. 조용하고 변화가 없고, 그래서 한가롭고 한적하고 평화로운 풍경이었다.

그러나 겨울이 다가오고 눈 섞인 비바람이라도 몰아치는 날이면 풍경은 을씨년스레 급변했다. 마당에는 마른 팽나무 잎이 나뒹굴고 아직 푸른 멀구슬나무 가지가 역시 푸른 열매를 단 채 바닥에 어수선하게 널려 있었다. 다만 홀로 선 녹나무만이 거센 겨울 눈바람, 비바람에도 이파리 하나 잃을 수 없다고 하는 양 이리저리 몸을 뒤채며 버티고 있었다. 그 몸부림은 고고하다기보다는 처연하고 애처로우면서도 결기가 느껴졌고 밤이라도 되면 그 느낌은 나무가 내지르는 울부짖음으로 배가되었다. 나에게 제주의 '세한도'란 제주의 겨울을 상징하는 차가운 칼바람을 견디는 바로 이 녹나무의 자태였다.

"겨울이 되어서야 송백의 푸름을 안다(歲寒然後知松柏之後凋)."라고 했던가. 권력의 끈이 떨어진 제주 유배객 추사에게 신의를 잃지 않았던 이상적을 기리며 공자를 인용한 〈세한도〉의 이 발문 내용은 『소리 숲』의 저자 우한용 선생에게도 잘 어울린다. 문학에 대한 그의 믿음 때문이다. 듣건대 선생은 정년퇴직 이후 매년 한 권 이상의 문학서를 내신다 한다. 누구 말대로 그게 "옷밥이 나오는 일도 아"(김사량)니고, 업적도 명예에도 초연한, 정년을 한참 넘긴 노학자 · 노소설가가 아닌가. "정년이 넘어서야 학자의 푸름을 안다.", 혹은 "노후가 되어서야 글쟁이의 푸름을 안다."라고나 할까.

그렇지만 선생의 세한도에서는 소리가 난다. 글쟁이이기 때문이다. 추사의 〈세한도〉에서도 바르르 떨리는 측백나무의 잎에서 제주의 바람을 느낄 수 있을지도 모른다. 그러나 그것은 정적이고 소리가 없다. 선생의 세한도에서는 제주의 녹나무처럼 푸름을 유지하기 위한 처연한 몸부림과 울부짖음이 있다. 그 가운데 하나가 『소리 숲』이다.

『소리 숲』은 누구를 주인공으로 보는가에 따라 여러 가지 해석이 가능하다. 호기심 많은 스물세 살 젊은이 윤종성이 주인공이라면 이 소설은 그의 성장담으로 교양소설, 성장소설이 될 것이다. "그립고 아쉬움에 가슴 조이던 머언 먼 젊음의 뒤안길에서 인제는 돌아와 거울 앞에 선"(서정주, 「국화 옆에서」) 여든 다 되어가는 김대성이 주인공이라면 이 소설은 죽음으로 귀결되는 한 인간의 삶을 그린 전기소설, 혹은 의미 있는 죽음/삶을 준비/마무리하는 노년소설이 될 것이다. 또한 단순한 배경에 그치지 않고 살아 숨 쉬는 땅, 고창과 그에 발 딛고 사는 사람들이 주인공이라면 이 소설은 지역소설이 되고, 고창으로 상징되는 이 땅의 삶과 역사, 그리고 자연을 포착하고 의미 짓는 탐구의 주체인 대학과 그 학문적 앎이 주인공이라면 이 소설은 대학소설, 지식소설이 될 것이다.

사실 이 소설의 주인공은 이 모두이면서 또 이 모두를 넘어선다. 윤종성과 김대성, 대학과 고창, 인간과 자연을 연결하고 그것을 모두 품으면서도 그것을 넘어서 존재하는 것, 그것은 숲이다. 그 숲이 내는 소리가 이 소설이고 고로 '소리 숲'이다. 그렇기 때문에 이 소설은 읽어서는 안 되고 들어야 한다. 아니 듣기 위해서 읽어야 한다. 읽는 것은 지향적인 행위이지만 듣는 것은 주체가 사라진 순수경험이다. 마치 맥놀이가 나의 의지, 지향성과는 상관없이 내 귀를 통해 마음속에서 울리듯이. 이 소설에서 통주저음으로 끊임없이 울리고 있는 이 맥놀이, 숲의 소리를 듣기 위해서는 이 소설을 읽어야 한다. 이 모순 속에 이 소설의 독법이 있다. 읽어라, 그러면 들릴 것이다.

때는 현재. 1998년생인 윤종성이 스물세 살이니까 2020년 혹은 2021년. 학비 때문에 휴학하는 한 대학생을 위한 환송연이 열리는 것에서 이 소설은 시작한다. 또래 친구들이 한창 학창 시절을 즐기고 있을 때 관산대를 일 년 다닌 윤종성은 휴학하고 옆길로 샌다. 경제적인 이유라는 객관적 조건 때문이기도 하고 외삼촌을 살해하려 했다는 죄책감이라는 주관적 조건 때문이기도 하다. 어쨌든 그는 평범한 삶에서 이탈하여 모험을 떠난다. 양녀로 입양한 소말리아 소녀를 상습적으로 범하는 외삼촌을 살해하려다 실패하고 그 죄책감 때문에 김제 금산사에서 범종을 타종하는 당좌에 손을 밀어 넣어 왼손 손가락 네 개가 모두 잘린 이 범상치 않은 인물이 평범한 대학 생활을 보내는 것은 이미 불가능한 노릇이다. 이처럼 비범한 인물의 모험담이 이 소설의 한 구조를 이룬다. 교양소설, 성장소설의 전형이라 할 것이다.

그러나 윤종성은 맨몸으로 떠나지 않는다. 그에게 대학에서 보낸 한 해는 실로 감사와 경이가 가득한 시간이었기에 그는 대학의 구성원인 교수와 동학들과 관계를 단절시키지 않는다. 그러기는커녕 윤종성은 무슨 일이 있을 때마다 대학교 때 들은 교수의 말을 떠올린다. "문화는 가끔 논리로는 설명이 안 되는 맥락이 있는 법이었다. 지도교수 오인준의 말이었다", "그것은 평소 생각하던 터이기도 하고, 지도교수가 강의시간에 이따금 강조하는 내용이기도 했다", "자살은 타인의 단죄를 불가능하게 하는 수단이라고 하던 지도교수의 말이 떠올랐다", "글쓰기 첫 시간에 담당교수가 하던 말이 떠올랐다", "교수는 농담처럼 웃으면서 한 이야기였지만 윤종성의 기억에는 선명하게 각인되었다", "보리가 자라는 땅은 척박한 박토를 뜻한다고, '황토현'이란 지명을 설명하던 교수는 무슨 생각을 하는지 진저리를 쳤다", "그것은 지도교수가 가르쳐준 교훈이기도 했다"라는 식으로.

윤종성의 머릿속뿐만 아니라 이 소설에서는 수많은 교수와 그들이 연구하고 체계화하여 발표한 지식들, 책들이 세상을 해석하는 데 동원되고 있다. 이 지적 풍요로움은 『소리 숲』을 읽는 재미를 한껏 고양시키고 있는데 그런 점에서 이 소설은 지식소설이며 대학소설이라 할 수 있다. 여기에 착목하면 이 소설의 주인공은 윤종성도 김대성도 고창도 아닌 관산대 자체일 터이다. 문학 · 철학 · 사학과 같은 인문학은 물론이고 물리학 · 생명공학에 이르는 자연과학적 지식을 거쳐 그것을 아우르는 온생명 사상으로까지 이 소설을 종횡무진하는 학적 지식은 그것만으로도 한 장관을 이룰 뿐만 아니라 속속들이 연결된 지식인 교양으로 세계에 질서를 부여한다는 교양주의로 이 소설을 끌어올리고 있다. '소리 숲'은 지식의 숲이기도 했던 것이다.

그러나 지식의 숲에 그쳤다면 이 소설은 관념소설로 떨어졌을 것이다. 그랬다면 윤종성의 모험은 생생한 삶을 지식으로 식민화하는 계몽주의적 행위, 그러니까 자기의 확대 재생산에 그쳤을 것이다. 세상을 지식으로 완벽하게, 그리고 말끔하게 해석할 수 있다는 망상만큼 헛된 것은 없다. 윤종성은 그런 평범한 인간이 아니었다. 윤종성의 몸이 그것을 거부하고 있었던 것이다.

관념과 지식으로 극복할 수 없는 것은 몸에서 올라오는 감각, 곧 통증이다. 통증은 의지와는 상관없이 관념과는 상관없이 사람을 급습하며 생의 감각을 일깨운다. 통증이야말로 생생한 삶인 것이다. 윤종성은 죄책감이라는 윤리적 관념을 네 손가락을 잘라냄으로써 몸에 새겼다. 그는 손가락에서 통증을 느낄 때마다 죄책감을 떠올릴 수밖에 없다. 윤종성은 외삼촌을 살해하려 했다. 왜? 소말리아 소녀 플로라와 그녀의 양아버지인 외삼촌의 자유로운 성적 관계가 비윤리적인 것은 틀림없다. 그러나 외삼촌이 플로라의 성적 자율성을 침해하고 그녀를 유린한 것이 아니기 때문에 그것만으로는 어머니뻘 되는 구시떡과 성적 관계를 가지고도 큰 윤리적 자책감을 느끼지 못하는 윤종성의 살해 충동을 이해하기 힘들다. 그것을 이해하기 위해서는 친구 성원지의 이야기가 첨가될 수밖에 없다.

성원지는 윤종성에게 자신의 내심을 털어놓았다. 부친이 끝까지 밀고 나가고 강나리가 더욱 가까이 다가선다면, 자기는 아버지를 살해할 수밖에 없다는 이야기를 하면서, 수려한 얼굴과 어울리지 않게 이를 갈았다.

"내가, 그 인간, 죽이고 말 거야." 윤종성이 성원지의 손을 덥석 잡았다.

"성질 눌러, 네가 오이디푸스는 아니잖아, 아버지 죽이고 강나리가 아니라 강나리 어머니와 결합한다? 그러지 말아. 상상만으로도 끔찍하다." 그런 이야기 끝에, 윤종성은 자신이 저지른 이야기를 처음으로 성원지에게 털어놓았다.

윤종성이 자신의 이야기를 털어놓는 것은 성원지의 살부(殺父) 의식과 비슷한 것을 자신이 겪었기 때문이다. 윤종성의 외삼촌 살해 시도는 살부 의식의 우회적 표현이고, 죄책감 또한 그로 인한 것이라 짐작할 수 있다. 인류의 원초적인 죄책감을 윤종성은 몸에 새기고 있는 것이다. 통증으로 인해 생생한 생의 감각으로 떠오르는 죄책감을 떨어버리고 속죄하는 방법을 찾기 위해 그가 선택한 것은 조화로운 관념의 세계인 대학을 떠나는 것이었다. 윤종성의 살해 시도가 외삼촌이라는 특정한 인간에게 저지른 범죄라면 그를 찾아가 무릎 꿇고 용서를 빌거나 자수하여 그 죄에 걸맞은 형벌을 받는 것으로 충분할 것이다. 그러나 그 죄책감이 원초적인 것이라면 그것만으로는 충분하지 않을 뿐만 아니라 그 자체가 잘못된 속죄일 터이다. 그는 원초적인 죄책감을 떨치고 속죄하는 방법을 찾을 수 있는 것은 또 다른 생생한 생의 현장, 고창으로 떠나는 것이다.

그렇다면 왜 고창인가? 이것은 추사가 왜 다른 곳이 아닌 제주도로 유배되었는가를 묻는 것만큼 어리석은 질문일까? 흔히 추사체가 완성되기 위해서는 제주도 체험이 필수적이었다고 말한다. 그러나 그것이 꼭 제주도여야 했는가 하면 대답하기 어렵다. 〈세한도〉에 그려진 겨울은 제주도의 겨울이 아닌 것이다. 이 말은 딱히 제주도가 아니었더라도 〈세한도〉는 그려질 수 있었다는 것이 된다. 특정 장소인 제주가 아니라 절해고도에서의 고독감과 고통이라는 생생한 생의 감각이 추사체를 낳은 것이다. 추사 김정희의 이 성장담이 윤종성의 성장담과 자연스럽게 겹쳐진다. 원초적인 죄책감이 윤종성을 고창으로 유배시킨 것이다. 윤종성과 노량진 학원에서 같이 공부하다 고향인 고창의 공무원이 된 맹상수의 존재나 제자인 윤종성에게 고창을 드나들도록 시킴으로써 시적 영감을 준 지도교수의 존재가 소설에는 그려져 있다. 그러나 이것은 소설적인 장치일 뿐이다. 소설에서 복선이나 암시가 사건의 우연성을 가리기 위한 장치에 불과하듯이 그들의 존재가 윤종성이 고창으로 내려가는 필연성을 설명하지 못한다.

이 소설에서 고창은 김대성과 구시떡이라는 존재 때문에 필연성을 갖는다. 염전과 판소리, 숲이 동시에 존재하는 곳이 고창이고 그 세 가지가 낳을 수밖에 없는 인물이 김대성과 구시떡인 것이다. 그런 점에서 고창은 김대성이고 김대성은 고창이다. 고창의 상상력이 김대성이라는 인물을 낳은 것이다. 윤종성이나 김대성이나 구시떡은 헛것이다. 그 자체가 소설적 장치이고 상상력의 소산이다. 그에 반해 고창은, 고창의 염전과 판소리와 숲은 스스로 존재한다. 그 점에서 보면 고창이 이 소설의 진정한 주인공이다. 그러나 김대성이 없었더라면, 구시떡이 없었더라면,

그들을 찾아가는 윤종성이 없었더라면 고창 또한 살아 있는 육체를 얻지 못했을 것이다.

그렇다면 이 소설에서 고창 자체인 김대성은 어떠한 인물인가? 건물까지 30분이나 걸리는 길 입구에 하마비(下馬碑) 비슷한 것을 세워두고 일절 문명의 이기를 자기 영역에 들이지 않는 괴팍한 노인, 만나자마자 대뜸 팔씨름부터 하자는 유머를 지닌 "팔십이 다 되어가"는 노인, 처음 본 사람에게 "0이 여남은 개"나 되는 거액의 통장을 맡기는 범상치 않은 노인. 이 거부(巨富)가 어찌하여, 무슨 사연이 있길래 그 많은 돈을 사회에 희사하며 숲속에 은거하게 되었는가? 봄에서 시작하여 겨울에 끝나는 이 수수께끼 풀이의 과정이 이 소설의 골격을 이루고 있다. 그 매개는 자서전 대필이고 그 적임자를 선택된 것이 윤종성이었다. 윤종성에게도 자서전 대필은 그야말로 "모험과 깨달음"의 길이었다.

> 앞으로 열 달 안으로 김대성의 전기를 완성해야 하는 과제가 눈앞에 산처럼 다가와 앞을 가로막았다. 그것은 자신이 개척해 돌파해야 하는 과업이었다. 관산대학교에서 한 해, 세상사를 겉으로만 이해했다면 이제는 인간사 속살의 광맥을 파들어가는 일을 해야 하는 시점에 다다라 있는 셈이었다. 어느 시인의 시구절처럼 '모험과 깨달음'이 기대되는 일이었다.

관념의 세계에서 생생한 삶의 현장으로 모험을 떠나 깨달음을 얻는 성장소설의 구도 속에 윤종성이 놓여 있다면, 관념과 지식으로 포착되지 않는 타자와 잉여의 세계인 생의 감각은 숲속에 살고 있는 김대성의 삶을 이해함으로써 얻을 수 있는 것이다. 또한 수수께끼로 싸여 있는 김대성의 삶이 윤종성 자신의 죄책감과 속죄 의식과 유사한 어떤 것을 지니고 있을 것이라는 윤종성의 직감이 더해졌을 것이다. 김대성 측으로서도 손가락 네 개를 잃어버린 윤종성에게서 비슷한 운명을 감지했을 터이다. "윤종성의 생애에 걸린 죄를 미리 알고, 자기를 김대성의 생애 울타리 안으로 불러들인 것인지도 모를 일이었"던 것이다. 윤종성의 속죄가 김대성의 속죄와도 연결된다. "김대성이 자서전을 쓰겠다는 것은 일종의 속죄 행위이고, 윤종성 자신이 김대성의 일을 하겠다고 나서는 것 또한 자신의 속죄와 관계가 있었"던 것이다. 김대성이 자서전을 대필시키기 전에 윤종성의 손가락 회복에 전력을 기울이는 것도 그 때문이다. 나아가 문명의 이기를 들이지 않는다는 원칙을 깨고 윤종성의 범종 달기를 김대성이 적극적으로 실현시키는 것도 이들 두 사람이 지닌 운명의 상동성을 설명하는 것이다.

그렇다면 김대성에게는 어떤 비밀이 숨겨져 있는가? 그의 삶에는 속죄해야 할 어떤 사연이 있었던가? 집안의 사업을 방해하는 자를 살해했고 그 사람의 딸을 거두었다는 것이 그것이다. 그야말로 통속적인 이야기이다. 윤종성의 사연 또한 통속적이긴 마찬가지다. 외삼촌을 살해하려 했고 속죄를 위해 자신의 손가락을 끊어냈다. 이야기 자체는 통속적이지만, 속죄의 서로 반대되는 두 방향을 보여주는 것이라 이 대목은 의미심장하다. 윤종성이 단절을 통해 속죄하려 했다면 김대성은 포용을 통해 속죄하려 했던 것이다. 윤종성은 외삼촌을 살해하려 했던 욕망을 자신의 일부인 손가락에 타자화하고 그 책임을 물어 그것을 잘라냄으로써 속죄하려 했다. 그러나 김대성은 타자와의 공존을 거부하며 단절을 추구했던 살해 행위 자체를 반성하고 단절되었던 타자의 유산(피붙이—구시떡)을 자신의 운명 속에 접합시킴으로써 속죄하려 했다. 죄란 자아가 타자를 멸했다는 것에 있다면, 속죄는 자아를 멸하거나 타자를 되살림으로써 그 전의 상태로 되돌리는 일일 터이다. 그러나 인간은 과거의 일을 아예 없었던 일로 만들 수는 없다. 그렇기 때문에 속죄는 대리=대표(representative)를 통할 수밖에 없는데, 윤종성은 자아의 대리=대표(손가락)를 멸함으로써 속죄하려 했고, 김대성은 타자의 대리=대표(구시떡)를 살림으로써 속죄하려 했던 것이다. 속죄 행위가 대리=대표를 통해서 이루어지는 한, 속죄는 항상 부족할 수밖에 없다.

그렇다면 자아의 절멸(자살)이 온전한 속죄 행위가 될 수 있을까? 인간 단위의 윤리라면, 타자를 멸한 행위자 자신을 멸함으로써 속죄가 될 수 있을 것이다. 그러나 윤리가 인간을 넘어 자연까지 포괄하는 생명 단위로 넓혀진다면 어떠한가. 그 시점에서는 자살은 "주관적 망상 혹은 자기 위로에 불과할 뿐"만 아니라 그 자체가 또 다른 죄를 짓는 것이다.

> 죄에는 대죄와 소죄가 있다. 소죄야 거짓말하기, 남 속이기, 야바위 그런 것들이다. 상대방이 지혜가 모자라 넘어가는 그런 죄다. 그런데 대죄는 성격이 다르다. 대죄는 사람 죽이는 일, 자기 스스로 자신의 목숨을 처단하는 자살, 인간이 목숨 부여받고 목숨 부지하면서 사는 땅을 훼손하는 일, 지구가 인간 때문에 망한다는 이야기가 돌아가는데 그것도 말하자면 하느님에게 죄를 짓는 대죄인 셈이다. 이런 죄를 말끔히 벗어던지는 방법 가운데, 죽는 것 말고 다른 방법이 무엇인가를 우리는 알아야 할 것이 아닌가. 그런 깨달음과

> 실천에 이르지 못하면 속죄는 주관적 망상 혹은 자기 위로에 불과할 뿐이다. 이 주관적 망상에서 벗어나는 일이 무엇인가.

김대성이 이처럼 인간 개체 단위의 윤리에서 벗어날 수 있었던 것은 그의 죄가 그 개인의 것만이 아니기 때문이다. 김대성의 죄책감은 자기 행위를 넘어서 증조부-조부-부-자신으로 이어지는 누적된 행위에서 비롯된 것이기 때문이다. 염전이 등장하는 것은 이 대목에서이다. 염전이란 인간과 인간의 노동이 자연을 개척하는 가장 원초적인 삶의 현장이고 인간들 사이에서 벌어지는 서로 뺏고 빼앗기는 가장 거친 인정투쟁의 장이기도 하다. 염전을 둘러싼 인간사의 드라마가 김대성 집안의 역사로 펼쳐지는데 그 역사야말로 고창의 근대사이기도 하다. 왜 고창이어야 하는가에 대한 하나의 대답이 여기에 있다.

개인 단위가 아니라 사회 단위, 나아가 생명의 단위로 윤리가 확장될 때 속죄는 자아를 멸하는 데 있지 않고 타자를 살리는 데 있다. 앞에서도 말했듯이 속죄는 대리=대표를 통해 이루어지므로 항상 부족하기에 속죄 행위인 타자 살리기는 끝없이 이어지고 확장될 수밖에 없다. 구시떡을 품고, 부를 희사하여 고창을 풍요롭게 하고, 마침내 김대성은 그 자신 모든 것을 자기 품속에 품어 살리는 숲으로 돌아가 한 줌의 거름이 된다. 숲의 일원이 되어 자신을 지움으로써 그는 속죄를 완성한다. 이때 숲은 인간의 숲이라는 비유이기도 하고, 김대성이 살고 있는 숲이라는 환유이기도 하다.

> 숲은 그 품에 많은 생령을 기른다. 그 생령 가운데 인간이 가장

> 상위의 포식자인 것처럼 군림하지만 한 발 높이 올라가보면, 다람쥐나 청설모만도 못한 존재다. …(중략)… 숲에서 산다는 것은 짐승들에게 육신을 내줄 수 있다는 뜻이었다.

김대성은 결국 숲으로 돌아가 무(無)가 된다. 이것은 자아 절멸의 한 방법이기는 하지만 자살과는 다르다. 자살과는 달리 이러한 자아의 절멸은 생명을 낳는 선순환의 길이기 때문이다. 무는 무이되 유를 낳는 무인 것이다. 온생명 사상의 변형이라 할 수 있는 이러한 숲의 사상은 윤종성에게로 이어진다. 이 소설의 마지막이 새로운 생명의 탄생이라는 점은 이 점에서 의미심장하다.

김대성의 속죄 행위 가운데 또 하나는 자서전 쓰기였다. 정확하게 말하면 자기 생애 말하기이다. 자서전은 고백을 통한 드러내기이면서 동시에 은폐하기의 수단이다. 보통은 드러내기보다는 은폐하기로 자서전은 기능한다. 잘못한 것은 가리고 자랑스러운 것만을 드러내려고 하는 것은 인간의 욕망 가운데 하나일 터이다. 그렇기 때문에 자신의 잘못에 대해 변해함으로써 죄책감을 덜려는 수작이기 십상이다. 고백을 통한 드러내기도 마찬가지이다. 프로이트는 트라우마를 겪은 사람들이 그것의 원인이 되는 사건을 잊어버리려 하지 않고 오히려 끊임없이 그것을 말함으로써 트라우마를 극복하려 한다고 했다. 고백도 마찬가지일 터이다. 자신의 죄를 끊임없이 말함으로써 그것을 순화시키기. 그것은 속죄라기보다는 죄책감 떨쳐버리기에 가깝다.

그렇기 때문에 김대성의 자서전 쓰기는 실패할 수밖에 없다. 자기 생애 말하기/쓰기라는 지향적 행위는 실패하기 마련이다. 그 또한 인정투쟁이라는 인간의 죄를 낳은 욕망의 변형이기 때문이다. 김대성은 어렵게 완성된 원고를 폐기해버린다. 자신이 살아온 "모든 흔적을 지우"고 무로 돌아가 숲을 풍요롭게 만드는 것을 선택한 김대성에게 자기 주장인 자서전이란 의미 없는 것이었을 터이다. 그러나 기구하게도 원고는 다시 돌아와 그의 처분을 기다린다. 이때 그가 한 일은 인칭적 말하기/쓰기를 비인칭적 소리로 바꾸는 것이었다. 자서전 제목인 '보리가 자라는 땅'이 그것을 잘 말해준다.

> 갯바람 불어닥치는 박토 언덕에서 보리가 자라자면, 그게 얼마나 아리고 쓰라린 날들을 지나야 허는지, 여그 이 땅에 사는 사람들은 알지라. 딴 동네 사람들은 모르리. 이 고장에서 태어나 일하고, 사랑하고, 죄짓고, 지은 죄 씻느라고 또 죄를 쌓고 그렇게 사는 중에 한 줌 깨달음이 왔을 때 회한이 되어 가슴을 파고드는 이 쓸쓸함, 아니 절망감…….

자신은 "이 고장에서 태어나 일하고, 사랑하고, 죄짓고, 지은 죄 씻느라고 또 죄를 쌓"은 많은 사람 가운데 하나라는 것. "부친으로부터 이어 내려오는" 속죄 자체가 또한 욕망으로 죄를 쌓는다는 것. 또한 그런 자신을 자서전을 통해 드러내 보여주는 것 자체가 또 다른 욕망인 것을. 그런 사람이 내는 목소리가 자서전이 될 수는 없다. 주체가 없는 그냥 소리일 뿐. 그러나 애써 존재감을 부각시키지 않더라도, 인정투쟁의 목소리를 지르지 않더라도, 죄 씻음을 이야기하지 않더라도 그 소리는 은은하게 울린다. 맥놀이가 그러하듯이.

김대성은 죽고 윤종성은 성숙해지고, 아이가 태어나고, 그리고 범종 소리가 울린다. 마치 웃음 소리처럼. 읽어라, 그러면 들릴 것이다. ✽

『소리 숲』을 쓰면서 참고한 자료들

고광민 외, 『조선시대 소금생산방식』, 신서원, 2006.
고창군, 『고창군지』(상, 하), 신아출판사, 2009.
———, 『고창을 읽다, 기록하다』, 2020.
기호학회, 『한국 기호학의 최전선』, 한울, 2021.
김진석 · 김영태, 『한국의 나무』, 돌베개, 2011.
김수환, 『사유하는 구조—유리 로트만의 기호학연구』, 문학과지성사, 2011.
신재효, 『신재효의 가사』, 정병헌 역, 지식을만드는지식, 2021.
오윤호 편, 『에코테크네 신체와 생태』, 선인, 2021.
오지영, 『동학사(東學史)』, 박영사, 1974.
왕한석, 『한국의 언어민속지—전라남북도 편』, 서울대학교 출판문화원, 2010.
우종영, 『바림』, 에코타임스, 2018.
우진용, 『시와 함께 떠나는 글자 기행록』, 시로여는세상, 2020.
유광렬, 『고종치하(高宗治下) 서학수난(西學受難)의 연구(硏究)』, 을유문화사, 1972.
유호식, 『자서전』, 민음사, 2015.
이영문, 『고인돌 이야기』, 다지리, 2002.
이치헌 외, 『무송 박병천』, 문보재, 2021.
장회익, 『삶과 온생명—새 과학 문화의 모색』, 솔, 1998.
전영우, 『숲과 문화』, 북스힐, 2009.
진동규, 『진동규 시집 곰아 곰아』, 문학과지성사, 2013.
최 열, 『추사 김정희 평전』, 돌베개, 2021.
환 관, 『염철론』, 김한규 외 역, 소명출판사, 2002.

Artur Piacentrini, 『리델 주교』, 강옥경 역, 살림, 2018.
Diane Ackerman, 『휴먼 에이지(*The Human Age*)』, 김명남 역, 문학동네 2017.
Francis Jammes, 『새벽의 삼종에서 저녁의 삼종까지』, 곽광수 역, 민음사, 1991.
Henry Harris, 『세포의 발견』, 한국동물학회 역, 전파과학사, 2000.
Mark Johnson, 『마음속의 몸(*Body in the Mind*)』, 노양진 역, 철학과현실사, 2000.
F.C. Ridel, 『나의 서울 감옥생활, 1878』, 유소연 역, 살림, 2008.
Théâtre National de Corée, *Changgûk de Corée*, 정병헌 감수, 1996.